# TOD IN DER CHAMPAGNE

AF216743

Martin Roos, Jahrgang 1967, wurde am Lehrstuhl für Allgemeine Rhetorik in Tübingen promoviert und arbeitete als Wirtschaftsredakteur für die Verlagsgruppe Handelsblatt. Heute ist er Autor, Journalist und Redenschreiber. 2019 wurde er zum Chevalier im »Ordre des Coteaux de Champagne«, einem der ältesten Weinorden Frankreichs, ernannt.

MARTIN ROOS

# TOD IN DER CHAMPAGNE

*Kriminalroman*

emons:

**Bibliografische Information der Deutschen Nationalbibliothek**
Die Deutsche Nationalbibliothek verzeichnet diese Publikation
in der Deutschen Nationalbibliografie; detaillierte bibliografische
Daten sind im Internet über http://dnb.d-nb.de abrufbar.

© Emons Verlag GmbH
Alle Rechte vorbehalten
Umschlagmotiv: shutterstock.com/geniusksy
Umschlaggestaltung: Nina Schäfer
Gestaltung Innenteil: DÜDE Satz und Grafik, Odenthal
Lektorat: Dr. Marion Heister
Druck und Bindung: CPI – Clausen & Bosse, Leck
Printed in Germany 2021
ISBN 978-3-7408-1264-5
Originalausgabe

Unser Newsletter informiert Sie
regelmäßig über Neues von emons:
Kostenlos bestellen unter
www.emons-verlag.de

*Auf Löwen und Ottern wirst du gehen*
*und treten auf junge Löwen und Drachen.*

Psalm 91,13

## Champagne, 3. Oktober 1942

Es fehlten nur noch wenige Steine, bis der kleine Seitengang im hinteren Weinkeller zugemauert war. Josef-Jacob Armand trug etwas Mörtel in die verbliebene Lücke auf, zog mit der Kelle nach und setzte die letzten Steine ein. Das Versteck war zu. Noch ein paar Flaschen weniger für die Deutschen. Er stieg von der kleinen Leiter herab und klopfte sich die Kleidung aus. »Henri«, sagte er zu seinem Sohn, »wo hast du die Spinnen?«

Henri stand neben ihm, ein kleiner Junge, gerade mal so groß, dass er eine Magnumflasche halten konnte, die Backen rot, die Augen voller Entdeckerfreude, das Kinn halb bedeckt von dem Schal, den er gegen die Kälte im Keller trug. Er hob den kleinen Korb in die Höhe, damit sein Vater besser hineinschauen konnte.

»Gut gemacht«, sagte Josef-Jacob und strich ihm über den Kopf. »Jetzt verteilen wir sie.«

Sie setzten die Spinnen an verschiedenen Stellen der frisch gemauerten Wand ab. Henri hatte keine Angst vor Spinnen. Als Winzersohn waren sie ihm hier in Damery im Weinkeller seines Vaters früh begegnet und vertraut. In wenigen Stunden würden sie mit ihren Netzen die neue Mauer in eine alte verwandelt haben. Die Deutschen würden nicht merken, dass hinter dieser Wand ein Schatz versteckt lag.

Seit Beginn der Besatzung Frankreichs vor zwei Jahren hatten die Deutschen auch in der Champagne das Sagen. Sie bestimmten die Menge an Champagner, die ihnen die französischen Winzer liefern mussten, und diktierten ihnen die Preise. Sie wollten viel Champagner – für ihre Soldaten und Offiziere, für ihre Finanz- und Industrie-Elite, für die Treuesten ihres Regimes und die Clique um ihren Führer. Und wer sich weigerte, ihren Regeln zu folgen, wurde verhaftet und eingesperrt. Oder starb. Obwohl die Gefahr groß war, ließen sich viele Winzer nicht einschüchtern. Sie hielten ihre besten Weine zurück, versteckten sie, sabotierten Lieferungen und sprengten Eisenbahnlinien in die Luft, auf denen die Güterzüge Hunderttausende von Flaschen aus allen Weinregionen Frankreichs ins Deutsche Reich transportierten.

Henri wusste nicht, dass sein Vater der Résistance angehörte. Die Arbeit, die sie im Keller verrichteten, war für ihn oft wie ein Spiel. Schon mehrmals hatte er geholfen, die Flaschen umzuetikettieren. Sein Vater hatte ihm gesagt, dass sie damit die Deutschen ein bisschen ärgern und ihnen Sorten, die weniger hochwertig waren, unter teurerem Label verkaufen wollten. Und dann hatte er gelacht, und Henri hielt diese Schummelei nun für einen herrlichen Schabernack. Jemanden reinzulegen war immer ein Riesenspaß, dachte er. Er sollte dann den Staub, mit dem sie die Flaschen versahen, um sie älter aussehen zu lassen, aus uralten Teppichen schlagen. Das war weniger schön. Denn er bekam ziemliche Hustenanfälle.

Angst vor dem Krieg hatte er bisher nicht gehabt. Doch er spürte, dass der Gang, den sie nun zugemauert hatten, mehr als nur ein Spiel war. Einmal hatte er Gespräche seines Vaters mitgehört, in denen es darum ging, jemanden zu verstecken in den Hunderte von Kilometern langen Weinkellern und Kalksteinhöhlen, den *crayères*, die die ganze Region durchzogen. Von Verfolgung war die Rede, von Gefahr, von geheimen Treffen und von Erschießungen. »Papa«, sagte Henri schließlich, »wenn wir Flaschen verstecken, verstecken wir dann auch bald Menschen?«

Sein Vater schaute ihn ernst an. »Natürlich nicht«, sagte er. Dann nahm er ihn fest in den Arm.

Heute Abend würden die Ersten kommen.

# 1

Der Regen trommelte auf die Grabplatten des Nordfriedhofs von Reims. Das Wasser troff von den schmalen Säulen und Stelen, den kleinen Grüften und Mausoleen aus beigem oder grauem Sandstein und weißem Marmor. In den Blechdosen, die Besucher den herumstreunenden Katzen hingestellt hatten, schwamm aufgeweichtes Futter. Viele der alten Gräber der ersten Champagnerdynastien waren verwittert, von Moos überwachsen und wirkten wie verwunschen. Und doch zeugten ihre immer noch stolz in die Höhe ragenden Türmchen, Giebel und Kuppeln von Größe. Ein paar »Cheese«-Rufe von kreischenden amerikanischen und asiatischen Touristen, die sich in ihren bunten Regenjacken vor dem Mausoleum der alten Veuve Clicquot gegenseitig fotografierten, tönten herüber.

Bendix Kaldevin fühlte sich in seinem Anzug, über den er einen dunklen Gabardinemantel gezogen hatte, klamm und begossen. Er war groß und schlank und bot dem Regen viel Angriffsfläche. Die blonden Haare fielen ihm nass über Stirn, Ohren und Kragen. Immer wieder wischte er sich die Wassertropfen, die von seiner Nase auf das markante Kinn herabträufelten, mit einem Einstecktuch weg. Als Madame Kahnweiler, die Chefin des Beerdigungsinstitutes, ihn gebeten hatte, eine Trauerrede auf Henri Armand zu halten, hatte er sofort zugestimmt. Trauerreden halten konnte er. Zwar war es nicht einfach, über den alten Armand, der nun mit dreiundachtzig Jahren gestorben war, zu sprechen. Immerhin handelte es sich um den Patriarchen, den heimlichen König der Champagne. Doch Bendix mochte Herausforderungen. Dass der heutige Tag eine Kette von Ereignissen auslösen würde, die sein Leben für immer veränderten, konnte er nicht ahnen.

Seit sieben Jahren arbeitete Bendix als Trauerredner. Er war Mitte dreißig, als ihn Bart Lasalle, die rechte Hand von Madame Kahnweiler, auf die Idee gebracht hatte, Trauerreden zu halten. Sie waren seit der Kindheit befreundet. Bendix hatte an der Sorbonne Philosophie und Rhetorik studiert, und Bart wusste, dass sein Freund nicht nur in der Theorie gut war, sondern Reden auch schreiben und halten konnte. Er hatte ihn in der Kathedrale von Reims erlebt, als er aus Anlass ihrer Achthundert-Jahr-Feier 2011 eine leidenschaftliche Rede über den Champagner als die eleganteste Droge der Könige gehalten hatte.

Bendix gefiel Barts Vorschlag. Denn er kannte den emotionalen Zustand, den Trauer auslöste. Und die Möglichkeit, Menschen in ihrer Trauer Trost zu spenden, erfüllte ihn. Er war noch keine zwanzig Jahre alt, als sein acht Jahre älterer Bruder André tot in der Marne gefunden wurde. André war ein Vorbild für ihn gewesen, dem er immer nachzueifern versuchte. Die Umstände seines Todes wurden nie ganz geklärt. Der Verlust des Bruders hinterließ in Bendix eine Leere, die er anfangs kaum zu füllen wusste. Er musste lernen, mit dem Trauma zu leben, und entwickelte allmählich ein besonderes Händchen für den Tod. Immer wenn in seinem Umfeld jemand starb, wusste er sofort, was zu tun war. Er meldete sich bei den Betroffenen, ging ohne Scheu auf sie zu und versuchte zu helfen. Und sei es, dass er ihnen ein Stück Kuchen brachte. Der Schmerz um seinen Bruder hatte ihn jedoch nie ganz verlassen.

Bendix blickte über die Ansammlung der Trauergäste. Er kannte viele von ihnen, Winzer, Gastronomen, Stadträte und Familien aus der Region. Er stammte selbst aus einer Winzerfamilie, wenn auch aus einer kleinen. Der alte Armand war für ihn eine Führungsfigur aus dem Lehrbuch – einer, der streng und gütig zugleich war, manchmal uneinsichtig, aber selten zum Schaden anderer. In seiner Gegenwart konnte man gar nicht anders, als sich selbst als etwas Besonderes zu empfinden.

Bendix drehte sich zu Bart um und machte ihm mit einem energischen Blick deutlich, den Regenschirm endlich so zu halten, dass auch er nicht nass wurde. Bart schaute unschuldig zurück. Auch die sechs Sargträger neben ihm, gekleidet in weiße Uniformen, waren mittlerweile pitschnass. Dennoch hielten sie stoisch den Kirschholzsarg auf ihren Schultern. Sie waren Chevaliers des ältesten Weinordens der Champagne, des Ordre des Coteaux de Champagne, der verdienstvolle Größen wie Henri Armand zu seinen Mitgliedern zählte. Bendix zog den Kragen seines Mantels hoch, wischte sich mit einem Einstecktuch noch einmal die Regentropfen aus dem Gesicht und rieb sich die Schuhe an den hinteren Hosenbeinen blank. Er schaute auf seine Armbanduhr. Die Ehrenminute war längst vorbei.

Endlich setzten die Männer den Sarg auf der Vorrichtung über der Grabstelle ab, verbeugten sich und traten zurück. Die Karawane von Edelpolyester- und Nylonschirmen, an deren Griffe sich die Trauernden schutzsuchend vor den Regenschauern klammerten, drängte näher nach vorn. Zwei Frauen mit auffällig großen Hüten und dunklen Brillen, Charline und Lara, die Töchter Henri Armands, standen dicht am Sarg gleich neben ihrem Bruder Benoit. Auch die Mitarbeiter des Champagnerhauses Armand & Fils und der ehemalige Geschäftsführer Claude Wassermann waren gekommen.

Bendix versuchte auf der nassen grünen Kunstmatte, die rings um das Erdloch ausgelegt war, Halt zu finden. Wieder nahm er das Einstecktuch und wischte sich über Stirn und Nase. Dann holte er sein Redemanuskript aus der Manteltasche, räusperte sich, schaute auf die Trauernden und begann zu sprechen: »Heute begraben wir Henri Armand. Das ist für viele von uns ein schwerer Gang.«

Er blickte kurz in die Menge und sah, wie Benoit Armand zwischen seine Schwestern Charline und Lara trat und die Arme um sie legte. Charline hatte er beim Trauergespräch kennengelernt, eine große, elegante und schöne Frau. Das dunkle Haar fiel ihr unter dem großen runden Hut auf die Schultern. Er schaute sie unverwandt an. Schon beim ersten Treffen hatte er sich zu ihr hingezogen gefühlt. Erst nach einer Weile blickte er zu Lara. Sie wirkte unruhig. Sie war die jüngste der drei Armand-Geschwister, eine zierliche Person, deren kleines spitzes Gesicht von der schwarzen Sonnenbrille halb verdeckt wurde. Immer wieder wandte sie ihren Kopf zur Seite, wütend. Ihr Blick galt zwei Männern ein paar Meter von ihr entfernt, der eine ein stämmiger Typ, etwa Mitte fünfzig, mit einem blassen, ernsten Gesicht, einer Knollennase und dunklen kurzen Haaren. Der andere mit seiner gebückten Haltung eher ein Greis. Er stützte sich auf einen Gehstock.

»Liebe Schwestern und Brüder unserer Heimat, liebe Freunde«, fuhr Bendix fort. Aus den Augenwinkeln sah er wieder kurz auf Lara, die immer noch sehr aufgebracht wirkte. »In Henri Armands Leben ging es immer um viel«, sagte er und strich sein Manuskript glatt. »Es ging um die Familie, um die Weinberge, um Tradition, aber auch um Innovation, Fortschritt und die ständige Suche nach dem perfekten Wein. Und immer ging es darum, bei allem, was man tat, eine Haltung zu finden und im besten Fall das Richtige zu machen.« Er hielt inne. Denn nun sah er, wie sich Lara vom Arm ihres Bruders Benoit löste, sie energisch auf den alten Mann zuging, vor ihm stehen blieb und ihn mit erhobenen Fäusten anschrie.

»Verräter!« Ihre Stimme klang hell und scharf, ihr kleiner Körper bebte.

Jetzt erst erkannte Bendix den Alten. Es war Leo Reschenhauer, ein mürrischer Winzer, der den Ruf besaß, mit unlauteren Methoden seine Geschäfte gemacht zu haben. Die wenigen Haare auf dem großen Schädel mit seiner papiernen Haut und vielen Leberflecken waren glatt nach hinten gekämmt, sodass seine Ohren, die ihm wie gewellte Fleischlappen an der Seite hingen, noch deutlicher zum Vorschein kamen. Seine Lider hingen schlaff über den trüben blauen Augen. Über dem Rücken seiner viel zu spitzen Nase sammelte sich der Regen als winziges Rinnsal, sodass der Alte sich das Wasser immer wieder mit einem Stofftaschentuch abtupfen musste. Daneben stand der etwa dreißig Jahre jüngere Begleiter. Er hatte den Kragen seines dunklen Regenmantels hochgeschlagen, die Hände hielt er in den Taschen.

»Verräter!«, schrie Lara den Alten wieder an. Wie ein Pfeil schoss das Wort durch die Luft. Die nassen Stirnfransen klebten ihr wild über dem Gesicht. »Verschwinde von hier, hörst du?« Benoit wollte sie zurückziehen. Doch Lara ließ sich nicht beruhigen.

Contenance wahren, dachte Bendix, das war jetzt das Wichtigste. Emotionen am Grab war er gewöhnt. Und er wäre wohl eine komplette Fehlbesetzung, wenn er sich beim ersten Anzeichen von Ärger aus dem Staub machen würde. Er war schließlich Trauerredner, dachte er, und kein Börsenhändler oder Politiker. Er räusperte sich etwas lauter, streckte die Brust heraus, hob den Kopf und wollte gerade fortfahren, als Lara schrie: »Du hättest sterben sollen! Du Verräter! Geh endlich weg, du Mistkerl!« Sie holte noch einmal Luft und rief: »Ein dreifacher Mistkerl bist du! Un triple salaud!«

Ein Raunen ging durch die Reihen. Manche buhten, andere klatschten. Auf einmal marschierte der stämmige Mann neben Reschenhauer energisch auf Lara zu, baute sich vor ihr auf und ermahnte sie, endlich zu schweigen. Doch sie ließ sich nicht einschüchtern. Im Gegenteil. Wie eine wild gewordene Katze sprang sie auf ihn zu. Da packte Benoit sie von hinten und zog sie zurück. Dem Faustschlag, der ihn erwischen sollte, konnte er eben noch ausweichen. Geduckt holte er aus und verpasste dem Mann vor ihm einen Hieb. Weitere Männer kamen hinzu. Die einen versuchten die Streithähne zu trennen, die anderen mischten mit. Die Frauen kreischten, manche droschen mit ihren Schirmen auf andere ein. Mittendrin rangelten zwei Männer auf dem Boden.

Bendix schaute atemlos zu. Seine Gedanken rasten. In gewisser Weise imponierte ihm Lara. Es war dreist und mutig, so aufzutreten. Aber ein Grab war kein Ort der Abrechnung. Er musste handeln. Bart ahnte das offenbar und wollte ihn zurückhalten. Doch Bendix war bereits losgesprungen, mitten in die Keilerei, und versuchte, die Leute voneinander zu trennen. Zwei, drei Mal spürte er die Spitze eines Regenschirms in seinem Rücken. Ein Fußtritt sauste an ihm vorbei. Fäuste flogen. Energisch schob er einige Männer zurück. Plötzlich sah er, wie nun auch Charline zwischen die Fronten geriet. Sofort drängelte er sich durch den Pulk zu ihr und stellte sich mit dem Rücken vor sie, um sie zu schützen. Da traf ihn von vorne ein Schlag an der Schläfe. Er sah noch in die Augen des kräftigen Mannes mit dem blassen Gesicht und den kurzen, fransigen Haaren. Dann wurde es dunkel.

## 2

Das Haus von Madame Kahnweiler auf der Rue Dr. Rousseau in Épernay war ein elegantes vierstöckiges Gebäude, modern und mit einer großen Toreinfahrt, durch die die Leichenwagen mühelos in den Innenhof hinein- und wieder herausfahren konnten. Manche Leute in Épernay beschwerten sich bei ihr, dass sich ihr Beerdigungsinstitut ausgerechnet schräg gegenüber der Église Notre-Dame befand. Sie hielten es für geschmacklos. Ihre bisherigen Kunden jedoch fanden es praktisch, und auch diejenigen, die eines Tages ihre Kunden werden wollten, freuten sich schon jetzt über die geringen Kosten, die ihnen durch den kurzen Transport in die Kirche entstehen würden.

Bendix klingelte an der Tür. Sie öffnete sich automatisch. Sogleich trottete Bouchon, der braune Neufundländer, der fast immer im Flur lag, auf ihn zu und leckte ihm die Hände ab. Er war so etwas wie das Herz des Hauses und gehörte Madame Kahnweiler, die seit dem Tod ihres Mannes vor zehn Jahren das Beerdigungsinstitut allein führte. Sie hatte nur kaum Zeit für ihn. Maude, ihre junge Nichte, die ebenfalls im Institut arbeitete, hatte sie nach dem Tod von Monsieur Kahnweiler auf die Idee gebracht, einen Hund anzuschaffen. Für das allgemeine Seelenheil, wie Maude damals sagte. Madame Kahnweilers Stellvertreter Bart hatte keine Ahnung von Hunden. Zudem war er mit seiner eigenen Familie zu beschäftigt, um sich um Bouchon kümmern zu können. Allerdings war auch Maude viel zu chaotisch, um die Verantwortung für ein so großes Tier zu übernehmen. So blieb nur Monsieur Billiot, der alte Junggeselle, übrig, der im Keller in der Technik arbeitete, wo die Toten gewaschen, gepflegt und eingebettet wurden.

»Ah, hast du es doch überlebt«, begrüßte ihn Bart, als er im Erdgeschoss sein Büro betrat. »Wir hatten uns schon Sorgen gemacht und überlegt, ob wir dir hier im Keller im Einbettungsraum ein Plätzchen reservieren sollten.«

»Ein bisschen Leichenkosmetik würde sicher helfen«, antwortete Bendix und schielte ihn mit seinem gelb-purpurnen und immer noch leicht geschwollenen Auge an. Er wusste nicht mehr genau, was nach dem Schlag passiert war. Er konnte sich an den stämmigen Mann erinnern, der neben Reschenhauer gestanden hatte. Nachdem Bendix zu Boden gegangen war, hatte Bart ihn wegen des schlechten Wetters mit zwei Sargträgern in den Leichenwagen getragen, wo er sich erholen sollte. Die Polizei war gekommen und hatte für Ruhe gesorgt. Die Rede war allerdings ausgefallen. Als der alte Armand dann sehr zügig in die Grube gelassen wurde, hatte der Regen endlich aufgehört.

»Du kannst dir ja gleich bei Maude in der Technik ein wenig Farbe und Puder ausleihen«, erklärte Bart.

»Ach was«, sagte Bendix, »gib mir ein Glas Champagner, und meine Wangen werden von selbst rosig.« Schon als Jugendliche hatten die beiden so viel Champagner getrunken, dass sie manchmal in der Schule während des Unterrichts eingeschlafen waren. Champagner ging immer. Er war Lust, Lebensfreude und Lebenssaft. Und der Zustand, den sie mit ihm erreichen konnten, war wesentlich intensiver und schärfer als mit Koks. »Na los, mach schon«, sagte Bendix ungeduldig.

Bart zögerte. Er wusste, dass Madame Kahnweiler sie sprechen wollte, und da würde es keinen guten Eindruck machen, wenn sie angesäuselt waren. »Wir müssen erst zur Chefin.«

Bendix ließ seine Augen gen Himmel wandern. Bart war für ihn immer schon die vernünftigere, vielleicht auch gewissenhaftere Version seiner selbst gewesen. »Was bist du wieder so korrekt«, stöhnte er.

Bart nahm die Bemerkung gelassen hin. Mit seiner schmächtigen Figur, dem Kurzhaarschnitt, dem Seitenscheitel und dem quadratischen Schädel sah er unauffällig aus – und war längst nicht so extrovertiert wie der viel kräftigere Bendix. Doch steckte in dieser vermeintlichen Unsichtbarkeit und Kleinheit ein Mann mit einer festen Vorstellung vom Leben und dem unerschütterlichen Willen, die Aufgaben, die es ihm stellte, zu meistern. Bart hatte geheiratet, eine Familie gegründet und war mittlerweile der wichtigste Mitarbeiter im renommierten Haus Kahnweiler. Bendix hingegen hatte sich nach seinem Studium nicht nur in verschiedenen Jobs, sondern auch in seinem Privatleben verheddert. Eine Frau zu finden, mit der er das Leben teilen konnte, war ihm bisher nicht gelungen.

Bart nahm ihn am Arm, als ob er ihn verhaften wollte, und führte ihn zurück in den Flur. »Wir gehen jetzt erst einmal zu Madame Kahnweiler. Sie hat einen neuen Auftrag für dich.«

»Und warum ist das jetzt auf einmal so dringend?«

»Nicht dringend. Aber es ist ein Fall, der Madame Kahnweiler am Herzen liegt. Sie sagt, sie braucht dich.«

Sie gingen die schlichte Marmortreppe hinauf in das Büro der Chefin. Lily Kahnweiler saß hinter ihrem Schreibtisch und blätterte in der aktuellen »Éternité«, einem Thanatologie-Magazin. Sie war zwar schon eine ältere Dame, doch als sie die beiden sah, sprang sie federleicht auf und tippelte mit schnellen Schritten auf sie zu.

»Bendix, mein Lieber«, sagte sie, schlug die Hände zusammen und schaute ihn durch ihre schwarze Hornnickelbrille mitleidig an. »Wie sehen Sie aus?« Ihre Perlohrringe, die ihr rundes Gesicht umrahmten, vibrierten wie der Kamm, den sie wie ein Krönchen auf den hochgesteckten weißen Haaren trug, und die Brosche, die ihr himmelblaues Gewand um den kleinen runden Körper zusammenhielt. »Es tut mir ja so leid, was passiert ist. Das konnte keiner ahnen. Haben Sie noch Schmerzen?«

Bendix nickte ihr freundlich zu. »Kein Problem, Madame. Das ist doch schon einige Tage her. Ein Handgemenge, eine Balgerei, ein kleiner Schlag. Kein Problem!« Es war ihm peinlich, dass er vor allen Leuten derart zu Boden gegangen war.

Madame Kahnweiler tätschelte ihm die Hand und schaute

strahlend zu ihm hinauf. »Das freut mich zu hören«, sagte sie. Sie hörte ihm gerne zu. Sie mochte seine Stimme, sie war weder zu hoch noch zu tief und besaß ein markantes Timbre, das so melodisch war, dass man es immer wieder hören wollte. »Ich hoffe, Sie lassen sich davon nicht abschrecken.« Sie lächelte. »Der Tod braucht nämlich Leute wie Sie, Leute mit Herz.«

Madame Kahnweiler hatte das Geschäft von der Pike auf gelernt. Ihr Großvater, Oskar Kahnweiler, war Ende des 19. Jahrhunderts von Stuttgart in die Champagne übergesiedelt und hatte in Épernay die Firma gegründet. Es war zunächst ein Fuhrunternehmen und transportierte in Kutschen Fahrgäste, Möbel, Kohlen, Bier – und dann auch Tote. Wenn jemand gestorben war, gingen die Angehörigen zum Schreiner und bestellten den Sarg, den der alte Kahnweiler mit seiner Pferdekutsche zum Friedhof brachte. Als er sich später ein eigenes Sarglager und schließlich sogar ein Automobil anschaffen konnte, war es ihm möglich, aus einer Hand zu liefern. Sein Weg zum kompletten Beerdigungsinstitut war nicht mehr weit – und das in einer Region, in der der Massentod während der Kriege gleichsam »florierte«. Auch die Familie Kahnweiler bekam das zu spüren. Zwei Onkel von Lily Kahnweiler starben im Zweiten Weltkrieg, der eine siebzehn, der andere neunzehn Jahre alt. Als junge Frau stieg Madame Kahnweiler in den siebziger Jahren in den Familienbetrieb, den ihr Vater mittlerweile führte, ein. Sie besuchte eine Fachschule für wissenschaftliche Leichenpräparation. Sie lernte einzubalsamieren, das Blut aus dem Körper zu ziehen und durch Balsamierungsflüssigkeit zu ersetzen. Ende der achtziger Jahre übernahm sie schließlich das Geschäft. Eines Tages würde ihre Nichte Maude alles erben. Kinder hatte sie keine.

»Also gut«, sagte Bendix und strich sich das Hemd glatt, »so eine Prügelei während einer Beerdigung war für mich schon neu.«

»Man erlebt in dieser Branche so einiges«, antwortete Madame Kahnweiler und schaute ihn bedeutungsvoll aus großen

Augen an. Sie wusste, auf Beerdigungen konnte es gelegentlich recht bissig zugehen, denn für viele gab es kein größeres Vergnügen, als hinter den Särgen ihrer Todfeinde herzulaufen. Manche ihrer Kunden luden deswegen per Traueranzeige bestimmte Personen und Familienmitglieder von vornherein zu ihrer Beerdigung aus. »Aber«, sprach sie und tätschelte ihm wieder die Hand, »solche Spektakel sind eine Ausnahme. Da können Sie beruhigt sein, Bendix. Schlägereien am Grab könnte ich mir auch auf Dauer gar nicht leisten.« Sie hatte einen Ruf zu verteidigen. Natürlich ging es darum, die Toten anständig unter die Erde zu bringen. Ihr Erfolgsgeheimnis lag aber vor allem darin, Würde zu verkaufen.

»Dass die Familien Armand und Reschenhauer nicht die besten Freunde waren, hat sich ja bereits herumgesprochen«, sagte Bendix. »Aber können Sie mir diesen plötzlichen Ausbruch erklären?«

»In emotionalen Situationen kann so etwas passieren«, sagte Madame Kahnweiler. »Trauer ist der stärkste Stress, den Menschen überhaupt erleben können. Da geht schon mal etwas schief.« Sie drehte sich um, ging tippelnd zurück zum Schreibtisch und setzte sich.

Bendix schaute sich fragend zu Bart um, der ihm aber schnell zu verstehen gab, dass er der Sache besser nicht weiter nachgehen sollte.

»Wir haben hier einen neuen Auftrag für Sie, mein Lieber«, erklärte Madame Kahnweiler. Sie flötete regelrecht und kramte in einem Stapel Papier, der auf ihrem Schreibtisch lag. »Haben Sie Interesse, Bendix?« Sie schielte über die kleine Hornbrille zu ihm hinüber. »Wir brauchen für diesen Fall Ihre Intelligenz.«

# 3

Elisabeth Stauder stürzte. Mit jedem Meter, den sie hinabfiel, rauschte auch die Zeit ihres Lebens blitzschnell an ihr vorbei – die ersten Jahre ihrer Kindheit in Reims, in denen sie so krank war. Sie dachte an die Mutter, die früh starb, und den Vater, der sie streng aufzog und dem sie dennoch loyal ergeben war. Sie besaß kein außergewöhnliches Talent, das die Faszination, die sie auf viele im Laufe ihres Lebens ausübte, hätte erklären können. Man fragte sich stets, was sie eigentlich so anziehend machte, dass sich die unterschiedlichsten Personen aus den elitären Kreisen um sie scharten. Hatte sie dieses Leben nur ihrem Vater zu verdanken? Lebte sie sein Leben weiter? Sie konnte sich jeder Situation leicht anpassen. Ihre Ausstrahlung wirkte nicht nur auf Männer unwiderstehlich. Sie war auf nichts festgelegt. Alles schien möglich. Vielleicht war sie deswegen die ideale Projektionsfläche für alle diejenigen, die sie begehrten.

Sie stürzte die zehn Stockwerke des Luxushochhauses hinab. Es war früh am Morgen. Helles Blau breitete sich über dem Himmel der Côte d'Azur aus. Sie würde sterben. Sie wusste es. Sie war jetzt fünfundsechzig Jahre alt. Sie hatte immer geahnt, dass sie vor ihrer Zeit sterben würde. Sie lebte auf Kosten anderer. Und sie wusste, dass die Vergangenheit, die sie stets ausgeblendet hatte, auch sie eines Tages einholen würde.

Die Fenster und Etagen mit den eleganten Appartements rasten an ihr vorbei. Gleich würde sie aufschlagen, und ihr Leben wäre beendet. Was für ein langweiliger Gedanke, darüber zu sinnieren, gleich tot zu sein, dachte sie. Hätte ihr in diesem Augenblick nichts Besseres einfallen können? Mit einem peitschenden Knall schlug sie auf, ihre Schulter hatte beim Aufprall aufs Wasser des Swimmingpools wohl noch den Beckenrand erwischt. Doch den Schmerz spürte sie kaum. Es ging alles viel zu schnell. In einigen Appartements des Hochhauses gingen klappernd die Fensterläden hoch. Sonst war es ruhig. Elisabeths zerborstener Körper tauchte vom Grund des Pools wieder auf. Das Blut mischte sich mit dem Wasser und bildete tentakelartige Formen, die sich wie ein Tintenfisch um die Tote zu schlingen schienen. Erst als das Wasser ganz zur Ruhe gekommen war, tauchte tatsächlich ein Tier an der Oberfläche auf und krallte sich um den Hals der Toten. Es war ein Tintenfisch.

## 4

Seine Intelligenz. Bendix war geschmeichelt, dass Madame Kahnweiler dieses Wort so betonte. Er wusste zwar, dass sie viel von ihm als Trauerredner hielt. Aber sie gehörte nicht zu den Leuten, die mit Komplimenten um sich warfen.

»Es handelt sich um eine Frau«, sagte sie. »Elisabeth Stauder. Sie ist aus dem zehnten Stockwerk eines Hochhauses gestürzt, von dem Balkon ihres Ferienappartements in Südfrankreich. Ich habe sie und ihre Familie gekannt. Sie kommen alle aus Reims.«

Bendix sah ein, dass es keinen Sinn hatte, Madame Kahnweiler wegen des Vorfalls auf der Beerdigung des alten Armand weiter zu fragen. Sie war zu sehr mit dem neuen Auftrag beschäftigt, und er wusste, dass man sie dann nicht stören durfte. Sie konnte ungemütlich werden. Sie reichte ihm die Papiere mit den Angaben über die Tote.

»Was ist mit ihr passiert?«, fragte Bendix schließlich.

»Ach, die Arme«, antwortete Madame Kahnweiler. »Man weiß es nicht genau. Es könnte ein Unglück gewesen sein. Vielleicht Selbstmord.« Sie räusperte sich. »Vermutlich hat sie einfach zu viel getrunken und ist gestürzt.«

»Doch wohl nicht zu viel Champagner, oder?«, fragte Bart launig.

Madame Kahnweiler zog die Augenbrauen hoch. »Nun, eine Überdosis Kamillentee war es sicherlich nicht. Jedenfalls hätte man ihr mit dem Alkohol, den sie im Blut hatte, drei Mal den Führerschein entziehen können.« Sie tippte ungeduldig mit den Fingern mehrmals auf den Schreibtisch und erwartete noch eine Reaktion. Da aber niemand mehr etwas sagte, stand sie abrupt auf, ging zu Bart und schob ihn unmerklich zur Tür. »Geht doch bitte noch einmal nach unten in die Technik.« Sie lächelte Bendix fürsorglich zu. »Es ist ganz gut, wenn man einen Toten, über den man sprechen soll, sieht. Das ist immer eindrücklicher und wirkt sich auf die Rede aus.«

Bendix schaute sie mit gerunzelter Stirn an. Er hatte schon viele Tote gesehen. Sein Großvater war der erste. Bendix war erst acht Jahre alt gewesen. Anfänglich hatte er sich gefürchtet, den toten Mann anzuschauen. Doch als er ihn ansah, war alles ganz anders. Der Mann, der da lag, hatte nichts mehr mit dem ihm so vertrauten Großvater zu tun. Da lag nur eine schlechte Kopie von ihm, kalt und bleich wie abgestandene Butter. Sein Großvater war schon längst fort. Das war ihm sofort klar. Nur wo er war, das wusste er nicht. Doch es konnte nicht allzu weit von ihm entfernt sein. Auch das spürte er. Menschen, die einem nah waren, verließen einen nie, lernte er. Jahre später, nachdem Bart ihn immer wieder mal in die Technik mitgenommen hatte, waren viele Leichen hinzugekommen, Menschen, zu denen er keine Beziehung hatte. Im Tod sahen sie doch alle gleich aus, dachte er. Doch das stimmte nicht. Er hatte irgendwann so viele Tote gesehen, junge, alte, traurige, hässliche, von Krankheit gezeichnete, aber auch schöne und Tote voller Erhabenheit, dass ihr Anblick für ihn normal geworden war. Wer über Tote redete, sollte sie auch gesehen haben, wiederholte er still Madame Kahnweilers Rat. Warum sollte diese Leiche nun so besonders sein?

Madame Kahnweiler beherrschte die Kunst, einen Menschen zu beobachten, ohne ihn anzusehen. Sie merkte sofort, dass Bendix nicht besonders begeistert von ihrem Vorschlag war. »Tun Sie mir doch bitte einfach den Gefallen«, flötete sie nun. »Und versuchen Sie, so viel wie möglich über die Familie Stauder zu recherchieren.« Sie reichte ihm einige Papiere.

Bendix nahm sie und blätterte sie durch. Elisabeth Stauder war die Tochter von Victor und Elaine Stauder, vermögend, Besitzerin einiger Grand-Cru-Lagen in der Champagne. »Kapitalgeberin«, stand auf dem Zettel. Sie war nie verheiratet und hatte keine Kinder. »Soweit ich es den Unterlagen entnehmen kann, gibt es keine Verwandten mehr.«

»Nein«, sagte Madame Kahnweiler, »aber sie hatte ja Personal und einige Männer, die sich gut um sie kümmerten. Die sollten Sie unbedingt befragen.«

»Wen genau meinen Sie?«

»Einen haben Sie schon kennengelernt.« Madame Kahnweiler schaute ihn mit zusammengekniffenen Augen an. »Monsieur Reschenhauer zum Beispiel.«

Bendix und Bart gingen die Treppe in den Keller hinab. Unten im Flur mussten sie erst an dem Lastenaufzug vorbeilaufen, über den die Toten vom Innenhof aus direkt in die Technik transportiert werden konnten, bevor sie nach einigen Metern in den großen Einbettungsraum traten. Mit seinen schlichten weißen und hochragenden Schränken, den Waschbecken, Behandlungstischen, Hebevorrichtungen und Entlüftungsventilatoren wirkte er in dem gleißenden Licht, das aus einigen Strahlern von der Decke fiel, wie eine Mischung aus Operationssaal, Kosmetikstudio und Labor. In den Vorratsschränken stauten sich hinter den Glasscheiben verschiedene Desinfektionsmittel, Säuren und Chemikalien wie Ammoniak, Aceton, Ameisensäure, Chloroform oder Natriumhypochlorit. In den offenen Instrumentenschränken lagen nebeneinander geordnet und griffbereit Gefäßklemmen, Skalpelle, Scheren, Spatel, Nähnadeln, Pinzetten, größere und kleinere Drainagerohre und eine Hohlsonde. Daneben stand eine Vitrine mit Kunststoffpräparaten, mit denen sich Gesichtszüge wiederherstellen ließen, einige Kapseln, die unter die Augenlider geschoben werden konnten, um das Einsinken der Augen zu verhindern, dazu Füllmaterial und Gewebekleber, um Schädeldecke, Wangenknochen oder den Nasenrücken zu positionieren. In der Mitte des Raumes beugten sich in weißen Kitteln Billiot und Maude über einen nackten Körper, der auf einem der Behandlungstische lag.

»Bonjour«, sagte Billiot. Er schaute nur kurz auf. Sein dünnes dunkles Haar lag glatt über seinem Kopf. Unter dem weißen Kittel wölbte sich ein dicker Bauch. Sofort wandte er sich wieder den kalten Füßen der Leiche zu, um sie weiter einzucremen. Billiot war schon ewig bei den Kahnweilers angestellt. Er hatte als Sargmacher angefangen und sich allmählich im Technikraum zum Chef hochgearbeitet. Um sich weiterzubilden, hatte er früher einmal einige Monate in der Pathologie des Universitätsklinikums von Reims verbracht. Doch Leichen zerpflücken war seine Sache nicht. Er wollte sie verschönern und entwickelte im Laufe der Zeit eine immer stärkere Leidenschaft für kosmetische Versorgung und thanatologische Praxis. Streng achtete er darauf, dass seine Kunden, so nannte er die Toten, stets mit angehobenem Kopf und Schultern lagen, um die Verfärbung von Gesicht und Hals durch das Blut zu verringern. Und ganz gleich, ob es sich um Waschen, Schamponieren, Rasieren, Trocknen, Anziehen, Kämmen, Schminken, Pudern oder um das Rekonstruieren der Leiche handelte – kein Toter verließ diesen Raum, ohne dass Billiot einen Blick auf ihn geworfen hätte. Und wenn Yves und Jean-Claude, seine Gehilfen, die Toten für den Abtransport in den Sarg legten, war er es, der den Sargdeckel als Letzter schloss. Der Tod war sein Leben.

»Bonjour, Monsieur Billiot«, antwortete Bart. Er erwartete keine weitere Antwort. Billiot sagte nie viel. Alle respektierten das. Denn für sie hatte er vor allem die Fähigkeit, Dinge, die sie unappetitlich oder abstoßend fanden, ohne mit der Wimper zu zucken, zu tun.

»Wir wollten uns mal Madame Stauder ansehen«, sagte Bart, »Bendix soll zu ihrer Beerdigung die Trauerrede halten.« Er schaute auf die Leiche. »Ist sie das?« Die Tote wirkte so gut wie unversehrt. Immerhin war sie doch aus dem zehnten Stock eines Hochhauses gefallen.

»Ja, das ist sie«, sagte Maude und blickte die beiden durch ihre Schutzbrille an. Sie trug Latexhandschuhe und war dabei, den Nagellack von den Händen der Leiche mit Aceton zu entfernen. »Gefällt sie euch?« Maude kaute unaufhörlich Kaugummi.

»Ja, sie sieht gut aus«, sagte Bendix. »Ihr habt mal wieder ganze Arbeit geleistet. Hatte sie viele Brüche?«

»Klar. Genick gebrochen, Schädelbruch, Kieferbruch – sie muss mit dem Kopf aufgeschlagen sein«, erklärte Maude.

»Und sonst ist nichts gebrochen?«, fragte Bendix ungläubig. Der Sturz musste doch gewaltig gewesen sein.

»Nein«, erwiderte Maude. Sie zögerte. »Oder vielmehr doch.« Sie zeigte auf die rechte Hand. »Die Finger sind gebrochen.«

»Die Finger?«, wiederholte Bendix gedehnt, als ob er das Wort nicht richtig verstanden hätte.

»Ich weiß auch nicht«, erwiderte Maude und zuckte mit den Schultern. Sie zog sich wieder die Schutzbrille über und beugte sich über die Fingernägel. Sie erklärte ausführlich, wie sie mit Billiot den Schädel mit aufsaugendem Material gefüllt, die Kopfhaut von rechts nach links teils angeklebt und teils wieder angenäht hatte. Die zerstörten Wangenknochen mussten sie zunächst mit in Gips getauchten Baumwollstreifen rekonstruieren. Danach ging es an die Feinarbeit: Augenhöhlen richten, Wimpern reinigen, noch mal kleine Knochenstücke verdrahten, um das Profil zu schärfen, und hier und da noch ein wenig Wachs einfügen, um die Haut zu glätten. »Und dann natürlich die Farbe«, sagte Maude und schaute auf die Tote. Irgendetwas schien ihr gerade nicht zu gefallen. Sie kramte in dem kleinen Koffer, der mit Lippenwachs, Schminke, Make-up und Farben für Lidschatten angefüllt war, holte ein Violett heraus, beugte sich über das Gesicht der Toten und glich die Wimpernlinie noch mal an. Schließlich sagte sie: »Voilà! So schön wie nie!«

Tatsächlich sah Elisabeth Stauder nun viel jünger aus als ihre fünfundsechzig Jahre.

Bendix betrachtete sie eine Weile. »War schon jemand da, um sie zu sehen?«, fragte er schließlich Maude. »Irgendwelche Freunde?«

Sie schüttelte den Kopf. Sie hatte die Schutzbrille abgenommen und die Latexhandschuhe ausgezogen. »Oder hast du jemanden gesehen, Jacques?«, fragte sie Billiot.

Alle blickten auf Billiot. Er fühlte sich unwohl, wenn er im Mittelpunkt stand und spontan etwas sagen musste. Er bevorzugte es, zu schweigen.

Maude lachte und legte Billiot freundschaftlich die Hand auf die Schulter. »Seht ihr! Deswegen sind ihm die Toten einfach lieber. Die reden nicht und stellen keine Fragen, nicht wahr, Jacques?« Sie beugte sich zu ihm und schaute ihn freundlich an. »Unser guter Jacques weiß viel mehr über die Toten als über die Lebenden. Er kann sich an jede Leiche, die vor ihm gelegen hat, erinnern. Und dass zum Beispiel ein Bein von der Dame hier vor uns ein Stück kürzer ist als das andere und ihr rechter Fuß kleiner als der linke, hat er sofort gesehen. War bestimmt nicht einfach für sie, damit zu laufen.« Maude drehte sich zu den anderen um und breitete die Arme aus. »Na ja, dem Tod ist so etwas egal. Er verzeiht vieles.« Dann klatschte sie vergnügt in die Hände.

Bendix schaute sie verdutzt an. Es war das erste Mal, dass er Maude derart über den Tod sprechen hörte. Doch er beharrte auf einer Antwort. »War nun jemand da, um sie zu sehen, oder nicht?«

Keiner sagte ein Wort.

»Nein«, grummelte Billiot schließlich zur Überraschung aller. »Niemand war da.«

Bendix betrachtete die Leiche genauer. Er kannte Elisabeth Stauder nicht. Warum hatte Madame Kahnweiler gewollt, dass er ihre Leiche sah? Für die Vorbereitung und Recherche zu seiner Rede half ihm der Anblick jedenfalls nicht. Zumindest dachte er das.

Maude und Billiot begannen, die Tote zu bekleiden. Bendix fiel auf, wie weiß ihre Haut war. Das lag wohl auch daran, dass sie kaum Leberflecken und Muttermale aufwies. Doch gerade als Maude ihr den linken Arm aufrichtete, um ihr ein Unterhemd anzuziehen, fiel Bendix eine dunkle Stelle auf der

Innenseite des Oberarms auf. »Was ist das?«, fragte er erstaunt und zeigte auf die Markierung. Es war eine Tätowierung, etwa sieben Millimeter groß, ihre Konturen waren nicht gut zu erkennen. Sie sah aus wie ein Buchstabe.

»Ein V«, rief Bart.

»V wie Victor«, sagte Bendix.

»Victor?«, fragte Bart.

»Im internationalen Buchstabieren ist V immer ein Victor«, erklärte Bendix. »Und warum sollte es kein Victor sein, Victor wie … äh … wie Victor Stauder. Elisabeth Stauders Vater!«

Maude verdrehte die Augen. »Warum soll sie ihren Vater unterm Arm tragen? Das ist doch pervers.« Sie drückte das Kaugummi gegen die Rückseite ihrer Vorderzähne, öffnete leicht und genüsslich den Mund, schob die Zunge heraus, pustete Luft in die dünne Schicht des Kaugummis und formte eine riesige Blase, die sie knallend zum Platzen brachte.

Bendix schaute sich die Stelle mit der Tätowierung nun von der anderen Seite an. »Es könnte aber auch ein A sein«, sagte er. »Ein A wie … äh … ja, wie wer?«

Bart machte noch ein paar Vorschläge, darunter so abwegige wie Armand, Asterix, Armweiler oder *aisselle*, die Achselhöhle, dass sie in lautes Gelächter ausbrachen.

Doch ausgerechnet der sonst so schweigsame Billiot unterbrach ihre Heiterkeit. »Die Einzigen, bei denen ich Buchstaben unter dem linken Arm gesehen habe, waren Männer, die aus dem Krieg kamen.«

Bart, Bendix und Maude schauten Billiot überrascht an. Dann blickten sie auf das Tattoo und wieder ihn an.

»Im Krieg?«, fragte Bendix. »Und was ist das für ein Zeichen?«

»Der Buchstabe zeigte die Blutgruppe an«, sagte Billiot, »Blutgruppe A zum Beispiel.« Und dann erklärte er ihnen, dass sich manche Soldaten im Zweiten Weltkrieg ihre Blutgruppe in den Oberarm tätowieren ließen, um im Fall der Verwundung schnell die richtige Bluttransfusion zu bekommen.

Maude pfiff leise. »Das ist ja mal cool.«

Bendix war beeindruckt. Doch ihm leuchtete nicht ein, warum sich eine Frau, die nach dem Zweiten Weltkrieg geboren wurde und im Zeitalter moderner Technik lebte, keine andere Methode ausgesucht haben sollte, um ihre Blutgruppe kenntlich zu machen. »Monsieur Billiot, können Sie sich konkret an jemanden erinnern, der so einen Buchstaben eintätowiert hatte?«

Billiot schien ihn nicht gehört zu haben. Er zog mit Maude der Toten das Unterhemd über. Dann strich er ihr von der Schulter über den Ellenbogen bis zur Hand sanft über die Haut, als ob er sie glätten wollte.

»Ja«, antwortete er schließlich. »Zum Beispiel ihr Vater.« Er schaute auf die Tote. »Da war auch ein A am linken Oberarm, allerdings nur schwer zu erkennen, ziemlich vernarbt. Als ob einer versucht hätte, es wegzumachen.« Er hielt inne, ging ganz nah an das Tattoo heran, betrachtete es eine Zeit lang und sagte schließlich: »Es ist erst wenige Tage vor ihrem Tod entstanden. Das Zeichen ist mit einem heißen Stempel eingebrannt worden.« Er schaute Bendix, Bart und Maude mit festem Blick an. Er war sich seiner Sache sicher.

»Eingebrannt?«, fragte Bendix bestürzt.

»Ja«, sagte Billiot. »*Branding* halt, etwas brutal, geht aber schneller.«

Keiner sagte einen Ton. Ihre Irritation war spürbar.

»Erst vor wenigen Tagen?«, wiederholte Bendix.

Ein Lächeln huschte auf einmal über Billiots Gesicht. Zum ersten Mal heute. »Vielleicht erst am Tag ihres Todes«, sagte er schließlich.

Maude schnalzte wieder mit dem Kaugummi. »Na ja«, murmelte sie schmatzend, »jeder verschönt sich, wie und wann er will.« Sie versuchte offensichtlich, die Stimmung zu retten. »Warum nicht auch an seinem Todestag? Das macht man in vielen Kulturen.«

»Aber nicht in Frankreich«, erklärte Bart trocken.

»Und woher willst du wissen, dass sie wusste, dass es ihr Todestag war?«, fragte Bendix zweifelnd.

»Jeder, der sich umbringen will, weiß, wann sein Tag gekommen ist«, erklärte Maude unbeeindruckt.

»Klar«, sagte Bendix, »aber wieso gehst du hier so selbstverständlich von Selbstmord aus? Das Tattoo sieht doch danach aus, als ob es in aller Eile angefertigt worden wäre. Warum gab es da diese Hektik? Und warum war sie so übermäßig betrunken? Um sich Mut anzutrinken, muss man nicht so viel saufen.« Er dachte an seinen Bruder, den man am Ufer der Marne auch mit viel Alkohol im Blut gefunden hatte. Sein Bruder wäre niemals so dumm gewesen, betrunken ins Wasser zu steigen. Schon deswegen war es für Bendix damals kein Unfall gewesen. Sein Bruder war ein erfahrener Schwimmer. »Es war kein Unfall«, sagte er nun laut.

Alle schauten ihn an. »Was meinst du?«, fragte Bart.

Bendix blickte erschrocken. Er merkte, wie er in Gedanken kurz abgeschweift war. »Ich meine, äh«, er zögerte, »ich werde sicher bald herausfinden, wie sie umgekommen ist.« Jetzt schauten alle noch ungläubiger. Da lächelte Bendix ertappt und hob die Hände. »Nein, also, ich wollte sagen, die Polizei wird sicher bald herausfinden, wie sie umgekommen ist.«

# 5

Madame Lacomblets dicke Oberarme schwappten bei jedem Messerstoß auf und nieder. Die scharfe Klinge schlug wie ein Fallbeil millimetergenau in die Zwiebel, dann auf den Knoblauch, die Pfefferschote und schließlich quer durch die Petersilie. Kleinste Stücke spritzten links und rechts zur Seite. Mit einer schnellen, eleganten Bewegung schob sie das zerkleinerte Gemüse mit dem Messer zusammen, nahm es und ließ es durch die Hände in die kleinen Schüsseln vor ihr gleiten. Sie lächelte. Ihre weißen Zähne leuchteten hell in dem dunklen, sympathischen Gesicht. Dann griff sie nach den geschälten Kartoffeln und schnitt sie in Sekundenschnelle in kleine Würfel, dass es nur so klackte. Schließlich nahm sie die Auberginen, wusch sie, trennte den Stielansatz ab und zerteilte sie nach der Paysanne-Methode, nicht in runde, sondern in viereckige, zwei Millimeter dicke Scheiben. Die Paysanne, die bäuerliche Technik, hatte sie schon als kleines Kind bei ihrer Mutter im Senegal gelernt.

Bendix, der vor der offenen Küche seiner Wohnung am Esstisch saß, blickte durch die offenen Fenster nach draußen auf die Rue Porte Lucas. Er wohnte nun schon einige Jahre in diesem geräumigen Vier-Zimmer-Appartement mitten in Épernay. Für ihn war es die schönste Wohnung, die er zwischen der Montagne de Reims, dem Marne-Tal, der Côte des Blancs und der Côte des Bar finden konnte. Von draußen strömte eine warme Brise in diesem wieder einmal heißen Sommer durch die beiden hohen Sprossenfenster herein, leicht angereichert mit dem Duft der Chocolaterie im Erdgeschoss. Er war ein musischer Mensch und genoss die Sanftheit des Augenblicks. Im Hintergrund spielte leise die Musik des französischen DJs Bob Sinclair.

»Monsieur Bendix, was ist los? Sind Sie wieder einmal unglücklich verliebt?«, fragte Madame Lacomblet und musste lachen, denn sie wusste um Bendix' Schwachpunkt. Seit zwei Jahren war sie seine Haushälterin, seine *femme de ménage*. Erst sollte sie nur die Wohnung reinigen. Doch schnell hatte sie zu Bendix ein mütterliches Verhältnis entwickelt und vorgeschlagen, ihm nach Bedarf auch ein Mittag- oder Abendessen zu bereiten. Bendix liebte gutes Essen und natürlich Champagner. Das war der einzige Luxus, den er sich leistete. Und Madame Lacomblet. Dass er sie bezahlen und sich überhaupt einen gewissen Lebensstandard leisten konnte, lag nur daran, dass er von einem verstorbenen Onkel Geld geerbt hatte. Madame Lacomblet stammte aus einem kleinen Dorf in der Nähe von Dakar. Als eine der ersten Einheimischen traute sie sich, am Strand von Yoff auf alten, ausrangierten Surfbrettern über die Wellen des Atlantiks reiten. Sie war damals eine der Besten – auch wenn man es ihr heute nicht mehr ansah. Sie hatte einige Pfunde zugelegt und wirkte durchaus korpulent. Vor dreißig Jahren war sie als Teenager aus ihrem Geburtsland, dem Senegal, nach Frankreich gekommen. Nur noch selten ging sie surfen. Heute gehörte Thieboudienne, das Nationalgericht ihrer Heimat, eine Fisch-Reis-Pfanne, zu ihren Spezialitäten.

Bendix schaute gequält und zog es vor, ihr nicht zuzuhören. Ihr Messer sauste nun in das Fischfilet, und in Sekundenschnelle schnitt sie mundgerechte Stücke. Modefine, die schwarze Katze, die ihm seine letzte Freundin als Beweis ihrer unzertrennlichen Liebe geschenkt hatte, streichelte Madame Lacomblet schnurrend um die dicken Waden. Früher oder später würde ein Stück Fisch zu ihr herabfallen.

»Oder haben Sie gestern wieder zu viel mit Monsieur Eitan getrunken?« Sie lachte.

Eitan Eisenberg, sein Etagennachbar, ein Fotograf, war ein eigenwilliger Typ und mehr als gewöhnungsbedürftig. Aber Bendix mochte ihn. Denn Eitan war der Einzige, mit dem man vollkommen grundlos zu jeder Tages- und Nachtzeit Champagner trinken konnte. »Nein«, sagte er, »ich war wieder auf Tour und bin müde.« Er lächelte bemüht.

Madame Lacomblet wusste Bescheid. Bendix' Zweitjob als Gemüsedesigner verlangte von ihm frühes Aufstehen. Heute Morgen hatte es ein wenig gedauert, bis er die zwei großformatigen Stillleben in Öl in den Supermärkten von Damery und Bouzy richtig platziert und aufgehängt hatte – das eine mit Früchten neben Weinglas und Karaffe, das andere neben Kaninchen und Meerschweinchen. Er wechselte diese Bilder je nach Saison. Am liebsten ergänzte er echtes und gemaltes Gemüse. Über eine Formation von Spargelbünden hängte er eine hügelige Landschaft grüner und blauer Trauben, zu einem aufeinandergestapelten Haufen Kohlrabi kombinierte er gemalten Brokkoli und Blumenkohl, über Melonen und Trauben brachte er ein Stillleben mit Seekrabbe und gefülltem Weinglas an. Er kaufte die Bilder auf Antikbörsen und Flohmärkten. Er liebte die Porträtkollagen von Giuseppe Arcimboldo, Gesichter aus Blumen, Früchten und Gemüse. Manche malte er auch selbst, allerdings eher einfach, großformatige, farbenfrohe Bilder mit riesigen Orangen, Trauben oder Zitronen. Viele dieser Werke hatten sich mittlerweile in seiner Wohnung angesammelt. Sie zierten die Wände und stapelten sich im Keller.

Madame Lacomblet bohrte ein Loch in die Mitte der Filetstücke und füllte es mit einer Zwiebel-Kräuter-Mischung. »Oui, Monsieur«, sagte sie nur, wobei sich das »Oui« wie ein Zischen anhörte. »Ich bin gleich fertig, Monsieur Bendix. Soll ich Ihnen ein Glas Champagner eingießen?«

Er lehnte dankend ab. Für Alkohol war es selbst ihm noch zu früh. Da klingelte es an der Tür.

Bendix war überrascht. Er hatte niemanden erwartet. Er öffnete, und eine große, schlanke Frau trat in die Wohnung. Ihre dunklen, dichten Haare fielen ihr offen links über die Schulter. Zu den hochhackigen schwarzen Schuhen trug sie einen grauen, eleganten Hosenanzug, auf Taille geschnitten. Unter dem Blazer mit langem Revers, Ein-Knopf-Verschluss, paspelierten Pattentaschen und geknöpften Manschetten leuchtete eine weiße Bluse, geöffnet bis zum dritten Knopf. Auf ihrer Haut glänzte vom grazilen Hals bis zum Brustbein herabhängend eine Roségoldkette, an der ein schwarzblauer Stein baumelte, ein Saphir, handgeschliffen und poliert in Form einer Weintraube. Sie drehte sich zu Bendix um und lächelte. Es war Charline Armand, die älteste Tochter von Henri Armand.

»Bonjour, Charline«, begrüßte Bendix sie freudig.

»Haben Sie einen Moment Zeit?«, fragte sie ihn.

Sie sah umwerfend aus.

Einen Moment? Bendix wollte lachen. Eine Ewigkeit hätte er für sie Zeit. »Natürlich!«, antwortete er. Seine Stimme sprang leicht in die Höhe. »Schön, Sie zu sehen. Setzen Sie sich doch.«

Charline nahm auf dem Sofa Platz, stellte ihre Tasche auf den Boden, schlug die Beine übereinander und betrachtete mit einem gewissen Amüsement die vielen Obstbilder in seiner Wohnung. Bei einem Stillleben mit einem golden-silbrig glänzenden Wein blieb sie hängen. »Was ist das? Ein Montrachet Grand Cru?« Sie lachte. Natürlich kannte sie sich mit Weinen aus – und schon gar mit den teuersten.

Bereits beim Trauergespräch hatte Bendix ihre Art, sich zu bewegen und zu erzählen, gefallen. In ihrer Ausstrahlung schien sie ihrem Vater Henri am ähnlichsten zu sein. Sie hatte ihm mit einer gewissen Begeisterung erzählt, dass sie Henri als einzige der drei Geschwister bereits mit zehn Jahren auf seine Geschäftsreisen begleiten durfte. Sie sah Keller und Rebberge und nahm an Empfängen mit internationalen Geschäftsleuten teil. Sie war privilegiert, hatte Bendix sofort gedacht. Doch es gab auch Brüche in ihrem Leben, die ihm sympathisch waren. Nach der Schule wollte sie nicht mehr eine junge Frau in der Welt älterer Männer sein und studierte Literatur und Kunstgeschichte. Sie begann sich für Art déco zu interessieren und für einen der berühmtesten Vertreter dieser Kunstepoche, René Lalique. Bendix war kein großer Fan des Glasartisten, aber er stammte wie er aus der Champagne, aus Aÿ, und hatte Reims zu einer Hauptstadt des französischen Art déco gemacht. Auch hatte Charline ihm bei ihrer ersten Begegnung erzählt, dass sie nun seit einigen Jahren Geschäftsführerin ihres Familienunternehmens Armand & Cie war und ihr diese Arbeit bisher kaum Zeit für eine private Partnerschaft gelassen hatte. Ihre Offenheit war für ein Trauergespräch nicht ungewöhnlich. Dennoch hatte sich Bendix die Bemerkung über ihren Beziehungsstatus genau gemerkt.

Er setzte sich in einen der Sessel. Sie wirkte auf ihn viel jünger als ihre neununddreißig Jahre. Und ihm wurde nun klar, dass ihr Charme auf ihn so betörend wirkte, dass er aufpassen musste, sich nicht Hals über Kopf in sie zu verlieben. Vielleicht war es auch schon zu spät.

»Es tut mir leid, was Ihnen bei der Trauerfeier passiert ist«, antwortete sie. »Ich möchte mich für meine Schwester entschuldigen. Sie ist einfach sehr temperamentvoll.«

»Kein Problem.« Bendix winkte ab. »Die paar Kratzer.« Er wischte sich lässig ein paar Fussel von den Ärmeln. Sein Auge schimmerte immer noch purpurn.

»Und danke, dass Sie sich für mich eingesetzt haben.«

Bendix versuchte ihr gewinnend zuzulächeln. Wie dämlich musste er ausgesehen haben, als er vor ihr zu Boden gesunken war. Wie ein halb nackter Tarzan in einem Boxring auf der Kirmes, der schon nach zehn Sekunden der ersten Runde auf der Matte lag. Er musste das Gespräch schnell in eine andere Richtung lenken. »Warum ist Ihre Schwester überhaupt so wütend geworden?«

»Sie wissen sicher, dass dieser Reschenhauer den Ruf hat, nicht ganz saubere Geschäfte zu machen«, erwiderte Charline. »Das fing schon in den vierziger Jahren mit den Deutschen an. Da war er noch ein junger Mann. Meine Schwester gehört zu den Leuten, die ihm das immer noch übel nehmen.«

Modefine kam auf sie zu und stieß mit ihrem Kopf gegen ihre Beine, bis Charline sich über sie beugte und sie kraulte.

»Und was ist mit Ihnen? Stört Sie das nicht?«

Sie schüttelte den Kopf. »Nein«, sagte sie, »wir sind heute eines der größten Champagnerhäuser überhaupt und können sehr zufrieden sein.« Charlines Finger glitten durch Modefines Fell. Die Katze schnurrte. »Wenn Sie wollen, können Sie gerne mal mit meinem Bruder sprechen. Der interessiert sich mehr für die Vergangenheit als ich.«

Bendix konnte sich eigentlich nicht vorstellen, dass sich jemand in ihrer Position nicht für die Vergangenheit interessierte. Ihr Unternehmen war zu traditionsreich und mittlerweile auch zu bedeutend, um dieses Kapitel zu ignorieren. Und gerade als er nachhaken wollte, sagte sie: »Ich bin noch aus einem weiteren Grund zu Ihnen gekommen. Ich habe Ihnen etwas mitgebracht.« Sie griff nach ihrer Tasche, holte ein Kuvert heraus und reichte es ihm.

Da rief Madame Lacomblet aus der Küche: »Wollen Sie etwas mit uns essen, Mademoiselle?« Sie hatte bereits das geschnittene Gemüse zum Köcheln gebracht, den restlichen Zwiebel-Kräuter-Mix mit Tomatenmark und die Fischfilets in Öl angebraten. »Das müssen Sie probieren. Unser Nationalgericht!« Und noch bevor Charline etwas sagen konnte, hatte Madame Lacomblet beiden einen Teller auf den Wohnzimmertisch gestellt. »Es ist heute besonders gut. Monsieur Bendix hat frisches Gemüse vom Markt mitgebracht. Probieren Sie!«

Charline nahm einen Löffel von der Fisch-Reis-Pfanne. »Oh, c'est bon«, rief sie bewundernd.

Madame Lacomblet freute sich und ermahnte Bendix scherzhaft, sich ein Stück von der Begeisterung seines Gastes abzuschneiden.

Doch Bendix hatte gar nicht zugehört. Er saß aufrecht und regungslos in seinem Sessel. Entgeistert schaute er auf die Rechnungsbelege, die er aus dem Kuvert genommen hatte. Es waren Zahlungen von Henri Armand über mehrere tausend Franc an Bendix' Bruder André. Sie stammten aus den Monaten kurz vor Andrés Tod 1992. In der Betreffzeile standen die Worte: »Recherche Reschenhauer«.

»Wie kommen Sie an diese Belege?«, fragte er fassungslos. Sein Herz klopfte vor Aufregung, und das Klopfen wurde immer heftiger. Es fühlte sich an wie ein Messer, das ihn stakkatoartig mit der Spitze in die linke Brust stach. Es schmerzte, und es überkam ihn eine Traurigkeit, die stumm war, und doch wollte er schreien. Seit diesem Tag, als sein Bruder starb, war ihm etwas abhandengekommen, das er bis dahin für so selbstverständlich gehalten hatte wie Haarwuchs oder Kuhmilch. Sein Bruder war sein Vorbild, sein Idol. Und dieser Verlust schmerzte ihn nun wieder. Bendix schloss die Augen und versuchte, das Gefühl zu unterdrücken.

»Woher kannte Ihr Vater meinen Bruder?«

Charline strich mit der Hand über das Polster des Sofas. Sie wirkte unschlüssig. »Ich bin dabei, den Nachlass unseres Vaters zu sortieren«, sagte sie, »und da fielen mir diese Belege in die Hand. Und ich dachte, ich sollte Ihnen doch Bescheid geben.«

André Kaldevin, Bendix' älterer Bruder, war Anfang der achtziger Jahre Mitglied der linksradikalen Gruppierung Action directe und wurde nach einem Überfall auf eine Bankfiliale 1982 verhaftet. Da war er zwanzig Jahre alt. Nach vier Jahren Gefängnis kam er wegen guter Führung vorzeitig frei. Er löste sich von seiner radikalen Gesinnung und arbeitete anschließend als freier Journalist für die Tageszeitung »Libération«.

»Davon wusste ich nichts«, sagte Bendix schließlich. Er war erschüttert und erzürnt zugleich. Wie hatte ihm sein Bruder diese Recherche verschweigen können? Sie hatten großes Vertrauen zueinander gehabt. Hatte er Bendix damals für zu jung gehalten? Bendix hatte gerade wegen Andrés rebellischer Art zum ihm hochgeschaut. War dieser Job, den er für Henri Armand übernommen hatte, so geheimnisvoll gewesen, dass er nicht darüber reden konnte? Oder durfte?

Bendix wurde schwummrig. Die Zahlungen stellten den Tod seines Bruders in ein neues Licht. Er hatte nie daran geglaubt, dass sein Bruder Selbstmord begangen hatte. André war zum Zeitpunkt seines Todes achtundzwanzig Jahre alt und in blendender körperlicher und auch seelischer Verfassung gewesen.

Zudem war er ein guter Schwimmer und hätte die Marne zwei, drei Mal durchqueren können.

Bendix' Augenbrauen hatten sich zusammengezogen, sodass auf seiner Stirn eine steile Falte entstanden war, die wie ein Ausrufezeichen seine Verärgerung, aber auch seinen Schock signalisierte. »Was ist das mit diesem Reschenhauer? Was wollte Ihr Vater über ihn wissen?«

Er sah in Charlines erschrecktes Gesicht. Sie hatte offenbar nicht erwartet, dass ihn diese Nachricht so aufwühlen würde. Sie schaute etwas verlegen auf ihren Teller und nahm minutiöse Veränderungen am Arrangement ihres Bestecks vor. »Es tut mir wirklich leid«, sagte sie, »ich wollte Sie nicht verärgern. Ich dachte, diese Belege könnten Ihnen in irgendeiner Form weiterhelfen.«

Bendix starrte wieder auf die Zettel. Kaum sichtbar öffnete und schloss sich sein Mund. Dieser Reschenhauer hatte etwas mit dem Tod seines Bruders zu tun. Das spürte er genau. Und wenn dieser Rechnungsbeleg ihm etwas sagen wollte, dann war es das: Ganz egal, wie groß Andrés Fußstapfen für ihn auch waren, es lag jetzt an ihm, herauszufinden, an was für einer Sache sein Bruder damals dran war – und was oder wer ihn umgebracht hatte.

# 6

Eine Rede auf einen Menschen zu halten, den man nicht kannte, ist eine Kunst. Und dann auch noch auf einen Toten. Bendix schaute gedankenvoll zur Decke des Lesesaals mit der Glasmalerei aus dem Art déco hinauf. Er saß hier immer, wenn er recherchieren und schreiben musste. Er liebte diese alte Bibliothek in Reims, die der Stahlmagnat Andrew Carnegie der Stadt geschenkt hatte. Am liebsten nahm er in der Mitte des Saals Platz, auf den bequemen Holzstühlen an den langen Lesetischen mit den schlichten Tischlampen mit ihren milchigen Glasschirmen. Einige Bücher, Zeitungsartikel, zwei Stifte, einige Notizzettel und ein Laptop lagen verstreut auf der grünen Schreibmatte vor ihm. Ab und an kamen Besucher auf dem knarrenden Parkettboden angeschlendert und setzten sich an einen der langen Arbeitstische am Ende des Saals ganz nah an die drei großen Rundbogenfenster, durch die das Tageslicht hell hereinflutete. Oder sie gingen hinter ihm an den Bücherwänden aus Mahagoni durch eine der zwei Türen in den kleineren Lesesaal – oder hinauf zur Galerie, deren meterlange, zehn Regale hohe Bücherwand bis auf den letzten Platz mit Nachschlagewerken gefüllt war.

Bendix hatte seinen Laptop eingestöpselt und betrachtete grübelnd den blinkenden Cursor auf dem leeren Bildschirm. Tausend Gedanken kreisten in seinem Kopf. Er war unzufrieden mit dem, was er bisher über Elisabeth Stauder erfahren hatte. Die Hausangestellte in ihrer Villa in Reims hatte ihm ein Porträt von ihr gezeigt und ein paar belanglose Geschichten über ihren Alltag erzählt. Elisabeth Stauder schien eine sympathische Person gewesen zu sein, die viele Bekannte, aber wohl nur wenige Freunde hatte. Sie war vermögend und verbrachte viele Monate im Jahr in ihrem Luxusappartement in einem Hochhaus an der Côte d'Azur, wo man sie nun tot aufgefunden hatte. In ihrem Weinkeller in Reims sammelte sie historische Champagner.

Die Haushälterin hatte ihn durch die langen Gänge im Keller der Villa geführt. Selbst Flaschen aus den vierziger Jahren hatte Bendix gefunden, versehen mit Aufdrucken wie »Wehrmachts-Marketenderware Verkauf im Freien Handel verboten« oder »Réservé à la Wehrmacht«, die den Deutschen im Zweiten Weltkrieg geliefert wurden. Es war wohl eine Sammlung, die bereits ihr Vater angelegt hatte. Ihre wirkliche Leidenschaft war, Champagner zu trinken.

Bendix hatte die Hausangestellte auch auf die Tätowierung angesprochen. Doch sie wusste davon nichts. Auch ob das Tattoo möglicherweise das Mitgliedszeichen eines Vereins, einer Gruppe oder eines geheimen Zirkels war, konnte sie ihm nicht sagen. Bendix hatte daraufhin über Soldaten im Zweiten Weltkrieg recherchiert und war schließlich auf militärische Einheiten des deutschen Heeres gestoßen, die sich tatsächlich auf der Innenseite des linken Oberarmes ihre Blutgruppe in die Haut eingestochen hatten. Es handelte sich um die Waffen-SS, schwarze Armee und brutale Mördertruppe, die darauf gedrillt war, für Nazi-Deutschland zu siegen. Für die Wehrmacht kämpften sie an vorderster Front und schossen alles nieder, was sich ihnen in den Weg stellte. Und sie bildeten die Totenkopfeinheiten, die mit Stahlruten und kläffenden Schäferhunden Millionen von Gefangenen in die Konzentrations- und Vernichtungslager geschickt hatten. Bendix schockierte, dass sich viele der SS sogar freiwillig angeschlossen hatten – und zwar nicht nur Deutsche, sondern Männer aus ganz Europa. Und je länger der Krieg dauerte, desto mehr wuchs diese Truppe skrupelloser Mörder zu einem Heer von vielen Hunderttausenden heran. Dass auch Franzosen der Waffen-SS angehörten, war nicht ungewöhnlich. Die deutsch-französische Waffenbrüderschaft hatte nicht nur aus der faschistischen Parti populaire français Zulauf, sondern aus allen mit den Deutschen kollaborierenden französischen Parteien. Und zu seinem Erstaunen las

Bendix, dass es genau auch solche Franzosen waren, die zu den Ewigtreuen gehörten, die am Ende des Krieges 1945 mit den Deutschen zusammen das Machtzentrum der Nazis in Berlin verteidigten.

Bendix dachte über Victor Stauders vernarbtes Tattoo nach. Er hatte gelesen, dass sich viele Mitglieder der Waffen-SS nach dem Krieg genau an der Stelle der Tätowierung in den Arm geschossen hatten, um die Stelle auszumerzen und es gleichzeitig wie eine Kriegsverletzung aussehen zu lassen. Hatte sich Victor Stauder absichtlich in den Arm geschossen? War er Mitglied der Waffen-SS gewesen? Und warum trug seine Tochter diese Tätowierung?

Bendix hatte sich aus dem Archiv der Bibliothek einige Ausgaben der Lokalzeitung geben lassen. Porträts der Winzerfamilien und Interviews gehörten seit jeher zum Standard der Berichterstattung. Dem Schlagwortregister konnte er entnehmen, dass die Stauders vor allem in den siebziger Jahren ein Thema waren. Es gab Fotos mit Victor Stauder bei offiziellen Anlässen, bei Empfängen und Jahresfeiern oder auf seinem Weingut, im Keller oder bei der Verkostung, dazu einige Interviews mit ihm über die Lagerung von Wein in Holz- und Stahlfässern, über neue Anbaumethoden, über gute und schlechte Jahrgänge. Er hatte damals anscheinend ein florierendes Champagnerhaus, die Familie besaß Weinstöcke in einigen sehr guten Lagen, die hervorragenden Champagner möglich machten. Das Weingut existierte erst seit 1940. Es war das Jahr, in dem die Nationalsozialisten in Frankreich das ihnen ergebene Vichy-Regime unter Marschall Pétain installierten, der alles dafür tat, den Nazis das Leben möglichst leicht zu machen.

Bendix blätterte weiter, bis ihm eine Notiz aus dem Frühjahr 1973 auffiel. Dort hieß es, dass sich die Familie Stauder nun auch in Kalifornien im Schaumwein engagieren würde. Bendix wusste genau, wie solche Geschäfte funktionierten. Sein Vater war Winzer, hatte aber nie die finanziellen Möglichkeiten gehabt, um eine eigene Marke zu lancieren, geschweige denn, um im Ausland zu expandieren, und verkaufte deswegen die meisten Trauben an andere Produzenten der Champagne. Um zu wachsen, brauchte man Eigenkapital, viel Eigenkapital. Und das hatten meistens nur die großen Champagnerhäuser wie Moët, Mumm oder Veuve Clicquot. Doch die Stauders? Sie hatten keinen großen Namen. Weder in der Branche noch beim Konsumenten. Woher besaßen sie das Kapital? Und mit wem hatten sie in Kalifornien kooperiert?

Er grübelte und schaute beiläufig noch einmal auf die Fotos. Es fiel ihm auf, dass es nur ganz wenige gab, auf denen die ganze Familie abgebildet war. Für einen Winzerbetrieb unüblich, dachte Bendix, denn die Familie war nicht nur der Rückhalt, sondern auch der Stolz eines Weinguts. Auf einem der älteren Fotos sah er den alten Stauder mit seiner Tochter Elisabeth. Sie war etwa achtzehn Jahre alt. Es war eine Benefizveranstaltung. Es ging um Kinder, die an Poliomyelitis erkrankt waren. Kinderlähmung, schoss es Bendix durch den Kopf. Noch bis Ende der fünfziger Jahre erkrankten in Europa viele Kinder an den hoch ansteckenden Viren. Bei vielen führte die Krankheit nur zu Grippesymptomen, bei anderen jedoch zu lebenslangen Lähmungen und auch zum Tod. Anfang der fünfziger Jahre war die Impfung gegen alle drei Poliostämme noch nicht verpflichtend. Vor allem kleine Kinder erkrankten an der Seuche. Bendix schaute nun genauer auf das Foto und sah, dass Elisabeth eine Art Gestell an Fuß und Bein trug, eine Orthese. Er las den Artikel. Nur drei Jahre nach ihrer Geburt war Elisabeth an Kinderlähmung erkrankt. Von einem auf den anderen Moment konnte sie Teile ihres Körpers nicht mehr bewegen. Vor allem ihr rechtes Bein lahmte. Nur mühsam erlernte sie wieder das Laufen. In der Pubertät wuchsen schließlich ihr rechter Fuß und ihr rechtes Bein nicht mehr richtig. Sie waren zu wenig durchblutet, die Polioviren hatten die Nerven abgetötet, das Nervensystem war irreversibel beeinträchtigt.

Monsieur Billiot!, durchfuhr es Bendix, und er musste darüber schmunzeln, dass der schweigsame Jacques die Verkürzung des Beins sofort erkannt hatte. Mit einer solchen Gehbehinderung waren große sportliche Aktivitäten natürlich überhaupt nicht möglich, dachte Bendix, weder Laufsportarten noch Springen oder gar Klettern. Und auch über eine Brüstung zu steigen war sicher mehr als schwierig. Wie sollte sie mit einem lahmen Bein über die doch recht hohe Brüstung eines Balkons im zehnten Stock eines Hochhauses geklettert sein? Und dann auch noch betrunken? Vielleicht mit einem Stuhl? Einer Leiter?

Irgendetwas stimmte nicht, dachte Bendix. Er blickte hinauf an die Decke des Lesesaals und sah die schöne Art-déco-Glasmalerei. Sie zeigte ein aufgeschlagenes Buch vor dem Wappen von Reims. Er brauchte mehr Klarheit. Er würde das Kommissariat in Reims anrufen. Er stützte sich mit den Ellenbogen auf den Tisch, massierte mit den Fingerspitzen seine Schläfen und versuchte, sich zu konzentrieren.

Da vibrierte sein Handy. Er sah die Nummer von Leo Reschenhauer auf dem Display. Im Lesesaal zu telefonieren war verboten. Doch dieser Anruf war ihm zu wichtig. Er hatte Leo Reschenhauer heute Morgen angerufen, doch ihn nicht erreicht. Unter dem Vorwand, mehr über Elisabeth Stauder erfahren zu wollen, beabsichtigte er, den Mann kennenzulernen. Er stand auf, ging eilig in den Nebenraum des Lesesaals, hielt beide Hände um sein Smartphone und nahm ab.

»Kommen Sie zum Jardin Henri Deneux«, hörte er Reschenhauer sagen. Die grußlose Art des Alten nahm Bendix erstaunt wahr.

»Wann?«, fragte er im gleichen nüchternen Ton.

»Sofort.«

Bendix packte seine Sachen zusammen, verließ den Lesesaal der Carnegie-Bibliothek, eilte durch die Eingangshalle unter dem kolossalen Art-déco-Kronleuchter hinaus zum monumentalen Portal, lief die Stufen hinunter, knallte fast gegen die Büste Andrew Carnegies, die auf einem Steinsockel vor dem

Eingangsbereich thronte, fing sich wieder und rannte weiter. Die Mittagssonne schien.

Der Jardin Henri Deneux, die kleine Parkanlage, die direkt hinter der Kathedrale von Reims lag, war nur wenige Minuten entfernt. Er lief das Stück über den Cours Anatole France, gleich neben dem Palais du Tau, dem alten Palast, in dem die Könige von Frankreich die letzte Nacht verbrachten, bevor sie in der Kathedrale gekrönt wurden, und erreichte gleich am Square Henri Deneux den Park.

Die Grünanlage war ein streng geschnittenes Ensemble mit Blumenrabatten, kleinen ornamentalen Rasenflächen und gestutzten Hecken, symmetrisch angelegt, in dessen Mitte ein großes, etwas verwittertes Bassin mit seinem Beckenrand zum Verweilen einlud. Es war ein ruhiger und übersichtlicher Ort, und so fiel es Bendix nicht schwer, den alten Mann auf einer der steinernen Bänke weiter hinten zu entdecken. Er trug ein leuchtend blaues Jackett und war in Begleitung des Mannes gekommen, der ihm bereits auf Henri Armands Beerdigung zur Seite gestanden und ihn gegen Laras Ausbrüche verteidigt hatte.

Bendix schaute ihn skeptisch an. Dann reichte er Reschenhauer die Hand.

»Bonjour, Monsieur«, sagte er zu dem Alten.

Reschenhauers Hand war kalt und trocken.

»Das ist Monsieur Morel«, erwiderte Reschenhauer, ohne eine Miene zu verziehen, und zeigte auf seine Begleitung.

Je länger Bendix Morel ansah, desto überzeugter war er, dass genau dieser Mann es war, der ihm eine verpasst hatte. Doch da sich wohl weder Reschenhauer noch Morel an die erste Begegnung vor einigen Tagen erinnern wollten, tat auch Bendix so, als ob nichts geschehen wäre. Er reichte Morel schweigend die Hand. Der Mann nickte kurz. Er hatte einen starken Händedruck. Bendix überlegte, in welchem Verhältnis die beiden standen. Die klobigen Hände quetschten aus Morels Manschetten genauso heraus wie sein Hals aus dem Kragen. Überhaupt wirkte er in seinem dunklen Anzug wie zu eng verpackt. Ein

Schlägertyp mit Schleife, dachte Bendix. Wahrscheinlich eine Art Leibwächter.

Reschenhauer gab Morel ein Zeichen, sie allein zu lassen. Der nickte nur und ging.

Bendix setzte sich auf die Bank.

Reschenhauer musterte ihn genau, während er mit den Händen an dem Knauf seines Gehstocks, den er zwischen den Beinen platziert hatte, drehte. Dann sagte er: »Sie werden also morgen wieder die Trauerrede halten?«

»Sie meinen, für Elisabeth Stauder?«

Der Alte nickte.

Bendix hatte mittlerweile so viele Fragen an Reschenhauer, dass er nicht wusste, womit er anfangen sollte. Sollte er ihn direkt auf seinen Bruder André ansprechen? Oder ihn über sein Verhältnis zu Henri Armand befragen? Er hätte auch gerne erfahren, warum Lara ihn als Verräter beschimpft hatte. In welcher Beziehung stand er zur Familie Stauder, und was wusste er über die Tochter Elisabeth?

»Und Sie?«, fragte er schließlich, »wird man Sie morgen wieder beschimpfen?«

Reschenhauer hörte abrupt auf, am Knauf seines Gehstocks zu drehen. Er blickte ihn düster an.

Erst jetzt fiel Bendix auf, wie alt dieser Mann aussah und wie verhärmt. Er musste weit über neunzig Jahre alt sein. Eine wahre Greisenerscheinung. Vielleicht lag es an den kalten blaugrauen Augen oder an der spitzen, aufdringlichen Nase, vor der man, je näher man ihr kam, desto stärker zurückschreckte.

»Junger Mann, von Dingen, von denen Sie keine Ahnung haben, sollten Sie lieber schweigen«, fuhr Reschenhauer ihn jäh an. Der Ton des Alten war ebenso scharf wie herablassend.

Bendix überhörte den Verweis geflissentlich und versuchte es mit gespielter Höflichkeit. »Danke erst mal, dass Sie gekommen sind. Ich habe einige Fragen an Sie. Ich bräuchte Informationen über Elisabeth Stauder. Was könnten Sie mir über sie erzählen?«

Reschenhauers strenger Blick wich einer sorgenvollen Miene. Er schien tatsächlich betrübt über ihren Tod zu sein. »Ihr Vater und ich waren gut befreundet. Sie war ein gutes Mädchen, sehr loyal.« Reschenhauer hatte keine Kinder, und deswegen war für ihn Elisabeth wie eine eigene Tochter. Sie war die Einzige, die ihn Onkel Leo nannte. Aus den Geschäften, die er mit ihrem Vater machte, hatte sie sich meistens herausgehalten. Sie hatte kein Interesse. Dennoch suchte sie nach dem Tod ihrer Eltern oft seinen Rat.

Bendix war überrascht, wie offen der Alte mit ihm sprach. Es passte nicht zu seiner autoritären Erscheinung. Doch diesen Anflug von Weichheit wollte Bendix nutzen. »Können Sie mir sagen, warum sich Elisabeth ihre Blutgruppe in den linken Oberarm hat tätowieren lassen?«

Reschenhauer schloss die Augen, holte tief Luft und sagte mit gepresster Stimme: »Ich verstehe nicht, was Sie meinen.«

»Wir haben bei ihr an der gleichen Stelle ein Buchstaben-Tattoo gefunden wie bei ihrem Vater.«

Reschenhauer fixierte Bendix scharf wie der Offizier seinen Rekruten. Dann biss er sich auf die Oberlippe, als ob er sich die Worte verbieten wollte. Doch seine Augen funkelten. Schließlich sagte er: »Davon weiß ich nichts.«

Es war für Bendix offensichtlich, dass er log. Sein Herz schlug schneller als sonst. Die Neugier wuchs, und er warf jegliche Diskretion über Bord. Er versuchte, sich möglichst unbeeindruckt zu zeigen, und setzte noch einmal an: »Wenn Sie so gut mit Victor Stauder befreundet waren, dann wissen Sie doch sicherlich auch, ob er Mitglied der Waffen-SS war?«

Wenn es das Haupt der Medusa als Sinnbild für den tödlichen Blick nicht gegeben hätte, wäre Bendix nun zu der Überzeugung gelangt, dass Reschenhauer der Bruder der mythischen Gorgonen war, dem nichts lieber gewesen wäre, als ihn für immer in schweigenden Stein zu verwandeln.

»Sie wissen nichts«, zischte Reschenhauer ihn an.

Bendix war bewusst, dass niemand in Frankreich gern über

die Kollaboration sprach. Denunziation und Opportunismus waren während der deutschen Besatzung genauso *à la mode* gewesen wie der Mangel an Zivilcourage. Die »Judengesetzgebung« hatte die Vichy-Regierung ohne großes Zögern und viel zupackender umgesetzt, als von den Deutschen verlangt worden war. Für viele waren die Grenzen zwischen Gut und Böse, zwischen Treue und Verrat allerdings fließend – aus der Not heraus. Die Weinproduzenten der Champagne mussten mit den Deutschen zusammenarbeiten. Sie hatten keine andere Wahl. Manche Winzer gingen allerdings über das Notwendige hinaus, schlugen aus der Besatzung Kapital und wurden reicher als zuvor.

»Es ging immer um den Champagner«, raunzte Reschenhauer ihn wieder an, »alle mussten sich arrangieren. Niemand konnte damals unschuldig bleiben.« Für einen Moment starrte er Bendix regungslos an. »Selbst die Résistance nicht.«

Gerade wollte Bendix ihm erklären, dass es einen großen Unterschied ausmachte, auf welcher Seite man im Krieg seine Unschuld verlor, da schrie Reschenhauer ihn an: »Viele Champagnerhäuser waren von den Deutschen doch so begeistert, dass sie die SS-Offiziere in ihre Repräsentanzen einluden! Das weißt du wohl nicht, hé?«

Dass dieser Mann mehr als nur unfaire oder gar schmutzige Geschäfte auf dem Kerbholz hatte, konnte sich Bendix nur allzu lebhaft vorstellen. Ihn jedoch weiter zu provozieren hatte wohl wenig Sinn, zumal Reschenhauer Anstalten machte, zu gehen.

Bendix musste ihn aufhalten. »Dass Elisabeth gehbehindert war, wussten Sie aber, oder?«, fragte er ihn schnell.

Reschenhauer drückte sich mit dem Stock in die Höhe, bis er sein Gleichgewicht fand. Er hatte sich wohl mittlerweile etwas beruhigt. Nach einer Weile sagte er schließlich: »Natürlich, ihr ganzes Leben lang.« Dann gab er Morel ein Zeichen. »Ich muss gehen.«

Bendix sprang auf. »Glauben Sie, dass sich Madame Stauder das Leben genommen hat?«

Reschenhauer schaute ihn kopfschüttelnd an. »Wie kommen Sie darauf? Sie hat sich nicht umgebracht. Mit dem lahmen Bein konnte sie noch nicht mal auf einen Stuhl steigen. Wie sollte sie da über einen Balkon geklettert sein? Sie ist runtergeworfen worden. Jemand hat sie getötet«, sagte er und schlug mit dem Gehstock auf den Boden. »Die Polizei wird es schon noch herausfinden.«

»Warum sind Sie so sicher, dass es Mord war?«

»Warum?«, wiederholte Reschenhauer. Wie in Zeitlupe verwandelte sich sein bisher strenges Gesicht in ein höhnisches Grinsen. »Weil das die Rache des Tintenfischs ist.«

»Was für eine Rache? Was für ein Tintenfisch?« Bendix war nun vollends irritiert.

»Finden Sie es selbst heraus«, sagte Reschenhauer. Dann griff er nach dem Arm von Morel: »Aber ich warne Sie – seien Sie schnell. Denn wir alle werden das hier nicht überleben.« Dann ging er davon. Er schien sein Schicksal schon seit Langem zu erwarten.

## 7

Es waren unerwartet viele Besucher gekommen, sodass nicht alle einen Platz in der kleinen Kapelle Sainte-Croix auf dem Nordfriedhof von Reims finden konnten. Viele standen draußen vor dem Eingang zwischen den vier steinernen Säulen, die der kleinen Sainte-Croix das Aussehen eines Mini-Tempels verliehen, und versuchten, durch die geöffneten Türen einen Blick in das Innere zu erhaschen.

Sainte-Croix war zwar sanierungsbedürftig, doch Bendix mochte die kleine Kapelle. Schon das erste Mal, als er ihr als Jugendlicher in Alexandre Dumas' Roman »Le Chevalier de Maison-Rouge« begegnet war, hatte er Sympathie für sie entwickelt. Er stand neben dem Eichensarg, während hinter ihm auf dem kargen Altar der Rauch der flackernden Kerzen in die von Ruß geschwärzte kleine Kuppel hinaufstieg. Einen solchen Andrang hatte er nicht erwartet. Da die Stauders keine Angehörigen hatten und als nicht sehr beliebt galten, war Madame Kahnweiler davon ausgegangen, dass das öffentliche Interesse nicht groß sein würde. Sie hatte in Absprache mit Elisabeth Stauders Haushälterin die kleine Sainte-Croix gebucht. Die Haushälterin hatte allerdings darum gebeten, auf kirchlichen Beistand, Musik und jegliche Form von Blumenschmuck zu verzichten, nicht jedoch auf einen Trauerredner.

Bendix blickte in die gefüllte Kapelle und sah in der ersten Reihe die Haushälterin sitzen. Sie trug eine dunkle Sonnenbrille und einen wallenden Hut, über den ein schwarzer Schleier fiel. Unaufhörlich hielt sie sich ein Taschentuch an die Nase und schniefte. Etwas weiter fiel ihm Eitan, sein Nachbar, auf. Er kam manchmal, um seine Trauerreden zu hören und ihm später zu sagen, was er alles hätte besser machen können. Hinten an der Wand der Kapelle stand Bart. Er hatte seinen Supervisor-Blick aufgesetzt und überwachte die Szenerie. Bendix suchte nach dem alten Reschenhauer. Bisher hatte er ihn nicht finden können. Zu seiner Überraschung entdeckte er Charline. Als sich ihre Blicke trafen, lächelten sie sich kurz zu. Sie war mit ihrem Bruder Benoit gekommen.

Jetzt gab Bart Bendix ein Zeichen.

Bendix verstand, holte sein Manuskript hervor, räusperte sich und sagte: »Elisabeth Stauder ist tot. Für diejenigen, die sie kannten, kam ihr Tod überraschend und viel zu früh.« Er hielt inne und schaute in das Rund der kleinen Kapelle. »Ihr Tod war dramatisch. Zweifellos. Aber manche Menschen sterben, wie sie leben. Und Elisabeths Leben war ebenso spektakulär wie tragisch.« Er erzählte von ihrer Leidenschaft für den Champagner, den großen Wein, der von den Gegensätzen, der Unterschiedlichkeit der Trauben, dem Zusammenspiel und dem Ausgleich der Temperamente lebte. Anders allerdings als der Champagner, der ausgewogen, schwungvoll und perfekt sein konnte, war ihr Leben alles andere als perfekt. Es glich einer Cuvée, einer besonderen Mischung, aber nicht aus Trauben und Jahrgängen, sondern aus Zwängen und Sehnsüchten. Elisabeth wollte sich nie an einen Partner binden. Sie lebte allein – und möglicherweise lag das an der Treue zu ihrem Vater. »Doch einen liebte sie besonders«, sagte Bendix und machte eine kurze Pause. »Den Smoking.«

Einige lachten und erinnerten sich an ihr Outfit. Bendix dachte an die vielen Reden, in denen er das Leben des Toten für die Hinterbliebenen zurechtgedrechselt hatte. Reden über Menschen, die niemand vermisste, über Gewerkschaftsbosse, die keiner leiden konnte, über Frauen, die ihre Männer hassten. Polemisch zu werden war genauso wenig seine Sache, wie Trübsal zu blasen. Immer hatte er es geschafft, einen versöhnlichen Abgang für alle hinzubekommen. Und am besten gelangen ihm die Reden, wenn er selbst Spaß daran hatte.

»Sie trug den Smoking bei jedem erdenklichen Anlass«, fuhr Bendix fort, »bei Geburtstagen, Beerdigungen, in der ersten Klasse im Flugzeug und selbst morgens vor der Massage.«

Bendix schaute kurz noch einmal auf. Dann fuhr er fort: »Sie brauchte die Eleganz des Smokings, die schöne und heile Welt, die er für sie verkörperte, um die Fäulnis der Vergangenheit, die sich immer wieder in ihr Leben schlich, besser zu ertragen. Und auch heute trägt sie ihn, den Smoking – hier in diesem Sarg. Natürlich haben wir eine Flasche Champagner dazugelegt. Und so bin ich sicher: Wo immer sie ankommt, wird man sie freundlich empfangen.«

Als ob die Trauernden nur auf seinen Schlusssatz gewartet hätten, begannen sie sofort, zu husten, zu prusten, zu schniefen und sich zu schnäuzen – in verschiedenen Frequenz- und Intensitätsgraden. Bendix ging auf seinen Platz zurück. Dann verging ein Moment der Stille. Auf ein Zeichen von Bart traten schließlich die in Schwarz gekleideten Sargträger in die kleine Kapelle, nahmen den Eichensarg und gingen hinaus. Schweigend schlossen sich die Besucher dem Trauerzug an. Bendix blieb am Altar zurück.

Da kam die Haushälterin auf ihn zu. »Es war gut, dass Sie nicht erwähnt haben, wie sie zu Tode gekommen ist«, sagte sie und reichte ihm die Hand. Sie lächelte ihn dankbar an, und doch flackerten ihre Augen, als ob sie ihm noch etwas sagen wollte. Bendix bemerkte ihre Unentschlossenheit. Sie wollte sich abwenden, doch er ließ ihre Hand nicht los, bis sie ihn anblickte, ruhiger wurde und sagte: »Ich hatte Ihnen gegenüber Madame Stauders lahmes Bein mit Absicht nicht erwähnt. Sie hasste dieses Bein und fühlte sich damit unweiblich. Sie konnte nicht elegant laufen und noch nicht einmal richtig auf einen Hocker steigen.« Wieder holte die Haushälterin ihr Taschentuch hervor und tupfte sich die Tränen von den Wangen. Bendix murmelte ein paar Worte des Beileids. Doch eigentlich dachte er darüber nach, dass es Elisabeth wahrscheinlich tatsächlich unmöglich gewesen war, über den Balkon zu steigen und hinabzuspringen. Die Haushälterin packte das Taschentuch wieder ein.

»Madame lag ja auch so ewig in diesem Swimmingpool. Tot!

Es war schrecklich! Das hat sie nicht verdient. Niemand wollte sie aus dem Wasser ziehen.«

Bendix schaute sie irritiert an. »Warum nicht?«

»Die Leute hatten Angst.«

»Angst? Wovor?«

»Vor dem Tintenfisch natürlich«, sagte die Haushälterin.

»Tintenfisch?«

»Ja, ein ziemlich großer, mindestens ein Meter lang. Er hatte sich schon um Madame geschlungen.«

# 8

Es war schon später Nachmittag, als Bendix mit Bart nach Épernay zurückfuhr. Sie kehrten in die Bar Brasserie Le Parisien ein, um die Trauerfeier zu besprechen. Der Gang ins Parisien an der Rue Porte Lucas, nur wenige Meter von Bendix' Wohnung entfernt, gehörte zu ihren Ritualen. Die unkonventionelle Bar hatte neben frischen Burgern, Salaten, Pommes frites, englischen Sandwiches und Croque Monsieur auch Bier, Whiskey, Gin und alle möglichen Champagnersorten zu bieten. Vor allem aber gefiel ihnen die freundliche und lässige Art, mit der die schon nicht mehr ganz so junge, aber immer noch drahtige und mit Tattoos übersäte Wirtin in ihren knappen Shorts und dem freizügig ausgeschnittenen Oberteil ihre Gäste bediente.

Bart bestellte eine Flasche Drappier. In der Champagne konnte man in jeder Kneipe und jedem Pub Champagner trinken. Es war so selbstverständlich wie anderswo Bier oder Schnaps. Bart schaute Bendix skeptisch an.

»Was ist los mit dir?«, fragte er endlich.

Bendix hing schlapp am Tresen und begaffte die Wirtin, die ihnen gerade zwei Gläser eingoss. Er nahm sein Glas, nickte Bart kurz zu und leerte es in einem Zug. Es nagte an ihm, dass er immer noch so gut wie nichts über die Recherchearbeit seines Bruders wusste. Die einzigen Dokumente, die er aus dem Fundus seines Bruders aufbewahrt hatte, waren Briefe, die ihr gemeinsamer Großvater, Hugo Kaldevin, an André während seiner Gefängniszeit geschrieben hatte. Dieser Briefwechsel war umso ungewöhnlicher, da die französische Justiz nach dem Zweiten Weltkrieg den Großvater beschuldigte, während der Besatzungszeit mit den Deutschen zusammengearbeitet zu haben. Hugo Kaldevin war Fahrer der Lastwagen für große Champagnerhäuser. Er hatte damals jeden Job angenommen.

Er brauchte das Geld und scheute sich tatsächlich nicht, für die Deutschen zu arbeiten. Insofern drohte ihm nach dem Krieg nicht die Todesstrafe, aber die »nationale Ächtung«. Dass das Verfahren letztlich niedergeschlagen wurde, lag daran, dass er als Fahrer Einblick in die Champagnerlieferungen bekommen hatte – auch in diejenigen, die für die deutschen Soldaten außer Landes gingen. Diese Listen gab Hugo an die Résistance weiter. Denn in der Region, in die besonders viel Champagner geliefert wurde, waren meist viele deutsche Soldaten stationiert – und damit die Gefahr einer baldigen Offensive sehr wahrscheinlich. Sobald die Résistance von solchen besonderen Lieferungen erfuhr, gab sie diese Information an den britischen Geheimdienst weiter.

Bendix hatte sich den Briefwechsel in den vergangenen Tagen noch einmal zur Hand genommen. Es war ein liebevoller Austausch voller Verständnis von Großvater zu Enkel. Sie hatten sich über Bücher und Autoren, über Lebensansichten und politische Strömungen, aber auch über den ganz gewöhnlichen Knastalltag ausgetauscht. Das Einzige, das Bendix schon bei der ersten Lektüre vor Jahren stutzig gemacht hatte, war der Hinweis auf eine junge Freundin, die André angeblich gehabt haben sollte.

»Bart, ich brauche deine Hilfe«, sagte er schließlich.

»Natürlich!«, rief Bart feixend und lachte, weil er nichts anderes erwartet hatte. »Tut mir leid. Aber der Lachreiz ist einfach stärker als ich.«

Bendix schlug mit der flachen Hand genervt auf den Tresen. »Es ist mir ernst. Ich habe das Gefühl, dass sich die Vorfälle der vergangenen Tage wie eine Schlinge um meinen Hals legen. Erst die Recherchesache mit meinem Bruder, dann dieser Reschenhauer, der ein Freund von Victor Stauder war. Seine Tochter stirbt, und der Mörder hinterlässt mit dem Tintenfisch ein Symbol, das angeblich uns alle angeht. Und dann will Madame Kahnweiler auch noch irgendwas über die Familie Stauder wissen. Ich brauche mehr Informationen.«

Bart schaute ihn grübelnd an. Er arbeitete seit fast fünfzehn Jahren für die Familie Kahnweiler. Seine Chefin war für ihn eine Respektsperson, die er selten bis nie in Zweifel stellte. Dass sie manchmal streng und aufbrausend war, machte ihm nicht viel aus. Bart konnte geduldig sein und vieles ertragen – zumal er wusste, dass Madame Kahnweiler sich letztlich immer schützend vor ihn und ihr ganzes Team stellen würde.

»Vielleicht ging es ihr eben nicht um Elisabeth«, erklärte er, »sondern um Victor Stauder.«

»Das ist möglich«, antwortete Bendix. »Aber was kann das sein?«

Bart zuckte mit den Achseln.

Bendix spielte am Stiel seines Glases herum und betrachtete die aufsteigenden Bläschen. Ein guter Champagner bestand aus weit mehr als aus der Perlage. Er schmeckte vor allem nach einem guten Wein, und er hatte Tiefe. »Tiefe«, dachte er. Da kam ihm eine Idee. »Ihr habt doch den alten Stauder beerdigt. Da müsste es doch noch Unterlagen geben.« Er machte eine Pause. »Und du hast Zugang zu eurem Archiv. Kannst du nicht mal nachschauen? Vielleicht ist damals irgendetwas passiert.«

Bart stöhnte. Ohne Genehmigung von Madame Kahnweiler durfte er offiziell nicht in die Akten schauen. Als er aber Bendix' ungeduldigen Blick sah, sagte er: »Also meinetwegen. Ich versuche etwas für dich.«

Sie verabschiedeten sich, und Bendix schwankte die wenigen Meter zu dem Haus, in dem er wohnte. Er hatte etwas Mühe, in die erste Etage hinaufzulaufen, öffnete die Wohnungstür, trat ein, zog sich noch im Gehen die Schuhe aus, indem er mit der Spitze des einen Fußes auf die Ferse des anderen trat, warf sein Jackett auf das Sofa und ging in die Küche. Der Hunger trieb ihn an. Im Kühlschrank gab es noch etwas von Madame Lacomblets Nationalgericht. Er krempelte sich die Ärmel hoch und wollte gerade zugreifen, da klingelte es an der Haustür. Er seufzte. Besuch hatte er nicht mehr erwartet. Er hätte jetzt viel lieber gegessen, dann auf seinem Sofa rumgelungert und irgendetwas von Bob Sinclar gehört. Verdammte Belästigung, dachte er. Genervt schlurfte er zum Eingang und öffnete wieder die Tür.

»Bonjour!« Ein schick gekleideter Mann im Anzug, etwa so alt wie er selbst, schaute ihn neugierig an. »Spreche ich mit Monsieur Kaldevin?«

Bendix sah gleich, dass das rechte Auge des Mannes ein wenig höher stand als das linke. Die Haare wuchsen wild in alle Richtungen, ein Haarchaos, das seinem Besucher etwas Komödiantisches verlieh. Der Mann lächelte und war gleichzeitig auf umständliche Weise damit beschäftigt, seine Zigarette auszudrücken.

»Brauchen Sie einen Aschenbecher?«, fragte Bendix.

Der Mann hielt die Zigarette wie ein übles Sekret weit von sich weg.

»Oh ja«, sagte er, »das wäre hilfreich.« Dann machte er Anstalten, die Wohnung zu betreten. »Ich bin Kommissar Krug, Alain Krug. Darf ich hereinkommen?«

Bendix war von dem Besuch des Kommissars so überrascht, dass er automatisch zur Seite trat. Er wusste nicht, was er von der Selbstverständlichkeit, mit der der Kommissar in seine Wohnung stolzierte, halten sollte. Der Name Krug war zwar schon eine Visitenkarte an sich. Aber für Bendix war er kein Freibrief. Jeder in der Region, der diesen Namen trug, gehörte zum weitverzweigten Stamm einer noblen Winzerfamilie. Der Name stand für einen der besten und teuersten Champagner überhaupt. Der Mainzer Johann-Josef Krug hatte das Weingut Mitte des 19. Jahrhunderts in Reims gegründet, seine Nachkommen hatten es zu weiterem Ruhm geführt. Dass Alain Krug beruflich kein Winzer, sondern nur Kommissar war, nahm ihm zwar den Nimbus des Göttlichen. Doch Bendix, der einer bescheidenen Winzerfamilie entstammte, hatte im Laufe seines Lebens gelernt, dass sich Träger berühmter Namen oft über ihren Namen und weniger über ihren Charakter oder ihre Fähigkeiten definierten. Und auch Kommissar Krugs Attitüde sprach dafür. Er wirkte auf Bendix wie ein englischer Dandy oder irgendeine dieser schicken Personen aus der Rue du Faubourg Saint-Honoré in Paris. Passend zum gestreiften Anzug trug er ein Einstecktuch, dazu ein offenes Hemd mit gestärktem Kragen und an den Ärmeln auffällige Manschettenknöpfe. Die Hose hatte keine Falten, und die klassischen Fullbrogue-Schuhe mit den typischen Lochverzierungen an Spitze und Ferse waren blank geputzt. Kurzum, er sandte das eindeutige Signal eines Stenzes aus, der im Bewusstsein lebte, dass ihm sowieso alle Dinge zuflogen.

Bendix war unschlüssig. Er überlegte noch, ob er sich doch die Thieboudienne aus der Küche holen sollte. Er kratzte sich unterm Kinn, verzog dann aber den Mund zu einer Schnute. »Bitte, nehmen Sie doch Platz«, sagte er und setzte sich selbst auf einen der zwei Sessel vor dem Kamin. Modefine kam sogleich auf seinen Schoß gesprungen, drehte sich ein paarmal und legte sich schnurrend hin.

Kommissar Krug schaute sich erst einmal mit scannendem Blick um, sah den offenen Kamin, in dem bereits einige Kippen lagen, und warf seine dazu. Dann setzte er sich in den anderen Sessel, legte lässig den rechten Knöchel über das linke Knie, fuhr sich mehrmals durch das Haar, reckte den Hals, dass es knackte, streckte die Arme nach hinten, dehnte sich, bis er ganz entspannt war, und sagte schließlich: »Pardon. Ich komme unangemeldet. Aber ich bleibe auch nicht lange.« Er rieb sich die Hände und atmete tief ein. »Ich ermittele im Fall Elisabeth Stauder.«

Bendix wurde hellhörig. Die Müdigkeit und der Hunger, die er gerade noch heftig verspürt hatte, schienen auf einmal wie weggeblasen. »Und?«, fragte er gespannt, »haben Sie bereits eine Spur?«

»Nein«, sagte der Kommissar. Er trommelte mit den Fingern auf die Sessellehnen.

Bendix wartete darauf, dass noch irgendeine weitere Bemerkung kam. Doch der Kommissar schaute ihn nur stumm an. Bendix war zu neugierig, um zu schweigen. »Ich hatte zunächst verstanden, dass es sich bei Madame Stauder um Selbstmord handelte.«

»Natürlich nicht«, erklärte Kommissar Krug und schlug leicht und mehrmals mit den Flächen seiner Hände auf die Armlehnen. Er war sich wohl sehr sicher.

»Und wieso nicht?«

»Es gibt viele Gründe«, erklärte der Kommissar. Er griff in sein Jackett und fischte sich eine Zigarette aus einem silbernen Etui. »Die Stauder war nicht der Typ dazu. Außerdem bringen sich die wenigsten an einem Wochenende um. Viele wählen den Wochenanfang, also Montag, am liebsten aber den Mittwoch.« Dann zwinkerte er ihm zu.

Bendix waren Erwachsene, die sich zuzwinkern, immer suspekt. Erwachsene zwinkerten Kindern zu. Oder sie zwinkerten, wenn sie nervöse Zuckungen hatten. Aber sich als Erwachsene zuzuzwinkern hatte etwas Lächerliches, ja etwas Peinliches. Zwinkern konnte ihn kirre machen.

»Am liebsten Mittwoch also«, wiederholte er. Er lachte und kraulte Modefine intensiv unter dem Kinn. »Pardon, Monsieur le Commissaire, aber nicht mal die Katze ist so blöd, Ihnen das abzukaufen.«

Kommissar Krug zog die rechte Augenbraue hoch, ließ seinen Blick über Bendix schweifen, drehte die Gauloises Rouge einige Male zwischen seinen Fingern, zündete sie an, nahm einen kräftigen Zug, blies den Rauch langsam aus und sagte nüchtern: »Wir gehen von Mord aus.«

Es war merkwürdig, wie eine Ahnung nun doch mehr oder weniger zur Gewissheit wurde. Bendix hatte von Anfang an nicht glauben können, dass Elisabeth Stauder freiwillig in den Tod gegangen oder durch einen unglücklichen Sturz umgekommen war. Er hatte bei ihr das gleiche Gefühl, das ihn stets überkam, wenn er über den Tod seines Bruders nachdachte – ein Gefühl der Gewissheit, dass etwas nicht stimmte.

»Sie können gerne rauchen«, sagte er, »aber benutzen Sie doch den Kamin dafür.« Er zeigte auf den Boden des offenen Kamins, wo die ausgedrückten Zigarettenstummel auf der Steinplatte lagen.

Kommissar Krug rappelte sich umständlich auf, drehte sich mit dem Rücken zum Kamin, streckte sich rücklings hin, legte den Kopf unter den Schacht, zog genüsslich und blies den Rauch hinauf.

»Was wollen Sie denn jetzt von mir?«, fragte Bendix schließlich.

Der Kommissar schaute ihn schief aus den Augenwinkeln an. »Ihre Trauerrede hat mir gut gefallen.«

Bendix war überrascht. Mit einem Kompliment hatte er nicht gerechnet. Das konnte aber wohl kaum der Grund des Besuches sein. »Was genau meinen Sie?«

Der Kommissar drückte seine Zigarette aus. »Diese systemische Verknüpfung von Vater und Tochter, die Sie erwähnten, scheint mir sinnvoll zu sein. Ich dachte, wir könnten uns mal darüber unterhalten«, sagte er. Dann stand er auf und klopfte sich mit einigen schlaksigen Handbewegungen den Anzug sauber.

Bendix hielt den Umstand, dass Elisabeth Stauder ihre Mutter früh verloren und wohl aus Loyalität zu ihrem Vater nie geheiratet hatte, um ihn nicht allein zu lassen, für nicht ungewöhnlich. Nur im Zusammenhang mit der Tätowierung schien ihm diese Treue etwas Abnormes zu haben. »Die Frage war für mich, warum sie sich kurz vor ihrem Tod das gleiche Tattoo stechen oder besser gesagt einbrennen ließ wie ihr Vater.«

»Ja«, sagte der Kommissar und setzte sich in den Sessel. »Das ist auffällig.« Er legte beide Hände ans Kinn. »Vielleicht hat sie sich aber gar nicht freiwillig tätowieren lassen.«

»Darüber habe ich auch schon nachgedacht«, sagte Bendix. Was war das für ein bestialisches Ritual, dachte er, seinem

Opfer wie einem Vieh einen Stempel in die Haut zu brennen, es in die Tiefe zu schmeißen und dann von einem Tintenfisch küssen zu lassen. Es bedeutete sicher mehr als eine perverse Foltermethode. Bendix war sich sicher – Tattoo und Tintenfisch standen für etwas. »Wissen Sie schon, wie dieser Tintenfisch überhaupt in den Swimmingpool kam?«

»Nein. Noch nicht. Aber jemand muss die Aktion gut vorbereitet haben. Denn im Pool war extra Salzwasser eingelassen worden.«

Wie clever, dachte Bendix. Da kannte sich also einer mit Kraken aus. Er überlegte. »Vielleicht musste sie für etwas sterben, für das ihr Vater verantwortlich war.«

»Ja«, erklärte der Kommissar knapp, »so sehe ich das auch.«

»Und was könnte das sein?«

Kommissar Krug schaute ihn mit einem schiefen Lächeln an. »Ich dachte, Sie könnten mir das sagen.«

»Wieso ich?«, rief Bendix. Er richtete sich so ruckartig auf, dass Modefine von seinem Schoß sprang.

»Sie haben sich doch in den vergangenen Tagen auch mit der Familie Armand intensiv beschäftigt, nicht wahr?« Bendix nickte. »Dann wissen Sie doch, dass Henri Armand Anfang der siebziger Jahre einen Prozess gegen Victor Stauder geführt hat.«

Bendix schüttelte den Kopf. »Nein, Monsieur le Commissaire, das ist für mich neu.«

Der Kommissar erklärte ihm, dass Henri Armand in dem Prozess auf die Rückgabe von Weinbergen geklagt hatte, die einst seiner Familie gehörten. Nach dem Tod von Josef-Jacob Armand und noch während der deutschen Besatzung hatte der damals junge Victor Stauder einige Grand-Cru-Lagen der Armands in Chouilly und Verzenay zu einem ziemlich günstigen Preis gekauft. Henri Armand wollte später die Lagen zurückhaben und ging vor Gericht. Zu einem Urteil kam es nie, da Victor Stauder schon vor Prozessbeginn an einem Herzinfarkt starb.

Bendix schwieg. Er dachte an Charline. Sie wusste mit Sicherheit von dem Streit der Familien. Was war in der Zwischenzeit mit den Grand-Cru-Lagen passiert? Und was hatte das mit Elisabeth Stauder zu tun?

»Und jetzt verdächtigen Sie die Familie Armand?«

Kommissar Krug hob beschwichtigend die Hände.

Aber für Bendix war es klar, dass er diesen Verdacht hegte. Es dauerte eine Weile, bis er darauf kam, was der Kommissar überhaupt meinte – er sollte ihn unterstützen.

»Mais bien sûr!«, rief Bendix ziemlich laut. »Ich soll für Sie spionieren!«

Der Kommissar zuckte zusammen und legte reflexartig den rechten Zeigefinger vor die Lippen, um Bendix zu signalisieren, seine Lautstärke einzudämmen. »Sagen wir, es wäre gut, wenn Sie mich gelegentlich auf dem Laufenden hielten.«

Bendix machte ein amüsiertes Gesicht. Auf eine gewisse Weise fühlte er sich geschmeichelt, dass der Kommissar um seine Mithilfe ersuchte. Er nickte zufrieden, denn er sah keinen Grund, dem Kommissar diese Bitte zu verweigern. »D'accord«, sagte er, »und wenn wir schon bei dem Fall sind, darf ich Sie gleich fragen – welche Rolle spielt eigentlich dieser Tintenfisch?«

Der Kommissar zögerte. Nach einer Weile antwortete er: »Das können wir noch nicht einordnen.«

»Ah«, rief Bendix, »ich kenne jemanden, der Ihnen das vielleicht sagen könnte.« Er grinste, als er das überraschte Gesicht des Kommissars sah. »Leo Reschenhauer. Der könnte es wissen. Er wollte heute Morgen auf die Beerdigung kommen. Nur leider war er nicht da.«

»Reschenhauer«, murmelte der Kommissar, »der Name sagt mir was.« Er grübelte und strich sich mit dem rechten Zeigefinger und Daumen über das Kinn. »Wieso gerade er?«

»Monsieur Reschenhauer sprach von der Rache des Tintenfischs und von einer alten Geschichte.«

»Eine alte Geschichte? Und was noch?«

»Er sagte mir, ich sollte selbst herausfinden, um was für eine

Geschichte es sich da handelt. Viel Zeit dafür hätte ich allerdings nicht, denn wir alle würden das hier nicht überleben.«

Der Kommissar grübelte einige Sekunden. Dann schnalzte er mit der Zunge.

»Na gut«, sagte er, »machen wir uns ran.«

# 9

Leo Reschenhauer öffnete mühsam seine Augen. Er saß auf einem Stuhl im Vorraum seines Weinkellers. Seine Hände waren hinter der Rückenlehne zusammengebunden. Er war vom vielen Champagner, mit dem er abgefüllt worden war, und von den Schlägen, die man ihm verpasst hatte, schon schwach. Die Hand des Mannes, der ihn gefesselt hatte, hielt ihn so fest am Hals gepackt, dass sein Mund zu einem lautlosen Schrei erstarrt war. Seine Augen quollen hervor.

»Wieso tust du mir das an?«, keuchte er seinen Peiniger an.

Doch der Mann riss ihm das Hemd an der Brust auf und zückte einen Säbel.

Reschenhauer kannte das Sabrage-Ritual mit dem Briquet-Säbel nur zu gut. Unzählige Male hatte er das Abschlagen von Hals und Kopf einer Champagnerflasche zelebriert. Schon als junger Mann konnte er sehr geschickt mit dem Säbel umgehen. Als die Deutschen in die Champagne einmarschierten, hatte er ihnen die Flasche Champagner mit dem Säbel geöffnet und auf einer Panzerplatte serviert. Das hatte den Besatzern so gut gefallen, dass sie ihn fortan holten, wenn es etwas abzuschlagen galt. Und das waren nicht nur Flaschenhälse gewesen.

Der Mann gab ihm noch einmal einen kräftigen Schlag ins Gesicht.

Reschenhauers Augenbraue platzte auf. Er blutete. Er wollte etwas sagen, doch seine Lippen zitterten zu sehr. Schließlich presste er heraus: »Ich habe versucht, den Krieg wegzusperren.« Er holte noch einmal Luft. »Doch ich habe jeden Tag meines Lebens an ihn gedacht.«

Der Mann setzte den Champagnersäbel mit der Schneide flach an Reschenhauers nackte Brust. Die Entscheidung über das, was jetzt geschah, lag in seiner Hand. Über Schmerzen und über den Tod. Und es war ihm eine Genugtuung. Er bewegte den Säbel unter einem Winkel von etwa zwanzig Grad in einer fließenden Bewegung auf Reschenhauers Hals zu, ohne die Haut zu berühren, und wieder zur Brust zurück, hin und her, mehrmals, wie in einem kleinen Tanz, fast meditativ. Da packte er Reschenhauer an den wenigen Haaren, holte aus, schlug mit dem Säbel schnell und hart gegen die Nase, dass sie knackte, und trennte durch den Schwung die Nasenspitze gleich mit ab. In einem kleinen Bogen flog das Klümpchen Fleisch quer durch den Raum.

Reschenhauer schrie vor Schmerz. Das Blut spritzte und troff ihm über Mund und Wangen.

Der Mann schnitt ihm die Fesseln los, packte ihn erneut, führte ihn zu einem geöffneten Weinfass und drückte den Kopf des Alten tief in den Pinot noir. Das Blut vermischte sich sofort mit dem Rotwein. Nach einigen Sekunden zog er ihn wieder hoch, um ihn gleich wieder runterzudrücken. Das ging noch einige Male so.

Schließlich stieß er den taumelnden Greis zurück auf den Stuhl. Er ließ ihn noch einmal zu Atem kommen. Die letzten Sekunden seines Lebens sollte er in aller Klarheit erleben. Er hob mit der Säbelspitze Reschenhauers Kinn leicht an. Dann zog er den alten Mann hoch und zerrte ihn zur Kellertür. Die Treppe vor ihnen führte steil hinab.

Der Alte keuchte.

Er ließ ihn noch ein paarmal atmen. Dann drückte er ihn nach vorn und warf ihn kopfüber die Stufen hinunter.

Reschenhauer fiel. Mehrmals schlug er auf. Dann war es still.

## 10

Es wäre sinnlos gewesen, Madame Kahnweiler zu fragen, was sie an der Familie Stauder so sehr interessierte. Bart hätte keine zufriedenstellende Antwort bekommen. Sie sprachen selten über die Toten. Denn der Respekt vor jedem einzelnen war groß. Gefühle oder ein persönliches Interesse spielten da keine Rolle. Es war ihre Aufgabe, Menschen zu bestatten – und das mit aller Diskretion. Die Umstände, die zu deren Tod geführt hatten, waren manchmal zwar bemerkenswert, aber zu einer Diskussion darüber kam es zwischen Madame Kahnweiler und ihm nie.

Madame Kahnweiler hatte gerade Besuch, als Bart das Archiv des Beerdigungsinstituts eine Etage höher aufschloss. Dort wurden sämtliche Unterlagen der Kunden in Aktenordnern gesammelt und aufgehoben. Erst seit kurzer Zeit speicherten sie die Daten auch digital. Die Mehrheit der Dokumente lag noch in Papierform vor.

Der Raum war klein, dunkel und vollgestellt mit Regalen, Aktenordnern, bunten Mappen und Kisten. Neben einem Tisch mit zwei Stühlen und einem rollbaren Elektroheizkörper stand ein schmales Feldbett, auf dem eine Armeedecke lag. Bart zog die schweren dunklen Vorhänge am Fenster auf. Warm strömte das Tageslicht herein. Er hatte für seine Recherche nur wenige Minuten Zeit, ging gleich zu den Regalen und suchte in den alphabetisch geordneten Aktenreihen nach dem Buchstaben »S«.

Es waren nicht viele Angehörige im Ordner der Familie Stauder versammelt. Die Eltern von Victor Stauder, eine Tante und Victor Stauder selbst. Elisabeth fehlte, sie war im Computer archiviert. Bart setzte sich an den Tisch und blätterte in den Unterlagen. Es waren Auftragsformulare, Quittungen und stichwortartige Protokolle über den Ablauf der jeweiligen Zeremonien. Es gab sogar einige Farbfotos von Victor Stauders Beerdigung, vom Blumenschmuck, vom Sarg und auch ein Foto von der Trauerfeier in der kleinen Kapelle Sainte-Croix. Die Beerdigung hatte auf dem Nordfriedhof von Reims stattgefunden.

Da fiel ihm eine Schwarz-Weiß-Aufnahme von zwei jungen Männern auf. Sie trugen Sommerkleidung und lächelten in die Kamera. Schon der Mode nach stammte das Foto eindeutig aus einer anderen Zeit. Bart drehte es um, und zu seinem großen Erstaunen las er: »Jules und Bruno Kahnweiler, 1940«. Bart wusste nicht, was er damit anfangen sollte. Das Bild musste falsch abgelegt worden sein. Er legte es zur Seite und stellte den Ordner zurück. Dann griff er nach den Unterlagen der Familie Kahnweiler. Schnell fand er die Daten zu den beiden Brüdern. Sie waren 1942 gestorben. Todesursache: Erschießung.

»Herrgott noch mal!«, rief Bart in den Raum, so laut, dass es schallte. »Verdammt!« Ihrem Geburtsdatum zufolge waren sie erst siebzehn und neunzehn Jahre alt gewesen. Bart kannte Madame Kahnweiler nun schon lange. Doch noch nie hatte sie ihm von den beiden erzählt. Sie waren die Brüder ihres Vaters. Wer hatte sie erschossen? Waren sie im Krieg gewesen? Und warum hatte das Foto in der Stauder-Akte gelegen?

Er schaute auf die Uhr. Es wurde Zeit. Gleich hatte er ein Meeting mit Madame Kahnweiler. Er machte sich noch einige Notizen, räumte die Akte zurück und ging in sein Büro. Er wählte Bendix' Telefonnummer und ließ einige Zeit durchklingeln, bis Bendix endlich abhob.

»Ich habe Fotos in der Akte Stauder gefunden«, sagte er. Dann wartete er auf eine Reaktion.

»Von wem?«, hörte er Bendix' Stimme metallisch scheppern.

»Von Jules und Bruno Kahnweiler«, antwortete Bart, »sie wurden erschossen.« Wieder hörte Bart einige Sekunden lang nichts.

»Wann?«, knarzte Bendix' Stimme durch den Hörer.

Bart schaute noch einmal auf seinen Notizzettel. »Am 21. Oktober 1942«, las er vor. Wieder hörte er nur ein Rauschen in der Leitung. Die Verbindung war einfach zu schlecht. »Komm erst mal ins Institut«, sagte er schließlich. »Wir haben jetzt Reschenhauers Leiche in der Technik.«

Bendix hatte bereits den ganzen Morgen lang über den Tod von Reschenhauer in der Zeitung und im Internet gelesen. Die meisten Nachrichtenseiten hatten sich mit Entsetzen über die Brutalität geäußert, mit der Reschenhauer umgebracht worden war. Von einem Verrückten war die Rede, von einem Monster, das aus Mordlust gehandelt haben musste. So eine Tat konnte nicht von einer Person aus der Region begangen worden sein, lautete der Tenor. Nur in wenigen Kommentaren schimmerte die Vermutung durch, dass es gerade ein Insider gewesen sein musste, jemand, der in der Region beheimatet war und sein Opfer sehr gut kannte. Sie spekulierten, dass es nicht das Werk eines Verrückten, sondern einer Person war, die mit dem umtriebigen Reschenhauer noch eine Rechnung offen hatte.

Bendix hatte gerade seine Wohnungstür abgeschlossen und war die Treppe zum Erdgeschoss runtergegangen, als ihm Eitan Eisenberg, sein Nachbar, entgegenkam. Eitan war ein hagerer Typ mit schmalem Gesicht und schulterlangen braunen Haaren, die ihm vom Seitenscheitel quer übers Gesicht hingen. Das linke Auge unter den dichten Augenbrauen schien größer als das rechte zu sein. Vielleicht lag es daran, dass er immer mit dem linken Auge durch seine altertümliche Kamera schaute, bevor er seine Fotos schoss, dachte Bendix. Eitan sah aus, als würde er, je nachdem, von welcher Seite man ihn ansah, mal mit einem hochmütigen, mal mit einem freundlichen Blick durch die Welt gehen, eine im wahrsten Sinne des Wortes schillernde Figur. Dass er auf viele etwas schräg wirkte, hatte für Bendix aber in erster Linie mit seinem Hobby zu tun. Eitan liebte Brieftauben und lebte für den Brieftaubensport, *la colombophilie*. Regelmäßig nahm er mit seinen Tieren an Flugwettkämpfen teil. Allerdings züchtete er die Tiere nicht etwa im Dachstuhl oder in der Gartenlaube, sondern in seinem Badezimmer, das direkt neben Bendix' Wohnung lag und aus dem man schier jedes Geräusch hören konnte. Schon der Gedanke, mit diesen Flugratten in einem Raum duschen zu müssen, war für Bendix unvorstellbar.

»Salut, Bendix, so schnell unterwegs?«

»Pardon, Eitan, aber ich habe wirklich keine Zeit«, sagte Bendix. »Nimm es mir nicht übel, aber lass uns das nächste Mal sprechen.«

»Übrigens, ich trage auch gerne Smoking.« Eitan grinste.

Bendix wusste erst nicht, worauf er hinauswollte. Doch dann begriff er, dass er auf die Beerdigung anspielte. »Du kannst dich ja auch im Smoking begraben lassen.«

»Ist sie wirklich ermordet worden?«

»Wer hat dir denn das gesagt?«

»Man hört so was munkeln.«

»Wahrscheinlich!«, sagte Bendix kurz angebunden. Er ging eiligen Schrittes weiter hinunter zur Haustür.

»Mit dem Mörder würde ich gerne mal einen trinken gehen«, sagte Eitan, »und ihm danken.«

Bendix wollte gerade die Haustür öffnen. Doch da drehte er sich noch einmal um und schaute befremdet zu Eitan die Treppe hinauf.

»Du willst mit dem Mörder einen trinken gehen?«

»Ja klar«, antwortete Eitan. »Ich meine, das weiß doch jeder hier: Diese Familie Stauder – das waren alles Schweine. Und alle diese Schweine sollten sterben.«

Er grinste zwar. Doch bei Bendix hinterließ er eher den Eindruck, dass er es ernst meinte.

Bendix war der Letzte, der in der Technik des Beerdigungs-instituts Kahnweiler ankam. Er hatte sich noch in der Bou-langerie in der Rue Saint-Martin, die er für ihre Pains spéciaux liebte, ein Käse-Schinken-Sandwich gekauft. Die Boulangerie wirkte auf ihn wie ein Coffeeshop auf einen Kiffer. Er konnte nie an ihr vorbeigehen, ohne etwas zu kaufen, oft einfach nur ein Pain au chocolat oder ein Pain aux raisins. Er kaute noch, als er im Behandlungsraum im Keller des Instituts stand. Madame Kahnweiler, Maude und Bart drängten sich bereits um die Leiche des alten Reschenhauer, während Billiot im weißen Kittel drei Meter dahinter am Waschbecken stand. Er wusch sich die Hände und pfiff das Trinklied von den »Chevaliers de la Table Ronde«. Das tat er immer, wenn er sich die Hände mit antiseptischer Seife säuberte. Denn schon die erste Strophe hatte genau die Länge, die mindestens nötig war, um die Hände auch wirklich zu reinigen.

Madame Kahnweiler hatte ihr Team und Bendix zusammengerufen. Nachdem die polizeilichen Untersuchungen an der Leiche abgeschlossen waren, war der Tote in das Institut überführt worden. Billiot und Maude hatten sich gleich an die Arbeit gemacht. Jetzt lag der Greis in der Mitte des Raums auf dem Behandlungstisch. Sein Kopf mit den fleischigen Ohren und dem schütteren Haar glänzte unter dem Licht der Deckenbeleuchtung. Seine Augen lagen tief in ihren Höhlen, die Wangen waren eingefallen, die Nase ragte wie der mächtige Splitter einer zertrümmerten Methusalem, einer Sechs-Liter-Champagnerflasche, spitz in die Höhe. Billiot hatte sich alle Mühe gegeben, das Endstück der Nase aus Knete nachzubauen. Sie war nun so gut rekonstruiert, dass sie wie unversehrt aussah. Auch die Gesichtshaut war glatt und stramm wie nach einer Schönheitsoperation. Billiot hatte ihn rasiert. Kein Schnitt oder Einriss, nicht mal eine Hautfärbung war zu erkennen. Die Lippen waren sorgsam verklebt und in eine derart natürliche Position gebracht, dass sie dem Alten einen sympathischen Gesichtsausdruck verliehen, wie er ihn zeit seines Lebens nie gehabt hatte. Dass Billiot den lädierten Schädel mit einem Winkelschleifer eine halbe Stunde bearbeiten und die Oberfläche mit Wachs dämmen musste, war nur Madame Kahnweiler aufgefallen. Nur die Augenlider zu schließen war dieses Mal eine Herausforderung gewesen. Immer wieder klappten sie nach oben. Mehrmals hatten die beiden versucht, die Lider zu verkleben. Doch sie standen nach ein paar Sekunden wieder offen, als ob sie ihnen einen Streich spielen wollten. Der alte Reschenhauer gab selbst im Tod noch keine Ruhe. Schließlich befestigte Maude sie mit zwei winzigen Stichen.

Sie standen um den aufgebahrten Toten. Unterhose, Hose und Socken hatten sie ihm bereits angezogen. Der Oberkörper lag noch frei.

»Er muss ja furchtbare Brüche gehabt haben«, entfuhr es Bendix, und er schaute bewundernd den geflickten Körper an.

»Klar!«, antwortete Maude, »die Treppe war ja ziemlich steil. Das überlebt niemand.«

Mehr aus einer Laune heraus fragte Bendix unbekümmert: »Waren die Finger der rechten Hand auch gebrochen?«

Bart schaute ihn mit einem Runzeln auf der Stirn skeptisch von der Seite an.

Maude fasste an die rechte Hand des Toten, strich über sie und sagte: »Ich bin nicht ganz sicher, aber es könnte sein.« Als sie sah, wie die beiden sie anstarrten, versuchte sie sofort, ihre Aussage ein wenig abzuschwächen. »Also hört mal, bei einem so gewaltigen Sturz geht alles Mögliche kaputt. Da kommt es auf einen oder zwei gebrochene Finger auch nicht mehr an.«

In dem Moment klatschte Madame Kahnweiler zwei Mal kurz in die Hände. »Ich bitte um Ihre Aufmerksamkeit. Ich habe Sie herbestellt, um mit Ihnen zu besprechen, wie wir weiter vorgehen sollen.« Sie schaute alle freundlich an und schob ihre Brille zurecht. »Jetzt möchte Ihnen aber erst noch Monsieur Billiot etwas sagen.«

Es war selten genug, dass der Chef der Technik freiwillig das Gespräch mit ihnen suchte. Sie erwarteten, dass er über die abgeschlagene Nasenspitze berichtete, vielleicht Vermutungen über sonstige Folter äußerte oder ihnen Hinweise für die Annahme der Polizei gab, dass Reschenhauer ermordet worden war. Doch tatsächlich sagte Billiot nichts, sondern zog sich wieder die Gummihandschuhe an, griff vorsichtig nach Reschenhauers linkem Arm, drehte diesen, so weit es ging, herum und zeigte auf eine Stelle an der Innenseite knapp unter den Achseln. Eine Narbe war zu sehen, groß wie ein Zwei-Euro-Stück.

»Das gibt's ja nicht«, rief Bendix. Sofort dachte er an die Mitglieder der Waffen-SS, die sich nach dem Krieg die eintätowierte Blutgruppe mit einer Pistole aus der Haut geschossen hatten, um nicht erkannt zu werden. »Ist das eine Schussverletzung?«, fragte er.

Billiot nickte.

»Ist das die gleiche Verletzung, die Victor Stauder am Arm hatte?«, fragte Bart.

Billiot nickte wieder.

Bendix pfiff lautlos durch die Zähne. Alle ahnten, dass das kein Zufall sein konnte. Leo Reschenhauer und Victor Stauder mussten sich schon lange gekannt haben, vielleicht schon als Kinder. Sie waren der gleiche Jahrgang. Waren sie Mitglieder der Waffen-SS gewesen? Keiner sagte etwas, bis Maude so laut eine Kaugummiblase platzen ließ, dass alle aufschreckten.

Madame Kahnweiler schob ihre Brille mit dem Zeigefinger wieder nach oben. Dann erklärte sie, dass sie keine Absicht habe, die Entdeckung an Reschenhauers Arm an die große Glocke zu hängen. »Es geht uns im Grunde alles doch gar nichts an«, sagte sie. »Wir sind Bestatter und keine Ermittler.«

»Aber Madame, wir könnten die Ermittlungen doch unterstützen«, fuhr Bendix dazwischen. »Wir müssen sie unterstützen.«

Sie schaute ihn tadelnd an. Sie ließ sich nicht gerne unterbrechen. Und auch Widerworte, vor allem unangemessene, konnte sie nicht ertragen. Es machte sie zornig.

»Bendix, mein Lieber«, sagte sie spitz, »ich will Sie wirklich nicht aufhalten. Und natürlich sollten wir helfen, die Fälle aufzuklären. Nur ich möchte unbedingt vermeiden, dass wir als Unternehmen weiter in die Schlagzeilen geraten.«

Sie blickte ihn über die Ränder ihrer Brille streng an. Bendix hatte das Gefühl, in eine doppelläufige Flinte zu schauen.

»Sie verstehen, oder?« Es war eher eine Mahnung als eine Frage.

Bendix verstand, lächelte höflich und schwieg. Sie wirkte auf ihn nicht so, als ob sie Widerspruch dulden würde.

Maude ließ wieder eine Kaugummiblase platzen. Sie kannte ihre Tante. Wollte man Madame Kahnweiler von einer anderen Meinung überzeugen, musste man viele Tage ins Land streichen lassen. Erst dann war sie bereit, neu zu verhandeln. »Aber Tantchen, klar versteht er das, nicht wahr, Bendix? Er ist doch ein ganz Intelligenter!« Sie grinste frech und genoss ihren ironischen Seitenhieb.

Bendix grinste übertrieben zurück und nahm Maudes Einwand als Gelegenheit, doch noch mal nachzuhaken. »Madame, ich werde bei der Trauerfeier über Leo Reschenhauer reden müssen. Uns ist doch allen klar, dass es hier Zusammenhänge gibt, die wir noch nicht deuten können. Für mich wäre es daher schon gut, mehr zu wissen – schon um nicht falsche Andeutungen zu machen.«

»Sie sollen überhaupt keine Andeutungen machen. Das ist Aufgabe der Polizei. Wir kümmern uns um die Toten.«

Bendix schaute sie enttäuscht an.

»Manche Geheimnisse sollten wir besser nicht aufdecken«, erklärte Madame Kahnweiler, »denn hinter ihnen verbirgt sich möglicherweise eine unerträgliche Wahrheit.«

»Sie meinen ein Verbrechen?«, fragte Bendix.

Madame Kahnweiler zögerte, ihre Gesichtszüge veränderten sich. Für einen kurzen Moment wich ihre vorherige Strenge einer Art Milde. Fast schien es, als ob sie nur auf dieses Stichwort gewartet hätte. »Ein Verbrechen?«, wiederholte sie und nickte unmerklich mehrmals mit dem Kopf. »Nun, in der Tat, das könnte sein.«

Bendix' Augen leuchteten nun wieder. Vielleicht war das der richtige Zeitpunkt, ihr eine Antwort zu entlocken. »Ein Verbrechen also. Vielleicht wie bei Jules und Bruno Kahnweiler?«

## Champagne, 3. Oktober 1942, 23 Uhr

Sie hatten ein geheimes Klopfzeichen vereinbart. Josef-Jacob Armand öffnete ihnen die Tür. Vor ihm stand eine Gruppe von Männern. Einige gehörten zur Résistance, die anderen waren Flüchtlinge, die Unterschlupf suchten. Sie schauten ihn aus müden Augen an, aber ihre Körperhaltung war voller Spannung wie bei Wildkatzen, die einander starr belauerten. Sie grüßten sich schließlich schweigend. Die Männer der Résistance, gekleidet in dunkle Leinenhosen und -hemden, trugen zwei schwere Holzkisten mit Waffen, darunter Mills-Handgranaten, die sie durch ihre Beziehungen nach England bekommen hatten, halb automatische Colts und vor allem Sten-Maschinenpistolen. Sie waren bei den französischen Widerstandskämpfern begehrt, da man sie in drei Teile zerlegen und dadurch unauffällig in Taschen transportieren konnte. Dazu kamen noch einige Kilo Sprengstoff, den sie in den nächsten Wochen für Anschläge benötigen würden, um Verbindungsstrecken zu zerstören und Fabriken lahmzulegen und den Deutschen dadurch einzuheizen. Die Treppe in den Weinkeller war steil, und sie mussten aufpassen, nicht auszurutschen.

Josef-Jacob ging vorweg.

Sie folgten ihm durch ein Labyrinth von Gängen in den geheimen Seitenkeller. Neben ein paar Stühlen, zwei Tischen und einigen Feldbetten stapelten sie die Kisten aufeinander.

Josef-Jacob öffnete zwei Flaschen Champagner und füllte zehn Gläser. Dann sagte er: »Seid willkommen! Gut, dass ihr den Weg geschafft habt. Hier seid ihr erst einmal in Sicherheit.«

Er nickte auch denjenigen, die er nicht kannte, zu. Es waren zwei französische Juden und zwei junge Männer aus dem Elsass, die als Deutsche galten und sich geweigert hatten, der Wehrmacht beizutreten. Auch ein gewisser Roger, ein Franzose aus der Nähe von Cannes, war dabei. Die wenigen Worte, die er sagte, klangen südfranzösisch. Ihm war es vor zwei Jahren, im Dezember 1940, gelungen, deutsche Güterwaggons in Fréjus Plage in Südfrankreich entgleisen zu lassen. Seitdem war er auf der Flucht. Die deutsche Geheimpolizei fahndete nach ihm. Ständig wechselte er sein Versteck. Die Verhöre der Gestapo waren berüchtigt für ihre systematische Folter, vor allem im Pariser Hauptquartier in den Kellern in der Rue des Saussaies Nummer 11, später in der Avenue Foch Nummer 84 und in einem Gasthof an der Avenue Victor Hugo. Roger sah erschöpft, aber zuversichtlich aus. Er würde mit den anderen Flüchtlingen ein paar Tage in diesem Versteck bleiben.

»Ab heute ist dieser Weinkeller auch einer unserer regionalen Befehlsstände«, fuhr Josef-Jacob ruhig fort und richtete seine Worte nun vor allem an die Widerständler. »Wie lange wir diesen Raum als Unterschlupf benutzen, ist noch nicht sicher. Bis dahin aber übergebt ihr alle Informationen an mich, d'accord?«

Die Männer nickten. Dann tranken sie. Drei Jahre würde ihr Kampf noch dauern, drei Jahre, bis die Wehrmacht die Kapitulationsurkunde im Obersten Hauptquartier der alliierten Streitkräfte in Reims unterzeichnen würde. Bis dahin hatte die Résistance beschlossen, nicht nur gegen die Deutschen vorzugehen, sondern auch gegen alle, die die Besatzer unterstützten. Sie waren Verräter.

Josef-Jacob ging nun auf die zwei jungen Männer zu, die geholfen hatten, die Munitionskisten zu tragen. Es waren die Brüder Jules und Bruno Kahnweiler, der eine siebzehn, der andere neunzehn Jahre alt. Sie blickten ihn voller Respekt, aber auch tatendurstig an. Sie hatten sich erst vor wenigen Tagen dem Widerstand angeschlossen und trugen dicke Bündel Flugblätter in einem Rucksack. Auf ihnen stand »Vive de Gaulle«. Josef-Jacob betrachtete sie mit einer Mischung aus Stolz und Sorge. Er wusste, wer sie waren. Aber er sprach sie nicht mit Namen an. Es war aus Sicherheitsgründen nicht üblich, zu viel Privates auszutauschen. Josef-Jacob schlug ihnen leicht auf die Wange. Er hatte Angst um das Leben jedes Einzelnen, besonders der jungen Kämpfer. Er reichte ihnen einen schmalen Streifen Papier. Es war Reispapier, das im Notfall im Magen verschwinden konnte. Sie schrieben ihre Decknamen auf die Zettel und erklärten, ob sie einen Motorroller oder ein Fahrrad besaßen. Sie sollten zunächst Kurierdienste erledigen und sich erst später an der Planung und Umsetzung von Sabotageakten beteiligen.

Niemand von ihnen wusste, ob sie je das alte Frankreich wieder erleben würden. Es war noch nicht mal sicher, ob sie die nächsten Monate überstünden. Aber sie waren zu allem bereit.

Dass Jules und Bruno bereits in zwei Wochen in eine tödliche Falle laufen würden, ahnten sie nicht.

# 11

Am nächsten Morgen wachte Bendix spät auf. Der Juni war in diesem Jahr wieder sehr heiß. Es gab zwar immer mal Regengüsse. Aber selten kühlte es in der Nacht wirklich ab. Er hatte schlecht geschlafen, war mehrmals aufgewacht und grübelte nun über verpasste Chancen. Er dachte an seine letzte Freundin, die mit ihm noch vor wenigen Monaten die Laken zerfleddert hatte. Was hätte mit dieser Frau alles werden können! Doch sie warf ihm vor, unfähig für eine Beziehung zu sein. Und auch für die Liebe. Er könne nicht genug Energie geben und einen nicht fühlen lassen, dass man auch für den anderen lebe. Bendix hatte protestiert und argumentiert – so etwas konnte er wie keiner. Doch es nutzte nichts. Eines Tages hatte sie wortlos die Koffer gepackt und war gegangen. Für immer. Was ihm blieb, war ein lausiges, deprimierendes Gefühl.

Gerade jetzt im Bett, da er noch nicht richtig wach war, bedrückte es ihn so stark, als ob man ihm Walzblei auf die Brust gelegt hätte. Es war schwer, auf die Liebe zu hoffen, wenn man anscheinend nichts davon verstand, dachte er. Er zog Kissen und Decke über den Kopf und hatte nicht die Absicht, heute überhaupt noch mal aufzustehen.

So lag er einige Zeit da. Nur das laute Klingeln seines Handys bewegte ihn dazu, sich aufzuraffen. Lustlos wickelte er seine Beine aus der dünnen Bettdecke, sodass Modefine an seinen Füßen fauchend vom Bett fiel und sich beleidigt ins Wohnzimmer zurückzog. Er hob ab. Am anderen Ende hörte er Charlines Stimme.

»Ah, bonjour«, sagte er krächzend. Er war auf einen Schlag wach. »Natürlich, das können wir machen.« Er versuchte durch ein fast geräuschloses Räuspern seine Stimme etwas zu festigen. »Um zwölf Uhr dreißig ein Mittagessen im Table Kobus«, wiederholte er, »sehr gut. Ich freue mich!«

Er legte auf und atmete tief aus. Dann ging er duschen, rasierte sich, erfrischte die Haut mit Aftershave und legte sich die Haare zurecht. Er wollte gut aussehen. Dann lief er ins Schlafzimmer, griff nach der italienischen Baumwollhose, zog eines seiner besseren Hemden an und holte die Lederschuhe aus dem Schrank. Er schnürte sie, stellte Modefine noch etwas zu essen hin und ging los. Er war neugierig.

Das Table Kobus in Épernay war eines seiner Lieblingsrestaurants. Es lag auf der Rue Dr. Rousseau direkt gegenüber der Église Notre-Dame, nur zwei Häuser neben Madame Kahnweilers Beerdigungsinstitut. Von außen wirkte es in dem kleinen Gebäude mit nur einer Etage und den vier kleinen runden Lampen an der schlichten, aber hübschen Außenfassade des Erdgeschosses unscheinbar. Doch drinnen verströmte es mit seinen Sitznischen, den schlichten, aber eleganten Holzstühlen, den kleinen viereckigen Tischen mit weißen Marmorplatten und den vielen Jugendstilelementen, die den Raum zierten, das typische Flair der Brasserien, die um 1900 in Paris entstanden waren.

Die Küche des Table Kobus war ganz auf Champagner ausgerichtet. Sie zog viele Geschäftsleute an, die hier mit ihren Kunden über Wein verhandelten. Serge, der Besitzer, hatte das kleine Restaurant in Gedenken an seine Großmutter Catherine Kobus benannt. Vielleicht strahlte es deswegen eine familiäre Atmosphäre aus, in der man nicht anders konnte, als sich wohlzufühlen. Auch hing hier Bendix' Lieblingsgemälde, eine Kopie des berühmten Austernfrühstücks »Le Déjeuner d'huîtres« von Jean-François de Troy aus dem 18. Jahrhundert. Auf dem Gemälde saß ein Dutzend junger Männer, vermutlich Adlige, an einem üppig gedeckten Tisch, an dem Austern und Champagner serviert wurden. Einige von ihnen schauten fasziniert einem Korken, der aus einer Champagnerflasche nach oben gesprungen war, nach. In der Mitte saß der junge Mann, der mit seinem Messer die Schnüre, die die Korken damals gehalten hatten, aufgeschnitten hatte. Manchmal glaubte Bendix, sich in diesem überraschten Mann selbst zu erkennen.

Als er das Kobus betrat, sah er Charline an einem der hinteren Tische zur Wand sitzen. Zu seinem Erstaunen war sie in Begleitung ihres Bruders Benoit gekommen. Bendix schluckte ein wenig. Er hatte gehofft, sie allein anzutreffen. Doch er ließ sich nichts anmerken. Er begrüßte beide freundlich und setzte sich zu ihnen.

Wie Charline wirkte Benoit auf ihn offen und freundlich. Mit seinen kurzen dunklen Haaren, den blauen Augen und dem kernigen, dreitagebärtigen Gesicht erinnerte er Bendix an einen Bretonen oder Iren. Aber Benoit war durch und durch ein Champenois – wie die Einwohner der Champagne genannt werden. Sein Interesse an Biologie und Chemie hatte ihn zwar zunächst an die Weinbauschule in Avize geführt, wo er auch sein erstes Diplom gemacht hatte. Danach jedoch hatte er noch einmal den universitären Weg eingeschlagen und forschte heute als Biochemiker in den Laboren der naturwissenschaftlichen Fakultät an der Universität in Reims. Bendix merkte gleich, dass Benoit kein abgehobener Wissenschaftler, sondern sehr erdverbunden und handfest war, und dass das Winzerblut der Champagne in ihm floss. Er war ihm sofort sympathisch.

Benoit hatte einen Grand Cru Blanc de Blancs bestellt und schenkte ein. »Ich möchte mich im Namen meiner Familie noch mal bei Ihnen für die Unannehmlichkeiten bei der Beerdigung entschuldigen«, sagte er. Dann bat er um Verständnis für seine jüngere Schwester Lara, die heute nicht kommen konnte. »Als kleine Wiedergutmachung für die chaotische Beerdigung möchten wir Sie deswegen jetzt zum Essen einladen.«

Sie hoben die Gläser. Sie prosteten sich zu.

Dann reichte Charline ihm die Menükarte. »Sie sollten Felsenfisch bestellen. Der passt am besten zu diesem Champagner«, sagte sie.

Bendix lächelte und warf einen flüchtigen Blick auf die Karte.

Charline erzählte von ihrem Großvater, Josef-Jacob, der es liebte, Felsenfische zu kochen, zu mixen und sie durch ein Sieb zu passieren. »Unser Vater hat Felsenfische mit so einer sämigen, würzigen, aber nicht zu scharfen Sauce zubereitet«, sagte sie, »wir Kinder durften sie dann immer mit einer knapp gegarten Langustine und Koriander garnieren.« Die Erinnerung an ihren Vater berührte sie. Sein Tod war noch zu frisch.

Bendix reichte ihr seine Serviette, damit sie sich ihre Tränen abtupfen konnte.

»Merci«, hauchte sie kaum hörbar.

Bendix nickte ihr verständnisvoll zu und versuchte das Gespräch wieder auf das Essen zu lenken. »Das klingt sehr appetitlich und verlockend.«

»Was halten Sie von Tintenfisch?«, fragte Benoit etwas unvermittelt dazwischen. »Auch sehr zu empfehlen. Er hat diese salzige Note, die gut zum Champagner passt.«

»Meinen Sie?« Bendix kannte die Speisekarte des Kobus und war oft in der Küche zu Gast gewesen. Er hatte so manches Mal den stets korrekt gekleideten Köchen in ihren weißen Toques über die Schulter geschaut. Er wusste, dass gut zu essen und zu trinken zwei Künste waren, die man nicht von heute auf morgen lernte – man musste vor allem variantenreich essen, um sein Wissen zu vergrößern. Dennoch bestellte er nahezu immer die gleichen Speisen, als Aperitif eine Foie gras, gebraten oder gekocht aus der Terrine oder auf kleinen Toaststücken. Zum Hauptgang Rind, dünn geschnitten, am liebsten Bœuf Charolais, gegrillt, am besten nur vier Minuten auf jeder Seite, und zum Schluss ein Stück Weichkäse aus leicht gesalzener Kuhmilch, Chaource – je älter er war, desto mehr liebte er ihn. Dazu ließ er sich manchmal frische Erdbeeren servieren und natürlich ein Glas Champagner. Das war für ihn der perfekte Abschluss. Manchmal aß er statt des Bœuf Charolais auch einen Steinbutt, einen Blanc de Turbot auf frischem Spinat in einer Beurre Blanc mit ein paar Muscheln. Oder ein paar Lachsscheiben pochiert in einer Fischbouillon mit Champagner. Doch auf

Tintenfisch hatte er heute keinen Appetit. Erstens war das kein Fisch, sondern ein Weichtier, und zweitens musste er sofort an das große Exemplar denken, das sich um die tote Elisabeth Stauder geschlungen hatte.

»Ach ja, der Tintenfisch, richtig«, sagte Charline, »den müssen Sie probieren.« Sie hatte sich wieder gefasst. »Es gibt ihn hier in allen Variationen, mit geraffelten Walnüssen, mit Basilikum und Tomaten oder roter Peperoni, mit Chorizo und süßsauren Zwiebeln oder sogar mit Banane und Algendressing.«

Sie schaute ihn erwartungsvoll an.

Bendix lehnte höflich ab. Der Tintenfisch gehörte zur Champagne wie die Traube zur Ernte. Ihr Kreideboden war voll von Schalen und Panzern urzeitlicher Belemniten, einer sehr frühen Form kleinster Tintenfische. Doch dass die Menschen dieses hochintelligente Tier in Massen aßen, kam ihm befremdlich vor. Wenn die Evolution nur ein klein wenig anders gelaufen wäre, dachte er, würden heute nicht die Menschen die Kraken, sondern die Kraken die Menschen in Öl legen. Man konnte viel vom Tintenfisch lernen. Seine Anpassungs-, Tarn- und Wandlungsfähigkeit war so enorm, dass die Menschen seine Geschicklichkeit als besonderen Scharfsinn und Seelenstärke umdeuteten. Bendix hielt zwar nicht viel von der Mystifizierung des weichteiligen Kopffüßlers. Dass aber seine Liebeskraft stets gepriesen und dem Fleisch eine aphrodisische Wirkung zugeschrieben wurde, fand er einleuchtend. Ein Lebewesen, das mit so vielen Armen umschlingen und mit so vielen Mündern saugen konnte, musste doch zwangsläufig zum Symbol der Liebe werden.

Er betrachtete Charline. Zu gerne hätte er mit ihr allein gegessen. »Haben Sie mitbekommen«, fragte er auf einmal, »dass Elisabeth Stauder in einen Swimmingpool gestürzt wurde, in dem ein Tintenfisch schwamm?«

Charline schaute ihn schockiert an. »Ein Tintenfisch? Wirklich? Wie makaber!«

»Ja«, sagte Bendix, »er war etwa einen Meter groß und hatte sie bereits umschlungen.«

»Das ist ja schrecklich!« Charline schaute ihren Bruder entsetzt an. »Wie kam er denn dahin?«

»Das weiß man nicht«, antwortete Bendix.

Benoit hatte zugehört, doch er schien kaum beeindruckt. »Wie wäre es mit Pasta serviert in Tintenfischtinte?«

»Tintenfischtinte?« Bendix musste lachen. Entweder war Benoit gefühllos oder sein Humor seltsam. »Ist sie nicht giftig?«

»Sie kann giftig sein«, erklärte Benoit verschmitzt, »zum Beispiel Blauring-Kraken-Tinte.« Er lachte. »Aber seien Sie beruhigt. Wir sind hier im Kobus!«

Bendix schaute ihn skeptisch an. Von einer Vergiftung konnte man selbst im besten Restaurant nicht verschont bleiben. »Jeder Koch kann sich mal vertun«, sagte er. »Nehmen Sie die Maiglöckchen. Man kann sie von Bärlauch optisch kaum unterscheiden. Und Maiglöckchen sind giftig. Man kann sie nur auseinanderhalten, indem man an ihnen reibt. Bärlauch riecht wie Knoblauch.«

Benoit hatte aufmerksam zugehört. »Bei Tintenfischtinte ist das viel schwieriger«, erklärte er, »man schmeckt sie oft gar nicht.« Er lachte. »Also, Bendix, wenn Sie planen, jemanden umzubringen, kann ich Ihnen nur eins empfehlen: das Gift des Tintenfischs.«

Bendix zog es vor, ein Stück Rind zu bestellen. Charline entschied sich für Felsenfische, Benoit für Pasta mit Tintenfischringen. Dazu orderten sie eine weitere Flasche Champagner. Und wie immer, wenn Winzer oder Winzerkinder beieinandersaßen, kamen sie bald auf den Wein zu sprechen, auf die Lese, auf die Jahrgänge und Traditionen. Charline erzählte von ihrem Großvater, Josef-Jacob Armand, der nach dem Ersten Weltkrieg aus dem Elsass nach Damery in das Vallée de la Marne kam und Anfang der zwanziger Jahre ein kleines Weingut mitten im Dorf fand und das Familienunternehmen gründete. Er war stolz darauf, unabhängig zu sein. Er hatte schnell Erfolg, was so manche Neider auf den Plan rief. Wie konnte ein Quereinsteiger so schnell so guten Wein erzeugen? Der alte Armand hatte das Glück, einige Hektar an Weinstöcken in hervorragenden Grand-Cru-Lagen einkaufen zu können, in Chouilly und Bisseuil.

»Man braucht Sachverstand und ein gutes Händchen«, erklärte Benoit, »aber eben auch gute Lagen.«

Bendix fiel der Gerichtsprozess ein, den Henri Armand gegen Victor Stauder geführt hatte. Er hatte sich nichts dabei gedacht, als er die beiden Geschwister während der Trauerfeier für Elisabeth in der kleinen Kapelle gesehen hatte. Doch ihr Besuch schien ihm nun unter einem anderen Stern gestanden zu haben.

»Apropos gute Lagen«, sagte er, während der Kellner das Essen servierte, und versuchte so unschuldig wie möglich zu klingen. »Jetzt, da Elisabeth Stauder tot ist, können Sie doch die Grundstücke wieder erwerben, die der alte Stauder Ihrer Familie abgekauft hat?«

Benoit stutzte, und auch Charline schaute ihn erschrocken an. Dann klapperte Benoit etwas unbeholfen mit seinem Besteck und angelte sich schließlich mit der Gabel einen der Tintenfischringe.

»Wir denken tatsächlich darüber nach, die Grand-Cru-Lagen zu kaufen«, sagte er. »Wir müssen aber erst mal abwarten, was der Testamentsvollstrecker mitteilen wird.«

Bendix runzelte die Stirn. »Was hat der damit zu tun?«

»Nun ja«, antwortete Benoit, »es gibt doch keine direkten Erben. Da ist es wahrscheinlich nur eine Frage der Zeit, ob und wann das Weingut auf den Markt kommt.« Er schlürfte ein paar Spaghetti in sich hinein.

Charline tupfte sich mit der Serviette den Mund ab. Sie wirkte irritiert. »Woher wissen Sie von dem Prozess?«

Bendix begann, ein kleines Stück von seinem Bœuf Charolais abzuschneiden. »Recherche«, sagte er, stach mit der Gabel in das abgeschnittene Stück und steckte es in den Mund. Kauend lächelte er sie an. Dann sagte er: »Sie wissen, dass ich die Trauerrede auf Leo Reschenhauer halten werde?«

Sie schauten ihn ein weiteres Mal verdutzt an. Es verging eine Weile, bis sie ihren Blick von Bendix lösten und sich wieder ihrem Essen zuwandten.

»Das tut mir leid für Sie«, nuschelte Benoit. Er hatte sich einen Tintenfischring in den Mund geschoben. Er schluckte und erklärte schließlich: »Sie haben ja bereits bei unserer Beerdigung gemerkt, dass Monsieur Reschenhauer umstritten ist. Wenn Sie Pech haben, wird es am Grab wieder Proteste geben.«

»Das Pech, das mein Bruder mit dem Fall Reschenhauer hatte, werde ich wohl kaum haben.« Bendix schaute Benoit nun sehr ernsthaft an. »Sie wissen, wovon ich spreche?«

Benoit legte das Besteck beiseite, wischte sich den Mund ab und lehnte sich nach vorn. »Ich weiß, dass Ihr Bruder an einer Sache für unseren Vater dran war. Aber zu sagen, er wäre im Zusammenhang mit diesem Job gestorben, ist Spekulation. Man bräuchte Beweise.«

Bendix schob seinen Teller zur Seite und beugte sich ebenfalls leicht nach vorn. »Und? Wo finde ich die?«

Benoit schaute erst zu Charline und dann wieder zu Bendix. Dann begann er zu erzählen: »Leo Reschenhauer hat sich im Zweiten Weltkrieg sehr erfolgreich darum bemüht, mit den deutschen Besatzungsbehörden auszukommen und Teil ihres Netzwerkes zu werden. Irgendwann kannte er die meisten von ihnen, stand dem Oberkommando der Wehrmacht nahe und lieferte Champagner direkt an die Reichskanzlei nach Berlin. So wurde er reich und hatte nach dem Zweiten Weltkrieg das Kapital, eine Vermögensverwaltung aufzubauen, die das Geld ihrer Kunden in renditeträchtige Weine investierte. Er arbeitete lange von London aus, in der Queen Anne Street in der City of Westminster. Er kaufte und verkaufte die flüssigen Geldanlagen. Seine Mitarbeiter kümmerten sich um die Lagerung der Flaschen. Es war das Kapital für die Weininvestments im

Wert von fünfundsechzig Millionen Dollar. Woher seine exzellenten Lager, gefüllt mit Latour, Margaux, Mouton Rothschild, mit Burgunder und Champagner, so schnell nach dem Krieg kamen, wusste niemand genau. Dass er sie schon während des Krieges und auch danach den französischen Winzern oft unter Preis abgenommen und später an seine reiche Kundschaft mit einem nicht zu rechtfertigenden Profit weiterverkauft hatte, interessierte seine Investoren nicht. Es fragte einfach keiner. Die Käufer waren Finanzanleger, denen das sinnliche Verhältnis zum Wein weniger wert war als die Rendite. Es war ein kühler Menschenschlag, der bestens zu Reschenhauer passte. In der Champagne gab es viele, die deswegen wütend auf ihn waren. Und manche von ihnen waren so wütend, dass sie ihn gerne ermordet hätten.« Benoit nahm sein bereits wieder gefülltes Glas und leerte es in einem Zug.

Bendix sah in sein gerötetes Gesicht. Er hatte Benoit im ersten Augenblick als eine Person wahrgenommen, die nichts so schnell erschüttern konnte. Doch nun wirkte er ziemlich aufgewühlt. Bendix fragte sich, ob Benoit vielleicht sogar selbst zu denjenigen zählte, die Reschenhauer liebend gern zur Strecke gebracht hätten. »Und was ist jetzt mit meinem Bruder?«

Benoit schaute ihn verschwörerisch an. »Fangen Sie doch mal bei Monsieur Morel an.«

Niemand sagte etwas. Da griff Charline zu ihrem Glas. »Kennen Sie den Satz: Noch eine Flasche weniger für die Deutschen?«

Es war ein Trinkspruch, den die französischen Winzer während der deutschen Besatzung verwendeten. Sie tranken darauf, dass es ihnen wieder gelungen war, Champagner vor den Deutschen zu verstecken.

»Natürlich kenne ich ihn«, sagte Bendix.

»Alors«, erwiderte Charline, »noch eine Flasche weniger für die Deutschen.«

Sie schauten sich an und prosteten sich zu. Die Stimmung schien gerettet. Doch eine Sache ging Bendix nicht aus dem

Kopf. Kaum hatten sie die Gläser abgesetzt, fragte er: »Ihr Großvater Josef-Jacob ist doch noch während der deutschen Besatzung gestorben. Hatte Leo Reschenhauer irgendetwas damit zu tun?«

Am nächsten Tag fuhr Bendix zur Carnegie-Bibliothek nach Reims. Der Lesesaal war ungewöhnlich gut besucht. Er hatte Schwierigkeiten, überhaupt einen Platz zu bekommen. Überall saßen Studenten mit Kopfhörern vor ihren Laptops, hörten Musik und blockierten die Tische. Er hatte sich aus dem Archiv einige Geschichtsbücher über die Champagne besorgt, die er nun etwas umständlich unterm Arm trug. Benoit und Charline hatten ihm keine weiteren Fragen beantwortet. Sie beteuerten, dass sie nicht mehr wussten. Bendix war sich nicht sicher, ob sie die Wahrheit sagten. Jedenfalls wollte er erst einmal besser verstehen, unter welchen Umständen Menschen wie Reschenhauer im Krieg ihr Vermögen machen konnten. Endlich fand er einen freien Platz hinten im Saal an der Seite zu den großen Fenstern. Er legte die Bücher ab, holte Stift und Papier hervor, schlug das erste Buch auf und begann zu lesen.

Die Deutschen hatten 1940 nach dem Einmarsch ihrer Truppen in Frankreich in den Weinregionen, im Burgund, im Bordelais und in der Champagne, Importeure eingesetzt, die während der Besatzungszeit den Franzosen zu festgesetzten Dumpingpreisen den Wein abnahmen. Diese Männer wurde von den Franzosen ironisch »Weinführer« genannt. In der Champagne war es ein gewisser Otto Klaebisch, ein Schwager des karrieresüchtigen Joachim von Ribbentrop, des ersten Champagnervertreters Deutschlands und späteren Nazi-Außenministers, der als Beauftragter für die Kontrolle des Handels nach Reims geschickt wurde. Klaebisch kannte sich bestens im Champagnerhandel aus, hatte auch schon vor dem Krieg viele Geschäftskontakte zu den großen Champagnerhäusern und Freunde unter den französischen Winzern. Auch wenn er einerseits pedantisch die deutschen Regeln umsetzte, sich in Reims wie ein Provinzfürst aufspielte und viele Franzosen, wenn sie nicht spurten, wie er wollte, hinter Gitter brachte, versuchte er andererseits, sich mit ihnen zu arrangieren. Denn wenn der Krieg eines Tages vorbei war, sollten die Geschäfte weitergehen. So kam es, dass manche Winzer unter den Preisen litten und andere Champagnerhäuser nach dem Krieg sogar reicher waren als zuvor, ja einen regelrechten Aufschwung erlebten. Kein Wunder, dachte Bendix, dass Reschenhauer bei vielen seiner Landsleute bis zuletzt in Verruf stand. Möglicherweise war Victor Stauder einer seiner dubiosen Geschäftspartner. Und vielleicht hatte auch der alte Stauder mit dem Tod von Josef-Jacob Armand zu tun.

Bendix ließ seinen Blick durch den Lesesaal schweifen, als er am Eingang eine zierliche weibliche Person mit Bubi-Haarschnitt bemerkte. Er erkannte sie. Es war Lara Armand, die er auf der Beerdigung ihres Vaters gesehen hatte, eine junge Dame voller Zorn, aber auch Energie. Mit ihren roströtlichen Haaren und dem kurzen Pony, den geschwungenen Augenbrauen, der kleinen, eleganten Nase und der ganzen Keckheit, die sie ausstrahlte, erinnerte er sie an die junge Brigitte Auber, die französische Schauspielerin, die in Alfred Hitchcocks Film »La Main au Collet« die Rolle der rebellischen kleinen Danielle gespielt hatte und als solche wie eine junge Katze um John Robie, den einstigen Juwelendieb und Helden der Résistance, herumgeschlichen war.

Welchen Verrat hatte Lara gemeint? Einen Verrat an ihrer Familie? An ihrem Großvater? An ihrem Land? Manche Menschen trieben Gier, Habsucht und Macht in den Verrat. Sie waren rücksichtslos und primitiv. Andere verrieten Geheimnisse, ohne es zu wollen – durch Unachtsamkeit. Es war kompliziert, dachte Bendix. Und um jemandem in aller Öffentlichkeit Verrat vorzuwerfen, brauchte man Rückgrat. Es bedurfte einer Haltung. Bendix wollte Lara kennenlernen.

Er ging auf sie zu, ohne dass sie es merkte. Doch als er noch drei bis vier Meter von ihr entfernt war, stolperte er über ein

Stromkabel, das quer über den Flur einen Laptop mit Strom versorgte. Lara drehte sich sofort zu ihm um. Ihre Blicke trafen sich. Laras Augen flackerten nervös. Sie schien sich ertappt zu fühlen. Blitzartig drehte sie sich um und rannte aus dem Lesesaal hinaus in das Foyer. Bendix folgte ihr erst mit den Augen, doch dann rannte auch er los. Er sah noch, wie sie in dem Raum rechts vom Empfang, in dem sich das Bibliotheksverzeichnis befand, verschwand. Er lief hinterher. Der holzgetäfelte Raum war nur einen Bruchteil so groß wie der Lesesaal und gefüllt mit Schränken, in denen, aufgereiht wie in einem Setzbaukasten, Hunderte von kleinen Holzschubladen darauf warteten, geöffnet zu werden. Bendix hastete durch die Schrankreihen. Wo hatte sich Lara versteckt? Die Registerschränke verstellten ihm den Blick. Er rannte um sie herum, ein Mal, zwei Mal, doch er kam immer wieder an der gleichen Stelle heraus. Lara war verschwunden.

Er ging zurück zum Lesesaal. Wut gehörte zu einer der sieben Todsünden, dachte er. Wut konnte Menschen ins Unglück stoßen. Wut konnte zerstören und morden. Bendix war sich allerdings nicht sicher, ob Laras Wut gereicht hatte, um Leo Reschenhauer umzubringen. So zierlich, wie sie gewachsen war, konnte er sich nicht vorstellen, wie sie den alten Mann gefoltert und getötet haben sollte. Vielleicht hatte sie Helfer gehabt. In der Region gab es genügend, die wütend auf Mitläufer, Profiteure und Kollaborateure der Nazizeit waren. Bendix begab sich zurück zu seinem Platz, packte seine Sachen zusammen und verließ die Bibliothek. Es war erst Mittag. Morgen würde die Beerdigung sein. Er brauchte noch weitere Informationen.

Er stieg in sein Auto und fuhr zum Weingut des alten Reschenhauer nach Brouillet.

Die Straßen waren voll, und Bendix brauchte eine Weile, bis er mit seinem Auto Reims hinter sich gelassen hatte. Er folgte nun südwestlich der Stadt dem Weg in das Département Marne. Bis nach Brouillet dauerte es eine knappe halbe Stunde. Bendix durchquerte die kleinen Dörfer Jouy-lès-Reims, Bouilly, Sarcy, fuhr entlang der Felder und Weinberge, die sich über den leicht ansteigenden Hügel legten, vorbei an kleinen Wäldchen, aus denen manchmal die Dachspitzen von kleinen Châteaus hervorlugten. Schließlich kreuzte er kurz vor Tramery die Schienen der Eisenbahnlinie Paris-Reims, bog links ab und folgte der kaum befahrenen Landstraße Richtung Brouillet.

Das winzige Dörfchen mit seinen alten Mauern, in denen die Konturen jedes Steins zu sehen waren, den einfachen Häuschen und Höfen, die sich um ein paar Straßenkreuzungen gruppierten, und der kleinen Kirche mit ihrem spitz hochschießenden Türmchen war liebevoll gepflegt. Niemand war auf der Straße zu sehen. Eine gespenstische Leere in den Gassen. Nicht ein parkendes Auto. Schließlich erreichte Bendix das Weingut.

Vor der Toreinfahrt stieg er aus und trat auf das Gittertor zu. Efeu kletterte an den Seiten empor, und oben über dem Torbogen rankten prachtvolle rote Rosen. Er schaute durch das Gitter in den Innenhof. Es war ein nobles Anwesen. Am Haupthaus, sicher zweihundert Jahre alt, hingen in Blumenkästen unter den Fenstern weiße und rote Geranien. Die Nebengebäude und Scheunen waren aus honigfarbenem Stein gemauert. Sie leuchteten warm in der Sonne. In der Mitte des Hofes stand eine alte, knorrige Buche, die sich in ihren Verästelungen bis zum Dach des Haupthauses ausbreitete. Unter ihr befanden sich an einem Holztisch grüne Gartenstühle. Ein kräftiger Windstoß ging durch die Bäume. Ansonsten war es totenstill.

Da das Tor nicht verschlossen war, öffnete er es und ging hinein. Der helle Kies knirschte unter seinen Füßen. Am Wohnhaus ragte eine kutschenradgroße Uhr mit römischen Ziffern hervor. Sie war stehen geblieben. Bendix trat an die Holztür und klopfte. Nichts passierte. Er klopfte ein zweites Mal. Schließlich hörte er Schritte im Haus. Die Tür öffnete sich, und Morel stand vor ihm.

»Bonjour«, sagte Bendix. »Mein Name ist Kaldevin. Sie erinnern sich bestimmt an mich.« Bendix hasste sich für seine

Zuvorkommenheit. Am liebsten hätte er Morel reflexartig die Faust auf die Nase gedrückt. Dann hätte er sich bestimmt sofort an ihn und die Armand-Beerdigung erinnert. Stattdessen versuchte er ihm freundlich zuzulächeln. »Darf ich reinkommen?«

Morel schaute ihn mürrisch mit schiefem Mund an. Er hielt den Kopf schräg, seine Halsschlagadern traten deutlich hervor. Er schien nur darauf zu warten, gleich lospoltern zu dürfen.

»Nein«, brachte er endlich hervor. »Ich habe keine Zeit. Gehen Sie.« Ohne eine Antwort abzuwarten, schloss er die Tür.

»Ich bin derjenige, der die Trauerrede auf Leo Reschenhauer hält«, konnte Bendix gerade noch durch die fast geschlossene Pforte in das Haus hineinrufen. Die Tür blieb stehen. Morel blickte ihn durch den Spalt an. Bendix versuchte es noch einmal. »Ich wollte Sie noch fragen, ob es hier irgendjemanden gibt, der mir etwas über Monsieur Reschenhauer sagen kann. Etwas über sein Leben.«

»Keine Ahnung«, brummte Morel. Schon wollte er die Tür endgültig schließen, als Bendix seinen Fuß dazwischenschob. »Nehmen Sie den Fuß weg«, zischte Morel.

»Darf ich mich denn mal im Haus umschauen?«

»Nein«, erwiderte Morel. »Wie kommen Sie darauf? Außerdem kenne ich Sie doch gar nicht.«

»Wie gesagt, ich würde gerne mehr über Monsieur Reschenhauer erfahren. Sie haben ihn doch immer begleitet.«

»Gehen Sie!«, unterbrach ihn Morel. Er schaute Bendix nun noch übellauniger an. Dann kickte er mit einem Tritt Bendix' Fuß aus der Tür.

Bendix sah ein, dass es nichts brachte, weiter zu fragen. »Darf ich mich denn wenigstens auf dem Hof ein wenig umschauen?«

»Verschwinden Sie einfach«, giftete Morel. Dann schloss er die Tür.

Es kam nicht sehr oft vor, dass Bendix bei Vorbereitungen für eine Trauerrede von Verwandten und Freunden des Toten so abgewiesen wurde. Im Prinzip kam es nie vor. Warum verweigerte sich Morel? Er lief über den Innenhof und sah erst jetzt die leer stehende Hundehütte. Er schlurfte weiter an zwei Garagen vorbei und schaute eher beiläufig durch die Fenster in die nebenliegenden Gebäude. In einigen türmten sich Weinkisten, in anderen standen Holzfässer und Stahltanks. An der Tür eines kleineren Gebäudes jedoch blieb er stehen. Dort hing ein Schild. »Fossilienfunde«, las Bendix laut. Er drückte die Klinke, die Tür war unverschlossen. Er trat in einen Raum, der wie ein kleines Museum wirkte. An der Wand hingen alte Kutschenräder, Fassverschläge, Familienfotos und Auszeichnungen für besondere Weine. In der Ecke standen gegen die Wand gelehnt einige große und schlanke tönerne Gefäße, bedeckt mit Krustentieren und Muscheln. Sie erinnerten ihn an die Amphoren, die Fischer vor vielen Jahren nutzten, um am Meeresgrund Tintenfische, die sich gerne in ihnen versteckten, zu jagen. Gleich neben den Amphoren erhob sich eine hölzerne Statue des heiligen Vincent – der Schutzpatron der Winzer.

In der Mitte des Raums reihten sich auf langen Tischen über ein Dutzend große Setzkästen aus Holz, gefüllt mit kurzen und langen Muscheln, mit kleinen Knochen, Fossilien jeder Größe, Ammoniten und Belemniten. Sie lagen geschützt unter Glas. Die Böden der nordwestlichen Champagne waren bekannt für ihre Fossilien, die Zeugen der Erdgeschichte. In den hochporösen Kalk- und Kreideböden hatten sich in Millionen von Jahren zahllose fossile Weichtiere abgelagert. Die Region war ein geologischer Bereich, der zur zweitjüngsten Schicht, dem Eozän, gehörte, ein Paradies für Forscher und Spurensucher – und vielleicht auch für alle, die im Angesicht der fossilen Ewigkeit nach Größe suchten. Nach ihrer eigenen Größe. Bendix staunte über diese Privatsammlung. Jeder Kasten war mit kleinen Zetteln versehen, auf denen der Fundort und das geschätzte Alter des Fossils stand. Einige waren bis zu sechzig Millionen Jahre alt.

Da klopfte es am Fenster. Morel forderte Bendix mit einer

hektischen Handbewegung auf, herauszukommen. Er warf Morel einen ironisch-erstaunten Blick zu und bewegte sich zögernd um die langen Tische zum Ausgang.

Morel ging das anscheinend nicht schnell genug. Empört kam er herein und rüffelte Bendix. »Was haben Sie hier zu suchen?«

Bendix blieb ruhig und antwortete betont freundlich: »Ich bin einfach nur begeistert von dieser Fossiliensammlung. Wem gehört sie?«

»Das ist meine. Und jetzt gehen Sie endlich.« Wütend hatte er die Hände in die Hüften gestemmt.

Bendix ließ sich nicht irritieren und schritt gemächlich zur Tür. Da fiel sein Blick auf eine besonders elegante Vitrine. Sie war, anders als die anderen Kästen, durch ein kleines Schloss gesichert. In ihr lagen mehrere Ehrenabzeichen, Denkmünzen und Orden der Treue, alte Erinnerungsmedaillen an Feldzüge und Expeditionen aus dem 19. Jahrhundert. Es war eine Orden-Sammlung. Auch einige Arbeitsverdienstorden von 1942 waren zu sehen.

Vor allem fielen Bendix aber zwei schwarz getönte Medaillen auf einem roten Samtkissen auf. An ihnen war je ein kornblumenblaues, langes Halsband befestigt. Die eine Medaille lag mit der Vorder- und die andere mit der Rückseite zum Betrachter. Ihre Aufdrucke waren leicht zu entziffern. Auf der einen waren Runen eingeprägt, die Schriftzeichen der Germanen. Sie sahen aus wie ein Doppelblitz, umgeben von einem Eichenkranz. Auf der anderen konnte er deutlich eine Inschrift erkennen. Es war kein Französisch. Es war eine deutsche Inschrift. Und dort stand: »Für treue Dienste in der SS«.

## Champagne, 21. Oktober 1942, 10 Uhr

Claude hörte Radio. Mit seinen fünfzehn Jahren hatte er längst verstanden, dass das Radio eine Quelle war, in der sich zwar Lügen so schnell verbreiten konnten wie Läuse auf ungewaschenen Köpfen, aber aus der viele Franzosen auch die Hoffnung auf ein freies Land schöpften. Zuerst sprach Pierre Laval. Er gehörte zu den französischen Politikern, die mit den Deutschen zusammenarbeiten wollten. Claude wusste, es war alles leeres Geschwätz. Doch dann drang die Stimme de Gaulles aus den Lautsprechern. Der General, der Rückhalt der Résistance, der für alles stand, an was das freie Frankreich glaubte, redete ruhig und besonnen. Er appellierte an das Nationalgefühl und versprach den Sieg für den Widerstand. Claude war beschwingt. Er hatte das Gefühl, dass de Gaulle auch ihn persönlich gemeint hatte. Für den Botengang, der nun vor ihm stand, fühlte er sich bestärkt wie nie zuvor. Er radelte los, fuhr durch die Dörfer und über Feldwege hinein in die Weinberge, vorbei an den kleinen gemauerten Cabanes, den Hütten, in denen sich die Winzer im Sommer vor der Hitze und im Winter vor der Kälte schützten. Und in denen sie Zubehör für den Weinberg lagerten, ihren Pflug, ihre Egge, Schubkarren, Schaufeln, Rebscheren oder Bindedraht. Und in denen sie neuerdings Waffen für die Résistance versteckten – und manchmal auch Menschen, die von den Deutschen verfolgt wurden. Claude kannte die Strecke. Er war die Hügel mit dem Fahrrad schon oft hinauf- und hinuntergefahren, um den Verbindungsleuten Nachrichten zu überbringen. Da sah er von Ferne die drei Männer am Wegesrand stehen. Als er sie passieren wollte, packten sie ihn.

»Wie heißt du?«, fragten sie ihn und hielten seinen Fahrradlenker so fest, dass er nicht mehr weiterfahren konnte. Claude sprang vom Rad. Er kannte die Männer nicht. Sie machten ihm

Angst. Einer von den dreien zog ihn kräftig am Ohr und fragte noch einmal, nun etwas lauter: »Hörst du nicht?«

»Claude«, sagte er leise.

»Woher kommst du?«

Claude schwieg. Er durfte nichts sagen. Das war seine erste Lektion im Widerstand gewesen. Nur den Personen, für die seine auswendig gelernten Botschaften bestimmt waren, durfte er sich anvertrauen.

»Pass mal gut auf, Junge, wir wissen ganz genau, dass du als Bote für die Résistance arbeitest. Es hat keinen Sinn, uns etwas vorzumachen. Besser, du redest. Wir haben nämlich hübsche Methoden, die Wahrheit herauszufinden, verstehst du? Also los jetzt, sag, woher du kommst!« Der Mann zog ihn noch stärker am Ohr. Die anderen standen drum herum und grinsten.

Claude wurde schwindelig vor Angst. Diese zwielichtigen Gestalten waren zu allem bereit, und niemand würde ihm jetzt beistehen. »Ddd… Damery«, stammelte er.

»Und wer schickt dich?« Der Mann nahm ihn in den Schwitzkasten und drückte zu.

Claude bekam kaum Luft. Ihm wurde heiß, und gleichzeitig begann er zu zittern. Er wollte sich wehren, doch er hatte keine Chance. Sein Gegner war zu stark. Langsam wurde ihm schwarz vor Augen. »Armand«, sagte er schließlich.

Der Mann ließ ihn los. »Na also, geht doch«, sagte er und lachte. »Und jetzt verschwinde.«

Mit weichen Knien fuhr Claude weiter. Doch bald fasste er wieder Mut und trat so schnell in die Pedale, wie er konnte. Er schaute sich immer wieder um, ob die Männer ihn verfolgten. Doch niemand war zu sehen. Er fuhr zur Mühle von Verzenay. Dort saßen die Verbindungsmänner der Résistance. Sie nutzten für ihre Arbeit vorzugsweise Gebäude, die nach außen den Anschein von Harmlosigkeit vermittelten. Der Dachboden der Mühle war ihre Nachrichtenzentrale. Sie besaßen zwar ein Kofferfunkgerät mit Morsetaste. Doch da die Deutschen oft ihr Gerät auf dieselbe Frequenz eingestellt hatten, um die verschlüsselten Botschaften mitzuschreiben, flogen hier viele Male am Tag Brieftauben ein und aus. Das war sicherer.

Claude erzählte ihnen, was vorgefallen war. Die Männer waren besorgt. Sie schickten sofort eine Brieftaube los mit der Nachricht, dass zwei ihrer Leute zum Weingut der Armands gehen sollten. Es waren Jules und Bruno Kahnweiler.

# 12

Nachdem Morel ihn rausgeschmissen hatte, war Bendix nach Hause gefahren, wo er fast gewaltsam vom Schlaf überfallen worden war. Die Nacht hatte er regungslos dagelegen. Er hatte von André geträumt. Sie waren in Urville im Süden der Champagne im Haus ihrer Eltern. Sie saßen am Tisch. André hatte ein kurzärmeliges Hemd an, ein T-Shirt, dessen Aufschrift auf der Vorderseite er nur verschwommen sah. Auch ein Gefäß war aufgedruckt. André erzählte ihm von seiner Haft. Bendix konnte sich nicht an die genauen Worte erinnern. Aber er sah sich plötzlich mit ihm in einer Zelle sitzen. Und als er zur Seite schaute, saß auch Reschenhauer neben ihnen. Bendix hörte sich, wie er André fragte, ob Reschenhauer ihn getötet hatte. Daraufhin glühten Andrés Augen rot, obwohl sie doch blau waren. Und dann sagte er: »Du kannst niemandem vertrauen.« Er wiederholte es noch zwei Mal. Und flüsterte: »Nur meiner Freundin.«

In dem Moment war Bendix aufgewacht. »Meiner Freundin«, murmelte er schlaftrunken. Wer war damit gemeint? Bendix versuchte sich in den Traum zurückzudenken wie in einen Film, den man zurückspult. Doch die Bilder verblassten allmählich, bis sie ganz verschwanden. Bendix lag da wie betäubt. Seine Arme und Beine fühlten sich schwer an. Es schien ihm, als ob er sich in einem fremden Körper befände. Mühsam drehte er den Kopf zur Seite. Die quadratischen Ziffern seines Digitalweckers leuchteten ihm rot entgegen. Acht Uhr.

Er kroch aus dem Bett und zog sich an. Es war der Tag, an dem Leo Reschenhauer beerdigt werden sollte. Die Zeit reichte jetzt gerade noch, um Modefines Fressnapf zu füllen und einen starken schwarzen Kaffee hinunterzuschütten.

Als Bendix schließlich in seinen alten Renault gestiegen war und die Straße nach Moussy Richtung Chavot-Courcourt hinauffuhr, begann es heftig zu regnen. Der Dreck spritzte seitlich von seinem keuchenden Wagen weg, sodass die wenigen Passanten, wenn sie ihn kommen sahen, schnell auf die hintere Kante des Bürgersteigs zurückwichen. Manchmal blitzte die Sonne zwischen den dunklen Wolken hervor. Dann glitzerten die Weinberge an den Hängen der sanften Hügel wie hellgrüner Lack. Den Regen, der die Wege in den Feldern schnell in Schlammbäder verwandelt hatte, würden die Weinstöcke in diesen heißen Wochen gierig aufsaugen. Die Ernte würde prächtig werden. In den Weinbergen leuchteten die roten, blauen und gelben Regenjacken einiger Arbeiter, die den Wuchs der Reben kontrollierten und sie, wenn nötig, neu befestigten. Die Rebzeilen waren alle gleich beschnitten und getrimmt. Ein Ast durfte nicht auf der gleichen Höhe eines Sporns sein. Nur so konnten die Winzer den Wildwuchs verhindern, durch den zu viel Feuchtigkeit in die Blätter und Trauben gekommen wäre und der die Traube damit zerstört hätte. Jetzt standen die Rebzeilen ordentlich und stramm wie Soldaten in einer Parade.

Bendix hatte die alte Kirche Saint-Martin von Chavot, die wie eine kleine Trutzburg über den Weinhügeln thronte, beinahe erreicht, als ihn ein schwarzer Citroën DS Corbillard mit Lichthupe von hinten anblinkte und schwungvoll überholte. Aus dem vorbeieilenden Leichenwagen winkte ihm Bart zu. Billiot fuhr, hinter ihm saßen Yves und Jean-Claude, die beiden Gehilfen, und schnitten Grimassen. Bendix grinste, dann stülpte er die Oberlippe nach vorn und fauchte die beiden an. Er liebte diese Grimasse. Er hatte sie sich beim großen Jean Bouise abgeschaut, der in dem Film »Le Grand Bleu« den liebenswerten, aber ein wenig hilflosen Onkel Louis gespielt hatte, der sich nur durch diese etwas absurde Geste des Protests zu helfen wusste.

Yves und Jean-Claude lachten. Madame Kahnweiler wollte, dass ihre Mitarbeiter heute bei der Beerdigung von Leo Reschenhauer dabei waren. Schon im Vorfeld hatte es Proteste gegeben. Als bekannt wurde, dass Reschenhauers Trauerfeier in der großen Notre-Dame von Épernay stattfinden sollte, versammelten sich spontan einige Bewohner der Stadt und skandierten Anti-Nazi-Parolen. Die Lokalzeitung veröffentlichte Berichte über die Vergangenheit Reschenhauers, das regionale Radio brachte Extrasendungen über französische Kollaborateure in der Zeit der deutschen Besatzung. Die Meinungen der Interviewten gingen weit auseinander. Die einen verhöhnten diejenigen, die mit den Deutschen gemeinsame Sache gemacht hatten, hielten sie für Feiglinge und Verräter an Vaterland und Résistance. Die anderen waren der Ansicht, dass viele Franzosen damals keine andere Chance hatten, als mit den Deutschen zusammenzuarbeiten, da die Alternative nur den Tod bedeutet hätte.

Um einen größeren Skandal in der Stadt zu vermeiden, hatte sich Madame Kahnweiler gegen die Kirche Notre-Dame und für die viel kleinere Saint-Martin südlich von Épernay hoch oben auf den Hügeln von Chavot-Courcourt umringt von Weinbergen als Ort der Trauerfeier entschieden. Sie hatte überlegt, die Polizei oder einen Sicherheitsdienst einzuschalten, für den Fall, dass sich auch vor Saint-Martin Protestler versammeln würden. Doch ein Aufgebot von uniformierten Beamten bildete für sie nicht den Rahmen, den sie sich für eine gelungene Beerdigung wünschte. Daher hatte sie darauf verzichtet. Das sollte sich als Fehler herausstellen.

Der DS Corbillard sauste die kleine Straße hinauf, rutschte in die letzte Kurve vor dem winzigen Kirchfriedhof hinein und stoppte wenige Meter später quietschend auf dem Parkplatz von Saint-Martin. Vor der Kirche stand bereits eine kleine Gruppe von Demonstranten. Manche von ihnen hielten Plakate hoch mit Forderungen und Slogans wie »Wo bleibt die Gerechtigkeit?«, »Reblaus Reschenhauer« und »Nazis raus!«. Der DS Corbillard hatte einige von ihnen durch das Bremsmanöver mit Dreck so vollgespritzt, dass sie noch mehr schimpften und sich verärgert den Matsch von Regenmänteln und Jacken wischten. Ein Mann brüllte derart heftig in ein Megafon, dass es schrillte und merkwürdige blubbernde Geräusche von sich gab. Als dann auch noch Bendix die Straße zur Kirche hinaufkam, signalisierten sie ihm mit beschwichtigenden Handbewegungen, bloß nicht abrupt abzubremsen.

Billiot hob mit Yves und Jean-Claude unter dem Getöse der Protestler den Sarg aus dem Leichenwagen. Manche spuckten nach ihm. Bendix kam dazu, und zusammen hievten sie den Sarg auf die Schultern. Der Regen prasselte, und sie flüchteten zur Pforte, die nun geöffnet war, hinein in die bereits mit Besuchern gefüllte Kirche, vorbei an den schlichten Holzbänken bis zum Altar, und stellten den Holzsarg ab. Er wirkte inmitten der romanischen Architektur mit den spärlichen Ornamenten erstaunlich dekorativ.

»Wir müssen etwas unternehmen«, sagte Bart besorgt zu Bendix. Er blickte durch das Kirchenschiff hinaus zu den Demonstranten. Ihre Rufe wurden lauter, und sie skandierten immer selbstbewusster. »Nachher kommen die noch hier rein und stören die Zeremonie.«

Bendix versuchte ihn zu beruhigen. »Es wird schon nichts passieren. Und du kannst sie auch nicht zwingen zu gehen.«

»Ich glaube nicht, dass sie friedlich bleiben werden.« Bart schaute ihn unschlüssig an. Schon immer war Bendix derjenige von ihnen, der das Risiko nicht scheute und sich Dinge zutraute, die Bart eher Alpträume verursachten.

Als sie achtzehn Jahre wurden, schlug Bendix Bart eine riskante Wette vor. Wer von ihnen schneller eine Fünf-Centime-Münze aus einem Weinfass fischen würde, bekäme vom anderen ein Jahr lang Champagner ausgegeben. Allerdings handelte es sich nicht um ein normales Weinfass, sondern um das größte der Champagne, genannt *le foudre*, ein wunderschön verziertes Fass, das 1889 bei der Weltausstellung in Paris für Furore sorgte, ein riesiger Tank aus Holz mit einem Fassungsvermögen von hundertsechzigtausend Litern. Um eine Münze zu finden, musste man tief in das Fass hineintauchen und blind im Dunkel des Rotweins suchen. Bart war die Sache viel zu heikel. Schon die Gase, die sich beim Gärungsprozess entwickelten, einzuatmen, war lebensgefährlich. Er wollte nicht. Also schlug Bendix vor, allein ins Fass zu tauchen, und sollte er die Münze beim ersten Tauchgang nicht finden, hätte Bart gewonnen. Nur ungern nahm Bart den Vorschlag an.

Einige Tage später trafen sie sich nachts zu der heimlichen Aktion. Sie brachen durch das altmodische Fenster in das Gebäude, in dem das riesige Holzfass stand, ein, stiegen im Licht einer Taschenlampe die kleine Holztreppe auf das Fass hinauf und öffneten die große Luke. Vor ihnen lag die spiegelglatte Oberfläche des Pinot noir. Bart wurde beim Einatmen der Dünste direkt schwindelig. Bendix schien der Geruch nichts auszumachen. Er holte das Geldstück hervor – die Fünf-Centime-Münze stammte aus dem Jahr 1974 – und warf es ohne Zögern hinein. Es verschwand in der dunklen Flüssigkeit. Bendix zog sich schnell aus und sprang sofort hinterher.

Bart hatte ihn noch nicht einmal Atem holen sehen. Dann wartete er. Es vergingen einige Sekunden. Nichts passierte. Kein Geräusch war zu hören, keine Bläschen stiegen hoch. Der Wein lag nun wieder spiegelglatt vor ihm. Bart wartete weitere Sekunden. Sie kamen ihm ewig vor. Er kniete sich vor die Luke und schaute in das Fass. Unsicher rief er nach Bendix. Kein Blubbern, kein Pochen, keine Antwort.

Die Zeit verrann. Bart bekam Angst, furchtbare Angst. Nur nicht panisch werden, dachte er. Dann hatte er genug. Er riss sich schnell die Schuhe von den Füßen, hangelte sich die Luke hinab, ließ sich in den Wein fallen, holte tief Luft und tauchte. Schnell glitt er nach unten. Meter für Meter. Bart konnte die Hand nicht vor Augen sehen. Da stieß er auf den Grund des Fasses. Er war so überrascht, dass er Luft holen wollte. Panik überkam ihn. Er stieß sich vom Boden ab und tauchte auf. Oben an der Luke angekommen machte er sich schwere Vorwürfe. Wie hatte er sich auf diese Wette einlassen können. Wo war Bendix?

Er holte erneut Luft und glitt ins Dunkel hinab. Langsam tastete er sich an der Innenwand des Fasses entlang nun zur vorderen Seite, bis er an das Spundloch kam. Hatte sich Bendix durch die Öffnung nach draußen gezwängt? Blödsinn, dachte Bart. Klein wie ein Siebenschläfer hätte er sein müssen. Er tastete sich im stockdunklen Nass weiter. Jeden Augenblick erwartete er, gegen Bendix' leblosen Körper zu stoßen. Er spürte nun deutlich, wie ihn die Panik immer stärker überkam. Er hätte schreien können. Er musste hier raus. Kräftig stieß er sich vom Boden ab und tauchte endlich auf. Kaum hatte er Atem geholt, packte ihn jemand von oben unter beiden Schultern und zog ihn aus dem Fass.

Es war Bendix. Er hatte sich während Barts Tauchgang aus dem Fass geschlichen.

Bart schaute ihn entsetzt an. Er war wütend und verfluchte ihn. Gleichzeitig kamen ihm Tränen vor Erleichterung.

Er konnte sich heute noch zu gut erinnern, wie Bendix ihn angegrinst, ihm das glänzende Fünf-Centime-Stück vor die Nase gehalten und gesagt hatte: »Du schuldest mir ein Jahr Champagner.«

Die Proteste vor Saint-Martin wurden immer stärker. Bart wollte es dieses Mal nicht darauf ankommen lassen. Er ging zu Yves und Jean-Claude und forderte sie auf, am Eingang der Kirche darauf aufzupassen, dass niemand aus der Gruppe der Demonstranten hereinkommen konnte. Dann rief er die Gendarmerie an und bat um Verstärkung.

Kommissar Krug hatte bereits auf den Bänken von Saint-Martin Platz genommen. Er trug einen schwarzen Nadelstreifenanzug mit rotem Einstecktuch. Um den Hals hing ihm ein dünner Kaschmirschal. Er schaute aufmerksam um sich. Denn viel mehr als für die Demonstranten interessierte er sich für die Besucher in der Kirche. Er ging davon aus, dass es sich bei den Mordfällen Reschenhauer und Stauder um denselben Täter handelte. Die DNA-Analyse hatte ergeben, dass das Spurenmaterial an beiden Tatorten identisch war. Dem rechtsmedizinischen Gutachten zufolge handelte es sich aller Wahrscheinlichkeit nach um einen Mann, zwischen vierzig und fünfzig Jahren, seine Hautfarbe war weiß, und er stammte wohl aus Europa. Einer konkreten Person konnte der genetische Fingerabdruck noch nicht zugeordnet werden. Kommissar Krug vermutete jedoch, dass der Mörder aus der Region kam und heute unter ihnen war. Er rechnete mit seiner Anwesenheit. Denn er war überzeugt, dass es für den Täter ein besonderes Vergnügen darstellte, sich unbemerkt unter seine Verfolger zu mischen und ihnen bei der Suche zuzusehen.

Bendix setzte sich auf den freien Platz in der ersten Bank, der für ihn reserviert war. Er saß nur wenige Meter von Morel entfernt, der ihm bei ihrer letzten Begegnung keine Antwort darauf gegeben hatte, woher die SS-Medaillen stammten. Und es war offensichtlich eine Frage zu viel gewesen, denn Morel hatte ihn daraufhin ziemlich rüde des Hofes verwiesen und das große Gittertor hinter ihm verriegelt.

Die letzten Trauergäste hatten nun in Saint-Martin Platz genommen. Als Jean-Claude und Yves die Türen der Kirche geschlossen hatten und somit auch die lautstarken Rufe der Demonstranten nicht mehr zu hören waren, gab Bart dem Organisten ein Zeichen. Er saß an einer mobilen Orgel, die seitlich vom Altar stand und extra für die Trauerfeier in die kleine Kirche geholt worden war. Er begann, den zweiten Satz von Bachs Orchestersuite Nr. 3 D-Dur zu spielen. Und immer wenn er sie hörte, dachte Bendix, dass wohl keine Rede der Welt es je vermocht hatte, diese Stimmung, die Bachs berühmte Suite entfachte, diese geniale Mischung aus Feierlichkeit und Leichtigkeit, aus Nachdenklichkeit und Nostalgie zu erzeugen. In der aufgeheizten Stimmung, die sich bisher vor der Kirche entladen hatte, schien sie genau das richtige Mittel zu sein, um die Gemüter zu besänftigen. Als die Suite verklungen war, ging Bendix zum Altar, holte sein Manuskript heraus und legte es auf das kleine Rednerpult vor ihm. Einige Honoratioren der Region waren trotz der Proteste gekommen, die Bürgermeister von Brouillet und Reims, Vertreter aus den Winzergenossenschaften und Wirtschaftsverbänden der Champagne, Geschäftsführer aus den großen Häuser der Produzenten und Mitglieder einiger bekannter Familien der Region. Bendix sah auch Charline, Benoit und Lara. Selbst der alte Claude Wassermann, der ehemalige Geschäftsführer von Armand & Cie, war gekommen. Er hätte ihn schon längst einmal ansprechen sollen, dachte Bendix. So konnte er vielleicht mehr über die Armands und auch Charline erfahren. Als er Eitan, seinen Nachbarn, in einer der mittleren Bänke entdeckte, winkte er ihm kurz zu. Eitan zog die Augenbrauen mehrmals hoch und wieder runter. Er schien bester Laune.

Dann erhob Bendix die Stimme. »Ich habe Leo Reschenhauer vor wenigen Tagen zum ersten Mal getroffen.« Er machte eine Pause. Manchmal gelang es ihm schon nach wenigen Sekunden, die Stimmung einer Trauergemeinde zu erfassen. In den allermeisten Fällen waren die Angehörigen und Freunde von ihrer Trauer so erdrückt, dass sie wie betäubt dasaßen. Dieses Mal war es anders. Spannung lag in der Luft. »Und als ich ihn traf, begegnete ich der Geschichte unserer Region so intensiv wie nie zuvor. Wie sehr sie uns alle betrifft, zeigen die Menschen, die heute vor unserer Kirche stehen. Sie sind mit der Art, wie mit der Vergangenheit umgegangen wird, nicht einverstanden.« Aus den Augenwinkeln beobachtete Bendix seine Zuhörer. »Was unsere Mütter und Väter, Großmütter und Großväter erleben mussten, die grausamen Kriege und die damit verbundenen Traumata, ist für uns, die Nachgeborenen, kaum zu begreifen. Es fällt uns schwer, zu akzeptieren, dass Unschuldige umkamen und Schuldige entkamen.« Er schaute von seinem Manuskript hoch. Dann erzählte er kurz von Reschenhauers Leben, von seiner Persönlichkeit und seiner Wirkung auf andere – aber ohne zu verurteilen. Er hatte nicht die Absicht, den Richter zu spielen. Doch er wollte auch die Proteste nicht ignorieren. Er wollte Haltung zeigen. »Um die

Frage von Schuld und Unschuld kann es heute nicht gehen. Es geht darum, zu begreifen, was Menschen einander antun können. Wir sind nicht schuldig oder unschuldig, weil unsere Vorfahren etwas getan oder nicht getan haben. Wir tragen dafür keine direkte Verantwortung. Aber die Vergangenheit muss für uns ein ständiger Appell sein, Verantwortung zu übernehmen für das, was wir heute tun.« Er machte wieder eine kurze Pause. »Es geht darum, Verantwortung zu übernehmen für das Gelingen unserer Gemeinschaft. Und wenn wir dazu nicht bereit sind, dann machen auch wir uns schuldig.«

Er faltete sein Manuskript zusammen und ging zu seinem Platz zurück. Er wollte nicht mehr sagen. Und er hatte auch nichts mehr zu sagen. Schon gar nichts Tröstliches. Wofür auch? Er hatte keine Lust, den Maître de Plaisir zu spielen. Heute nicht! Er wäre sich dann selbst als Lügner, ja als Verräter vorgekommen. Er hätte viel lieber über die Dinge gesprochen, die über allen, auch über denjenigen, die nun draußen vor der Kirche demonstrierten, lasteten. Doch es war auch nicht seine Aufgabe, anzuklagen. Die größte Kritik, die ihm als Trauerredner blieb, war das Schweigen.

Der Organist begann, das zweite Lied zu spielen – Wagner, »Isoldes Liebestod«. Ausgerechnet, dachte Bendix. Ein Stück, das Gegenpole zu vereinen suchte. Drama pur. Was hatte sich Madame Kahnweiler nur gedacht? Als der Organist sein Spiel beendet hatte, kamen recht zügig sechs Männer und trugen den Sarg hinaus. Kaum hatten sie die Kirche verlassen, begann draußen ein gellendes Pfeifkonzert. Obwohl die Gendarmerie mittlerweile gekommen war und den Vorhof der Kirche sicherte, klatschten Farbbeutel gegen den Sarg. Sofort griffen die Gendarmen zu und nahmen nach einigem Gerangel zwei Männer fest. Ziemlich schnell führten sie die beiden unter dem nun noch lauteren Protest der anderen ab.

Nur allmählich strömten die Besucher aus der Kirche. Bendix kam als einer der Letzten aus dem alten Gemäuer. Da schritt ein älterer Herr auf ihn zu. Es war Claude Wassermann, der ehemalige Geschäftsführer der Armands. Er war groß gewachsen und robust gebaut. Er hatte volles und schlohweißes Haar. Es bildete einen starken Kontrast zu seinem schwarzen Anzug und dem auffälligen Einstecktuch im Paisleymuster. Aus seinem hageren Gesicht stach eine große Nase hervor, die alles dominierte. Vielleicht lag es an seinen wachen Augen, dass er so lebendig wirkte. Sie begrüßten sich.

»Wir sollten uns einmal unterhalten«, sagte Wassermann. Er hatte eine warme, dunkle Stimme. »Die Vergangenheit, von der Sie gesprochen haben, ist komplizierter, als Sie denken.« Dann knöpfte er sich den Regenmantel zu. »Glauben Sie mir, mich gibt es nun schon siebenundachtzig Jahre. Und trotz meines Alters habe ich manches heute noch nicht begriffen und werde es nie begreifen.« Er machte eine Pause, um zu prüfen, ob Bendix ihm gedanklich folgte. »Aber bei einer Sache bin ich mir sicher – es gibt da etwas, was Sie noch nicht verstanden haben und wissen sollten.«

# Champagne, 21. Oktober 1942, 11.30 Uhr

Die drei Männer gingen den Feldweg zwischen den Weinbergen hinunter nach Ay, wo sie nach einer Viertelstunde auf dem Dorfplatz ankamen. Sie setzten sich auf eine Bank vor dem Rathaus und warteten. Es kamen zwei Pferdefuhrwerke vorbei, die Kartoffeln und Grünkohl geladen hatten. Motorisierte Fahrzeuge waren kaum unterwegs. Manchmal Traktoren der Bauern und Winzer. Champagner wurde schon mal in Lieferwagen transportiert. Auch die Polizei, die Sanitäter und die Feuerwehr nutzten Autos. Und natürlich die Deutschen. Der normale Franzose hingegen fuhr eher Fahrrad oder ging zu Fuß.

Da kam ein deutsches Militärauto angerollt, ein Einheits-Pkw mit offenem Verdeck, in dem vier Soldaten saßen, junge, schneidige Männer, die vielleicht zum ersten Mal und viel zu schnell diese Straße entlangfuhren. Sie wussten noch nicht, dass sie nicht willkommen waren. Ohne einen einzigen Schuss abzufeuern, hatten die Deutschen Frankreich im Juni 1940 in wenigen Tagen überrollt. Die Besetzung Frankreichs schien für sie wie ein bezahlter Sommerausflug zu sein. Viele führten sich selbstherrlich auf.

Im Gegensatz zu den anderen Passanten, die die am Rathaus vorbeifahrenden Deutschen höchstens mit einem kühlen Blick registrierten, nickten die drei Männer den Soldaten betont freundlich zu und blickten ihnen nach, als ob sie ihnen mit ihren Augenwimpern salutierten. Dann war es wieder still, und es dauerte, bis das nächste Auto kam.

»Was ist, wenn er nichts sagt?«, fragte der eine.

Die beiden anderen schwiegen. Bis sich einer von ihnen mit dem Zeigefinger über die Kehle strich. Die anderen nickten.

Sie warteten noch eine Weile. Endlich kam der Kleinlaster.

»Bonjour, Hugo«, grüßten sie den Fahrer.

Hugo fuhr für alle möglichen Kunden, Winzer, Bauern, Gemüsehändler, Bäcker und das Militär. Er belieferte Franzosen – und die Deutschen vor allem mit Fleisch, Benzin und Champagner.

Die drei Männer stiegen ein und fuhren nach Damery. Die Fahrt war nicht einfach, immer wieder gab es Kontrollen. Die Deutschen hatten den Weg versperrt und verlangten von den Durchreisenden Ausweise. General de Gaulle hatte in einer Radioansprache seine Landsleute wiederholt zum Widerstand aufgerufen und der Résistance im Kampf gegen die Besatzer Mut zugesprochen. Für die Deutschen waren jetzt jede Person und jedes Fahrzeug verdächtig.

Endlich erreichte der Lieferwagen das Weingut der Armands. Das Haus war von hohen Mauern umgeben, die Tore waren verschlossen. Als Lieferant der Weinproduzenten hatte Hugo, der Fahrer, zu vielen Weingütern Zugang. Er öffnete den dreien und ließ sie hinein. Er stellte keine Fragen. Er hatte gelernt, dass in schwierigen Zeiten Schweigen besser war. Dennoch ahnte er, dass die drei nichts Gutes vorhatten. Er hatte es in ihren mordlüsternen Augen gesehen.

# 13

»Champagner geht immer«, sagte Bart und strahlte. Er war mit Bendix nach der Beerdigung gleich ins Parisien nach Épernay gefahren. Er griff nach einer der offenen Flaschen aus dem waschbeckengroßen, eiswürfelgefüllten Champagnerkühler auf dem Tresen und goss ihnen ein. Es war ein Dom Pérignon, vielleicht der beste vergorene Wein aller Zeiten. Beide hielten ihre Nasen in die Gläser und rochen, ein 2004er, konzentriert im Bouquet, rauchig, kraftvoll, füllig, frisch.

Bendix schlürfte an seinem Glas und schaute Bart mit einem Blick an, der ihm zu verstehen gab, dass er etwas im Schilde führte. Schon als sie Kinder waren, hatte Bendix Bart zu unsinnigen Aktionen überredet. Damals stapften sie oft mit nackten Füßen in die Bottiche, in denen die Trauben lagen, um sie zu maischen. Der Schaum spritzte, sie tanzten und sprangen, bis die Maische dickte. Am nächsten Morgen stiegen sie wieder in die Bottiche und atmeten mit Absicht die Kohlensäure ein, die aufstieg, weil die Maische zu gären begann. Verloren hatte dann der, dem als Erster schwummrig wurde.

»Was ist los?«, fragte Bart. »Was für törichtes Zeug hast du jetzt wieder vor?«

Als Bendix in Gegenwart von Madame Kahnweiler ihre beiden Onkel erwähnt hatte, war sie zu seiner Überraschung sehr ruhig geblieben und hatte geantwortet, dass manche Geheimnisse immer Geheimnisse blieben, wenn sich niemand um sie kümmerte. Bendix kam die Antwort orakelhaft vor. Für dumm verkaufen wollte sie ihn wohl kaum. Natürlich hoffte sie, dass er etwas für sie erledigte. Nur was?

»Vielleicht benutzt sie mich ja als Köder«, sagte er schließlich.

»Madame Kahnweiler?«, fragte Bart und lachte laut auf. Er konnte es nicht glauben. »Eine Verschwörung?« Er lachte wieder.

»Ja, ja, ich weiß, das hört sich ein wenig neurotisch an, aber was soll diese Geheimnistuerei? Sie hofft, dass ich bei meinen Recherchen irgendetwas finde, Hinweise, Spuren, vielleicht sogar den Mörder, aber es soll wohl nicht an die große Glocke gehängt werden. Warum schaltet sie nicht die Polizei ein?«

Bart kratzte sich unterm Kinn und versuchte ernst zu bleiben. »Vielleicht hat sie kein Vertrauen mehr in die Polizei und den Rechtsstaat. Der Fall ist doch ewig her.«

»Aber mir vertraut sie?«

»Bien sûr«, antwortete Bart und verbarg sein Grinsen in seinem Glas, das er gerade zum Mund geführt hatte.

»Wahrscheinlich bin ich für sie der Einzige, der unverdächtig recherchieren kann.« Bendix schlug mit der Faust auf den Tresen. »Aber im Grunde stellt sie mich wie ein kleines, bis auf die Haut geschorenes nacktes Merinoschaf auf den Tisch, damit die Wölfe aus ihren Verstecken kommen und um mich herumtanzen können.«

»Merinoschaf?« Jetzt brüllte Bart vor Lachen. »Ein nacktes Merinoschaf!« Er konnte sich kaum mehr einkriegen.

Bendix drehte sich zur Seite und lehnte sich mit beiden Ellenbogen auf den Tresen. »Wir brauchen Beweise für den Mord an den Kahnweiler-Brüdern.« Er erwähnte die SS-Medaillen, die er bei Morel gesehen hatte. Warum hatte er zwei, die nahezu identisch waren? Eine gehörte mit Sicherheit Reschenhauer. Und die andere? Hatten diese Medaillen mit den Morden zu tun? »Die beiden kamen 1942 um«, sagte er. »Wir müssen herausfinden, ob es noch Zeitzeugen gibt.«

Bart tupfte sich mit einem Taschentuch die Lachtränen ab. Dann schnäuzte er sich die Nase, steckte unter weiteren Lachzuckungen das Taschentuch weg, bemühte sich endlich um Ernsthaftigkeit und sagte: »Frag doch mal den alten Wassermann. Er hat jahrelang bei den Armands gearbeitet. Der müsste so einiges wissen.«

Bendix zog die Augenbrauen hoch. Dann kaute er auf seiner Unterlippe. Er würde Wassermann ohnehin besuchen. Als ehemaliger Geschäftsführer des Weinguts Armand und Weggenosse von Henri Armand hatte er mit Sicherheit mehr Informationen parat als alle noch lebenden Armands zusammen.

»Ich werde jetzt gehen, ich brauche einen klaren Kopf.«

»Aber nein«, erwiderte Bart und klopfte ihm aufmunternd auf die Schulter. »Bleib hier und nimm noch einen Schluck.« Er schenkte ihm nach und zitierte Homer Simpson aus der Zeichentrickserie mit seiner treffenden Bemerkung, dass Alkohol Ursprung und Lösung sämtlicher Lebensprobleme war. »Sieht eher danach aus, als ob du genau das jetzt nötig hättest.«

Bendix zögerte. Dann machte er ein verschwörerisches Gesicht. »Ich werde Beweise finden!«

Bart staunte nicht schlecht. »Du?«, schwappte es aus ihm heraus. Das war es also, was Bendix plante, dachte Bart. »Beweise? Für was?«

»Um die Täter natürlich endlich zu entlarven!«

»Du willst was?«, prustete Bart. »Das nackte Merinoschaf will die Wölfe fressen?«

Er konnte nicht aufhören zu lachen.

## Champagne, 21. Oktober 1942, 14.00 Uhr

Es wummerte gegen die Tür. Josef-Jacob Armand zuckte zusammen.

»Versteck dich«, rief er seinem Sohn zu.

Henri schaute ihn erschrocken an. Sie standen im Vorraum zu ihrem Weinkeller und waren gerade dabei, Etiketten auf die Champagnerflaschen zu kleben, die sie den Deutschen liefern mussten. Es waren falsche Etiketten, sie versprachen mehr, als der Wein wert war.

Henri hatte seinen Vater noch nie so ernst gesehen. Wieder hämmerte es gegen die Tür, dieses Mal aggressiver als zuvor. Sie hörten Männerstimmen. Jemand versuchte, die Tür aufzubrechen.

»Mach schon«, flüsterte Josef-Jacob ihm zu.

Doch Henri war starr vor Schrecken. Er wusste, dass sein Vater niemals Besuch erwartete, wenn sie die Flaschen mit falschen Etiketten beklebten. Warum sollte er sich verstecken? Er hatte Angst. Er war gerade zehn Jahre alt und hätte am liebsten losgeschrien. Da strich ihm sein Vater über den Kopf, küsste ihn und schob ihn hinter eines der großen Holzfässer, die im Vorraum standen.

»Rühr dich nicht«, sagte er leise, »egal, was passiert.«

In dem Moment krachte es. Splitternd brach die Tür auf. Drei Männer traten ein. Josef-Jacob stand am Tisch in der Mitte des Raums. Sie waren jünger als er, zehn, fünfzehn Jahre, kräftige Männer. Er kannte sie. Sie stammten aus den umliegenden Dörfern, aber sie kollaborierten mit den Deutschen.

»Bonjour, mon cher«, rief einer von ihnen in gespielter Freundlichkeit übertrieben laut. »Stören wir?«

Der Bick der Männer fiel sofort auf die falschen Etiketten. Sie nahmen sie, hielten sie hoch gegen das Licht und schmeckten an ihnen, als ob sie in Champagner getränkt gewesen wären. Ihre Genugtuung, ihn auf frischer Tat ertappt zu haben, war groß. Sie johlten.

Dann packten sie ihn und fesselten ihn auf einen Stuhl. »Bisher hast du dich gut tarnen können, alter Tintenfisch. Aber jetzt ist Schluss. Du sagst uns, wer noch alles für die Résistance arbeitet.«

Einer der Männer holte einen Säbel hervor und begann, mit ihm vor Josef-Jacobs Gesicht herumzuwirbeln. Er beherrschte das Sabrieren so gut wie keiner von ihnen. Den Champagner mit dem Briquet-Säbel zu köpfen war seine Spezialität.

Josef-Jacob Armand blickte sie voller Abscheu an. Nie würde er etwas verraten. Er lachte, aber es war ein bitteres Lachen, denn er wusste, dass sein Schicksal besiegelt war. Da sauste die Klinge haarscharf über sein Gesicht und riss ihm die Spitze der Nase ab. Das Blut spritzte in alle Richtungen. Der Schmerz war unerträglich. Doch er wollte nicht schreien. Er musste stark sein. Für seinen Sohn.

»Los, mach's Maul auf!«, brüllte der Mann mit dem Säbel ihn an.

Doch Josef-Jacob schwieg. Das Blut strömte ihm über den Körper. Die Männer rollten eines der vollen Fässer heran, öffneten es und drückten Armands Kopf tief in den Rotwein. Erst spät zogen sie ihn wieder heraus und tunkten ihn gleich wieder hinein. Josef-Jacob spuckte und hustete.

»Willst du jetzt endlich dein Maul aufmachen!«, schrie ihn der Mann mit dem Säbel an.

Doch Josef-Jacob sagte nichts. Sein Kopf hing schlaff über der Brust. Sein Blut floss unaufhörlich aus der zerfetzten Nase.

Da griff einer der Männer nach seinem Kopf und riss mit beiden Händen seinen Mund auf, während der andere ihm einen Champagner mit der rot gedruckten Aufschrift »Réservé à la Wehrmacht« in die Kehle schüttete. Es spritzte und schäumte. Josef-Jacob zuckte, schlug mit dem Körper um sich, hustete und erbrach sich.

»Willst du jetzt reden?«, brüllten sie ihn wieder an.

Doch er schwieg.

Da banden sie ihn los, führten ihn zur Tür des Weinkellers, öffneten sie, zerrten ihn nach vorn, packten ihn am Schopf und hielten ihn über die steile Treppe.

Josef-Jacob hatte oft über den Moment des Todes nachgedacht. In diesen Zeiten war das normal. Er hatte sich seine Seele, das, was ihm unberührbar vorkam, immer als eine Art weißen, wohligen Dampf, gepresst, aber geschützt in einer ständig rotierenden kleinen dunklen Kugel irgendwo in der Mitte seines Körpers vorgestellt. Ein Kokon in Kugelform, klein und dynamisch, etwas, das ihn niemals vom Weg abbrachte, das ihn immer in Bewegung bleiben ließ, egal, was von außen auf ihn einwirkte.

Ein Lächeln huschte über sein zerschmettertes Gesicht. Er wusste, wenn er starb, würde dieses Etwas seinen Körper verlassen und aufbrechen – er würde keine Schmerzen mehr fühlen, und er wäre frei.

»Das ist deine letzte Chance, sonst fliegst du«, schrien sie ihn an.

# 14

Am Nachmittag des nächsten Tages verließ Bendix seine Wohnung und bog am Place Auban Moët gleich in die Rue Flodoard. Schon nach wenigen Minuten hatte er die Weinhandlung der legendären Madame Salvatori erreicht. Sie war erst vor wenigen Jahren gestorben, doch da das Geschäft in Épernay eine Institution darstellte, hatte der neue Besitzer den Namen und das Konzept des Geschäfts behalten. Es war hier immer noch möglich, jeden Champagner zu bekommen – und das oft zu einem erschwinglichen Preis. Das Salvatori war nicht groß, im Grunde nur ein Raum, sodass es mit wenigen Leuten schnell gefüllt war. Die Regale an den Wänden waren mit Flaschen vollgestopft. Auf dem Boden stapelten sich graue, weiße, schwarze, orange- und rosafarbene Kisten. Bendix stöberte ein wenig. Heute Abend würde er Claude Wassermann besuchen. Er brauchte für ihn einen Champagner als Geschenk. Nach einiger Zeit entschied er sich für einen Delamotte Blanc de Blancs von 2008. Er ging zur Kasse und wollte zahlen. Da sah er, wie Charline die Weinhandlung betrat. Sein Puls ging schneller. Er hatte sie seit dem Essen im Table Kobus nicht mehr gesehen.

Charline erblickte ihn, lächelte und kam auf ihn zu. »Bonjour«, sagte sie, »was für eine Überraschung, Sie zu sehen.«

Sie umarmte ihn und gab ihm zwei dahingehauchte Küsschen auf die Wangen. Sie trug ihr weißes Hemd mit den hochgekrempelten Ärmeln so offen, dass ihre Roségoldkette mit dem baumelnden Saphir genug Platz hatte, auf der nackten Haut hin- und herzupendeln. Ihre Haare fielen über die Ohren und Schultern nach hinten, während sich ihr Pony unter dem breiten blauen Haarband leicht links über Stirn und Augenbraue legte. Auch die Jeans, die die offensichtlich blendende Verfassung ihrer Figur mehr als betonte, verlieh ihrer gesamten

Erscheinung eine gewisse Lässigkeit. Ohne ihn anzuschauen, hatte sie längst gemerkt, wie Bendix sie fixierte.

»Haben Sie diese Woche am Nationalfeiertag schon etwas vor?«

Bendix war perplex. Diese Direktheit hatte er nicht erwartet, und sie erwischte ihn auf dem falschen Fuß. Am französischen Nationalfeiertag besuchte er immer seine Mutter, die zwei Autostunden entfernt in Urville im Süden der Champagne lebte. Seit dem Tod seines Vaters vor einigen Jahren versuchte er, sie regelmäßig zu sehen, zumindest einmal im Monat. Sollte er ein Rendezvous mit Charline absagen, weil ihn seine Mutter erwartete?

»Nein«, sagte er, »überhaupt nichts.«

Charline lächelte erleichtert. »Haben Sie Lust, mich am Abend nach Reims zu begleiten? Dort wird es im Salon Degermann eine große Party mit Freunden geben.«

»Gerne!«, rief er und wunderte sich, wie schnell er zugesagt hatte. »Wann darf ich Sie abholen?«

»Nein, nein, ich hole Sie ab. Um neunzehn Uhr?«

»Wie Sie möchten!«

Da fiel ihr Blick auf den Delamotte in seiner Hand. »Ah, eine gute Wahl«, sagte sie und zeigte auf die Flasche.

»Ja, ich hoffe. Sie ist für Claude Wassermann. Ich bin heute Abend bei ihm eingeladen.«

Sie schaute ihn verwundert an. Nach ein paar Sekunden des Schweigens sagte sie schließlich: »Was will er denn von Ihnen?«

»Eigentlich will ich etwas von ihm. Ich werde ihn fragen, ob er etwas über meinen Bruder weiß.«

Jetzt starrte ihn Charline erst recht an. Sie wurde so blass, dass Bendix glaubte, sie stützen zu müssen. »Es geht schon«, sagte sie. Sie holte tief Luft. »Sie wollen ihn fragen, ob André ermordet wurde?«

Bendix wurde stutzig. Wie kam Charline auf Mord? Dass damals beim Tod seines Bruders nicht alles mit rechten Dingen zugegangen war, hatten wohl einige angenommen. Bendix konnte sich jedoch nicht erinnern, Charline so deutlich von seinem Verdacht erzählt zu haben. Wusste sie doch mehr, als sie vorgab?

Sie ließ sich nicht in die Karten schauen. Bendix registrierte auf einmal, dass er sie im Grunde nicht kannte. Aber gleichzeitig zog sie ihn genau deswegen auch an. Er entschied, nicht auf ihre Bemerkung einzugehen.

»Ich glaube, Wassermann ist einfach eine interessante Persönlichkeit.«

Charline stockte für ein paar Sekunden. Sie schaute plötzlich traurig aus. »Natürlich!«, sagte sie. Sie fuhr sich mit der Hand schnell über die Wangen, sodass Bendix nicht sehen konnte, ob es Tränen waren, die sie weggewischt hatte, oder nicht. Dann sagte sie: »Als Ihr Bruder starb, war ich noch sehr jung. So wie Sie. Sein Tod muss auch für Sie ein großer Verlust gewesen sein.«

Bendix verstand nicht, was sie mit dem »auch« meinte. Vermisste sie André ebenso wie er? Hatte sie ihn persönlich gekannt? Hatte er »auch« für sie eine spezielle Bedeutung?

»Ja, André war ein wichtiger Mensch für mich. Und um ehrlich zu sein, ich weiß nicht, wie gründlich die Polizei die Sache damals untersucht hat. Ich weiß nur, dass sich viele nicht sonderlich für Andrés Tod interessierten – vielleicht wegen seiner Vorgeschichte.«

Charline schaute ihn besorgt an. »Man hat doch eine Autopsie vorgenommen, nicht wahr?«

»Ja, es hieß, er war stark alkoholisiert und ist dann ertrunken. Das war's.« Bendix schlug die Hände klatschend gegeneinander, als ob er sie von grobem Dreck befreien wollte.

Charline kräuselte die Stirn und biss sich leicht auf die Lippen. Sie schien etwas sagen zu wollen. Doch sie unterdrückte diesen Impuls. Bendix beobachtete sie genau. Sie waren an einem Punkt angelangt, an dem zumindest vorerst alles gesagt schien. So wechselten sie noch einige Worte der Höflichkeit und verabschiedeten sich schließlich.

Bendix ging mit dem Gefühl, dass etwas schiefgelaufen war. Irgendetwas stand zwischen ihnen. Er hoffte auf den Salon Degermann. Er war bekannt für rauschende Partys und für manche Überraschung.

Am Abend fuhr Bendix nach Reims zu Claude Wassermann. Die Rue Buirette lag nur wenige Meter entfernt vom Parc de la Patte d'Oie, der schönen Grünanlage mitten in der Stadt. Die Geschäfte hatten schon geschlossen, als Bendix an der Tür Nummer 50 mit dem schmiedeeisernen schwarzen Gitter klingelte. Wassermanns große Stadtvilla war ein Schmuckstück aus der Belle Époque. Das Haus fiel vor allem wegen des runden Erkers in der zweiten Etage auf, von dem man über die Dächer der anliegenden Häuser hinweg auf die beiden Türme der berühmten Kathedrale, den alten Kaiserdom, schauen konnte. Da niemand öffnete, klingelte Bendix erneut. Er wartete noch, bis er sah, wie sich die Kugelkamera neben dem Klingelschild auf ihn richtete. Er hörte ein Kratzen durch den Lautsprecher.

»Ah, Bendix, da sind Sie ja«, sagte Wassermann. »Warten Sie, ich mache Ihnen auf.«

Bendix hörte nun ein Klicken, dann ein Surren, und die Tür öffnete sich automatisch. Er ging hinein und die wenigen Stufen hinauf in das große Foyer, von dem sich eine Marmortreppe in die zweite Etage schlängelte. Niemand war zu sehen. An den Wänden hingen einige Landschaftsmalereien verschiedener Formate in goldfarbenen Rahmen, Bauern und Winzer bei der Ernte. Zwei silberne achtarmige Kerzenständer standen neben zwei Figuren aus Porzellan auf einer mit goldglänzenden Verschlägen verzierten Rokoko-Kommode. Über ihr hing ein Kurzschwert aus den Napoleonischen Kriegen mit Griffkordel samt Quast. Und ein Champagnersäbel mit hölzernem Schaft und schwungvollem Griffbügel. »Sabre à Champagne« war in die Klinge eingraviert. Links und rechts rahmten die Kommode zwei grün gepolsterte Holzstühle aus derselben Epoche ein.

Darüber hing ein breiter Spiegel, der bis zur Decke reichte und durch den sich das elektrische Kerzenlicht des großen Kronleuchters aus Messing und Glasbehängen in der Mitte des Foyers verdoppelte.

»Kommen Sie doch hierher in den Salon«, rief Wassermann.

Bendix erwartete, dass ihm jemand die Jacke abnehmen würde. Das Haus war im Grunde zu nobel, um kein Personal zu haben. Doch niemand kam. Er legte die Jacke auf einen der grünen Rokoko-Stühle und betrat den Salon. Der große Raum war gefüllt mit antikem Mobiliar, Vitrinen, Kommoden und einem Ensemble von Chesterfield-Sesseln, die um einen Couchtisch herumstanden. An den Wänden hingen großformatige Ölgemälde, Landschaftsmalereien im impressionistischen Stil. Von der hohen Decke ragte eine ausladende Leuchte mit einem langen Pendel in den Salon. Auf einer der Kommoden stand eine Büste, ein Dichterkopf. Es sollte Charles Baudelaire sein. Die Skulptur stammte aus dem Jahr 1898 und war ganz offensichtlich ein echter Rodin. Daneben lugte eher heimlich eine kleine Bronzefigur mit Flügeln hervor, eine Darstellung des Erzengels Nathanael. Und in der Ecke des Salons fiel Bendix schließlich eine schmale und hohe Bronzefigur auf. Ein Giacometti.

Bendix kam sich vor wie in einem Museum. Nur ein Gemälde am Durchgang zum Esszimmer war anders, moderner, figürlich abstrahiert. Es zeigte das Porträt zweier Männer. Der eine küsste den anderen auf die Wange.

»Judas«, sagte Wassermann, als er Bendix' erstauntes Gesicht sah, »Judas im Garten Gethsemane.« Er erhob sich aus dem Sessel und reichte ihm die Hand.

Sein Händedruck war viel kräftiger, als Bendix von einem bald neunzigjährigen Mann erwartet hätte. Er schien in blendender Verfassung zu sein. Wie schon bei ihrer Begegnung vor der Kirche Saint-Martin wirkte er wieder sehr wach, und seine gesamte Körpersprache hatte überhaupt etwas Jugendliches.

»Wir wissen bis heute nicht, warum er Jesus verraten hat«, sagte Wassermann. »Judas war sein treuester und ergebenster Jünger.«

Bendix überlegte. Judas hatte für seinen Verrat zwar eine Bezahlung bekommen. Doch er hatte nicht nach ihr verlangt. Und er soll später aus Reue die dreißig Silberstücke der Jerusalemer Führung zurückgegeben und sich anschließend erhängt haben. War er ein klassischer Verräter? Bendix antwortete: »Das Geld war es wohl kaum.«

Wassermann schaute ihn voller Hochachtung an. Dann nickte er so heftig, dass sein weißes Haar wippte. »Ich glaube, dass er ihn nicht im klassischen Sinn verraten hat. Judas war von der Unantastbarkeit seines Herrn überzeugt. Er glaubte, dass Jesus unsterblich war. Und er sollte seine Unsterblichkeit am Kreuz beweisen. Nur ging die Geschichte leider anders aus. Erst als Jesus tot war, erkannte Judas seinen Fehler. Er ist eine tragische Figur.«

Wassermann machte ein ernstes Gesicht. Die Botschaft, die dieses Gemälde vermittelte, schien ihn mitzunehmen. Judas hatte Jesus im Grunde überhaupt erst ermöglicht, am Kreuz zu sterben und die Menschheit zu retten, dachte Bendix. Judas war also kein Verräter, sondern Jesus' Komplize?

Sie setzten sich in die Chesterfield-Ohrensessel. Je mehr Bendix in dem breiten und bequemen Sessel versank, desto größer wirkte der Salon auf ihn. Er dachte an seine Wohnung. Sie war geräumig, aber nicht riesig. Wäre sie größer gewesen, hätte er nur noch stärker seine Einsamkeit gespürt.

»Leben Sie allein in diesem großen Haus?«, fragte er.

»Ja«, antwortete Wassermann. Er erklärte, dass er zwar eine Haushälterin und eine Sekretärin hatte und regelmäßig Lieferanten vom Weingut Armand kamen, um seinen Weinkeller aufzufüllen. Auch bereitete ihm zwei Mal in der Woche eine Köchin das Essen zu. Doch er fühlte sich einsam. Er hatte gehofft, noch einmal zu heiraten. Doch die Frau seines Herzens ließ ihn warten.

Bendix war baff. Für einen Mann im Greisenalter hatte der alte Claude junge Ideen. »Wer ist es denn?«, fragte er neugierig.

»Ach«, antwortete Wassermann seufzend, »ich weiß gar nicht, ob ich Ihnen das sagen darf. Vielleicht ist es ihr gegenüber doch ein wenig indiskret.«

»Oh, pardon! Natürlich. Ich hätte Sie nicht fragen dürfen«, entschuldigte sich Bendix. »Ich führe berufsbedingt so viele Gespräche mit Leuten über ihr Privatleben – das ist mir so rausgerutscht.«

»Kein Problem«, winkte Wassermann ab und genoss es offenbar, sein kleines Geheimnis mit jemandem zu teilen. »Aber sagen Sie es keinem weiter. Es ist Madame Kahnweiler.«

Bendix bekam einen Hustenanfall. Damit hatte er nicht gerechnet. Dass Madame Kahnweiler ein Vierteljahrhundert jünger war, stellte noch die geringste Hürde dar. Dass sie sich aber jemals wieder fest liieren würde, konnte sich Bendix einfach nicht vorstellen.

»Verschlucken Sie sich nicht«, sagte Wassermann. Er lachte. »Sie reagieren ja fast so wie Madame Kahnweiler.« Er lachte wieder. »Aber vertun Sie sich nicht. Ich bin hartnäckig. Ich telefoniere regelmäßig mit ihr. Und ich kann penetranter sein als eine Reblaus.« Anfang des 20. Jahrhunderts hatte die Reblaus, der gefährliche Schädling, weite Teile der Weinberge in der Champagne zerstört. Tausende von Rebstöcken mussten gerodet werden. Bis heute galt die Plage als das schlimmste Weinunglück in Frankreich. »Eines Tages wird Madame schon Ja sagen.«

Wassermann schaute Bendix zuversichtlich an. Dann gab er ihm zu verstehen, mit dem Essen anzufangen.

Auf dem ovalen, kniehohen Couchtisch vor ihnen standen zwei Körbe gefüllt mit Austern, Fines-de-Claire-Austern, Gillardeau-Austern von der Île d'Oléron und normannische Austern. Wassermann kaufte sie immer selbst ein. Der Weg zu seinem Händler war nicht weit, das Fischrestaurant Café de la Paix befand sich gleich um die Ecke am Place Drouet d'Erlon.

Neben den Austern und dem Baguette stand ein großer Champagnerkühler, in dem eine Flasche Pol Roger Brut Réserve, ein Philipponnat Royale und ein Drappier Grande Sendrée Rosé in Eis kühlten. Jahrgangschampagner.

Wassermann öffnete die erste Flasche und schenkte ein. »Austern müssen schwimmen«, erklärte er. Seine Augen funkelten vor Freude auf den bevorstehenden Schmaus. »Nehmen Sie sich.«

Bendix hatte Mühe, in den tiefen Sesseln eine normale Essenshaltung einzunehmen. Etwas umständlich gelang es ihm, die Austern mit dem kleinen Messer an der rückwärtigen Nahtstelle so zu öffnen, dass das Meerwasser in der Schale nicht herausfloss und alles verkleckerte. Vorsichtig löste er mit der Gabel das Fleisch aus der Schale und schlürfte es hinunter. Er konnte nicht viele von ihnen essen. Es tat ihm leid, wie sie unter der Zitrone zuckten. Außerdem setzte ihm manchmal der Seetanggeschmack zu. »Warum essen Sie eigentlich so gerne Austern?«

Wassermann schaute ihn lange an. Er wirkte nachdenklich und auf eine gewisse Weise traurig. Schließlich sagte er: »Austern sind die letzte Erinnerung an meine Eltern.«

Claude Wassermanns Eltern hatten gerade geheiratet. Das Leben lag vor ihnen. Doch als Juden bereitete ihnen die politische Entwicklung in Deutschland große Sorgen. Sie entschieden, ihre Heimat zu verlassen. Da sie in Breisach am Rhein in Baden geboren und ihnen Rebstöcke und Weine vertraut waren, zogen sie Anfang der dreißiger Jahre mit ihrem dreijährigen Sohn in die Champagne. Sie waren glücklich. Bis die Deutschen im Juni 1940 Frankreich besetzten.

Wenige Wochen später führten die Besatzer die radikalen Gesetze ihrer antisemitischen Ideologie ein. Das französische Vichy-Regime ließ es geschehen. Was Juden gehörte, ob Modeatelier, Kurzwarengeschäft, Bäckerei, Fabrik oder Villa, wurde öffentlich zum Kauf angeboten. Alle Juden mussten sich registrieren lassen, auch Claude Wassermanns Eltern. Doch ihren Sohn verheimlichten sie vor den Behörden. Sie wollten ihn schützen. Die Familie Armand half ihnen. Sie waren befreundet. Claude spielte jeden Tag zusammen mit dem wenige Jahre jüngeren Henri. Die Armands wussten um die Gefahr und behandelten Claude, wenn die Deutschen kamen, wie ihren eigenen Sohn.

Als Claudes Eltern sich am 16. April 1942 bei den Behörden in Paris melden sollten, ahnten sie nichts Gutes. Das Vichy-Regime hatte eingewilligt, den Nazis einige tausend Juden auszuliefern. Sie baten Josef-Jacob, auf Claude aufzupassen, bis sie wiederkamen.

An dem Abend, bevor sie gingen, aßen sie alle zusammen Austern. Claude hatte sie schon oft mit seinen Eltern gegessen und immer gewetteifert, wer am meisten essen konnte. Er ahnte das Unglück, das über seine Familie kommen würde, nicht. Seine Eltern ließen sich an dem Abend nichts anmerken.

Am nächsten Tag kamen vier Männer. Sie trugen jeder auf der linken Brust eine kleine blaue Bandschnalle, auf der eine schwarz getönte runde Medaille mit SS-Runen prangte. Sie nahmen die Eltern mit. Nachdem die beiden in Paris angekommen waren, wurden sie wie die meisten französischen Juden nach Auschwitz deportiert.

Schon längst hatte Bendix aufgehört, von den Austern zu nehmen. Seine Kehle war trocken, er wollte sich räuspern, doch nicht einmal das gelang. Hätte er auch nur ansatzweise eine derartige Kindheit erleben müssen, er hätte sich mit Sicherheit früher oder später die Kugel gegeben. Oder wäre selbst zum Mörder geworden. Und auch wenn es doch eigentlich seine Aufgabe, ja sein Beruf war, zum richtigen Zeitpunkt die richtigen Worte zu finden, bedrückte ihn Wassermanns Geschichte so sehr, dass er es bevorzugte, erst mal nichts zu sagen. Und sich zurückzuhalten. Er griff nach seinem Champagnerglas und trank.

»Wie haben Sie diese Zeit überhaupt überstehen können?«

Wassermann schaute ihn ruhig an, als ob er ihn testen wollte, und für einen kurzen Moment schien es Bendix, dass er selbst mehr Trost brauchte als Wassermann.

»Es war schwierig«, sagte der Alte schließlich. »Doch die Familie Armand hatte mich ja wie ein eigenes Kind aufgenommen.« Er hielt inne, nahm sein Glas, trank und stellte es ziemlich langsam wieder ab. Er hatte eine ruhige Hand. »Ohne diese Familie gäbe es mich heute wahrscheinlich nicht.«

Wieder so ein dramatischer Satz, dachte Bendix. Er war zu beeindruckt, um einen klaren Gedanken zu fassen. Wie viel konnte ein Mensch aushalten, ohne daran zu zerbrechen? Er hatte oft Geschichten dieser Art gelesen oder Fernsehreportagen gesehen. Aber sie direkt von einem Betroffenen zu hören war anders, der emotionale Zugang tiefer. Es war ihm klar, dass Folter und Verbrechen immer ein Teil der Kriegsführung waren. Gerade im Dritten Reich. Doch das war keine Entschuldigung. Die Götter mussten tatsächlich verrückt sein, dass sie so etwas zuließen. Das Unrecht und die Brutalität, die Wassermanns Familie erleben mussten, empörten ihn so sehr, dass sein Kopf rot anlief.

»Ich könnte mir vorstellen, dass sich Ihre Trauer irgendwann in Wut verwandelt haben muss, oder nicht? Mir jedenfalls wäre es sicher so ergangen.«

Wassermann neigte seinen Kopf etwas zur linken Seite und begann geheimnisvoll zu lächeln. »Nein, nicht in Wut. Aber in Tatkraft. Ich wollte zu denjenigen gehören, die sich wehrten. So fing ich an, als Fahrradkurier für die Résistance zu arbeiten. Genau wie Henri.« Er schaute betrübt zum Judas-Bild. »Aber vielleicht waren wir zu jung.«

»Sie haben also für Josef-Jacob Armand gearbeitet?«

»Ich habe versucht zu helfen.« Traurig betrachtete er sein Glas, dessen Stiel er in der Hand langsam drehte.

»Was passierte mit Ihnen, als Josef-Jacob starb? Als Sie keinen Schutz mehr hatten. Mussten Sie nicht wieder um Ihr Leben bangen?«

»Es war ein ziemlicher Schlag für uns alle. Doch Jeanne, seine Frau, war wunderbar. Sie führte das Weingut allein weiter. Sie war sehr tapfer. Manche Händler wollten sie zwingen, den Wein unter Preis zu verkaufen. Sie blieb standhaft. Doch sie verkaufte so wenig, dass es uns nach dem Krieg noch schlechter ging. Wir hatten einfach kein Geld, und Jeanne war schließlich gezwungen, einige sehr gute Lagen zu verkaufen.« Wassermann hielt inne. Seine Augen blitzten. »Und jetzt raten Sie mal, wer uns damals geholfen hat.«

Bendix schüttelte ahnungslos den Kopf. Bis Wasserman ihm die Antwort gab.

»Reschenhauer?«, rief Bendix entsetzt.

»Ja, er hat uns vor der Insolvenz bewahrt«, erwiderte Wassermann. Er sagte es ohne Verbitterung, eher dankbar. »Ich sagte Ihnen schon bei der Beerdigung, dass Sie nicht alles wissen.«

»Wie können Sie so mild über ihn urteilen? Der Mann war kriminell. Und dann hat er wahrscheinlich auch noch einen Spottpreis für die Grundstücke bezahlt.«

»Ich weiß, was er getan hat. Und er hat alle Strafen verdient. Doch Sie sollten wissen, ich bin während der deutschen Besatzung mehrere Male gestorben. Aber ich habe nur einmal überlebt – und das war, als der Krieg vorbei und unsere Existenz gesichert war.«

»Aber sehen Sie denn nicht, dass diese Mistkerle alle unter einer Decke gesteckt haben? Reschenhauer und Stauder. Die wollten der Familie Armand gezielt schaden und ihre Grundstücke kaufen. Egal, wie.«

»Wir brauchten damals Hilfe«, erklärte Wassermann beharrlich.

Bendix wusste nicht, was er davon halten sollte. Was war das für eine Hilfe? Man musste Menschen in Not nicht ausnutzen. Man konnte ihnen auch einen fairen Preis zahlen – auch wenn es keinen anderen Käufer gab. Möglicherweise hatte die Familie Armand nach dem Tod des Vaters nicht gut gewirtschaftet und entscheidende Fehler gemacht. Doch das war für Bendix nicht das Problem. Schlimmer waren für ihn diejenigen, die diese Fehler ausnutzten. Sie waren die wahren Feinde.

»Er hätte ihnen zumindest ein gutes Angebot machen können.« Bendix brach sich ein Stück Baguette ab und stopfte es sich wütend in den Mund.

Wassermann schwieg. Bendix' Reaktion war ihm nicht fremd.

Dann sagte er schließlich: »Ich war überzeugt, man muss handeln. Denn wo die Guten nichts tun, gedeiht das Böse – das war mein Credo.« Deswegen habe er Henri aufgefordert, Reschenhauer zur Rechenschaft zu ziehen, eine Nachzahlung zu verlangen oder von ihm die Grundstücke zum gleichen Preis wieder zurückzukaufen. Doch Henri Armand wollte nicht. Es war schon zu viel Unheil geschehen, zu viel Leid übers Land gegangen, zu viele Menschen mussten sterben. Er wollte einen anderen Weg einschlagen. Henri imponierte, wie Charles de Gaulle und Konrad Adenauer nach dem Krieg aufeinander zugegangen waren, zwei Männer, die wussten, wie Versöhnung funktioniert. Für Henri war das ein Lehrstück. Wollte Europa gelingen, konnten Franzosen und Deutsche, die einstigen Erzfeinde, doch gar nichts anderes als Freunde sein. So habe auch Henri auf den Geist der Versöhnung gesetzt. Ohne Bedingungen. »Henri vertrat einen anderen Standpunkt als ich«, erklärte Wassermann. Er stockte für einen Augenblick, fuhr sich mit der Zunge über die trockenen Lippen und kniff die Augen zusammen, als ob er nach dem genauen Wortlaut seines Freundes suchte. »Er sagte, wenn man im Leben etwas Wichtiges verloren hat, verstünde man besser, worum es im Leben überhaupt geht.« Er wartete wieder einen Moment und beäugte Bendix kritisch. »Zu töten war für Henri keine Option. Es war sogar unvorstellbar. Mord aus Vergeltung hätte er nie akzeptiert.«

Bendix verstand auf einmal, warum es über die Jahre niemand gewagt hatte, Reschenhauer aus dem Weg zu räumen – aus Respekt vor Henri Armands Haltung. Es war ein Tabu.

Erst mit Henris Tod galt es als aufgehoben. Wer wusste, wer jetzt noch alles sterben musste. »Um was ging es dann in dem Prozess mit Victor Stauder?«, fragte er aufgebracht.

»Der Streit um die Grundstücke war nur vorgeschoben. Es ging um etwas anderes. Henri hatte Victor Stauder immer des Mordes an zwei Mitgliedern der Résistance verdächtigt. Stauder sollte mit dem Prozess einfach ein wenig mehr in die Schlagzeilen kommen.«

»Ich denke, Henri Armand war ein Mann der Versöhnung?«

»Ja, wenn es um ihn selbst ging.«

»Warum ist Stauder nicht festgenommen worden?«

»Man braucht Beweise, keine Verdächtigungen! Beweise!«

Bendix rutschte in seinem Sessel nach hinten. Er konnte es nicht fassen, dass man einen so offensichtlich kriminellen Mann wie Stauder nicht dingfest gemacht hatte. »Wen hat er umgebracht?«

Wassermann zögerte. Dann sagte er: »Ich weiß es nicht.«

»Waren es die Kahnweiler-Brüder?«

Wassermann hob leicht die Schultern und wiederholte: »Ich weiß es wirklich nicht.«

Wassermann wusste, wer die Opfer waren. Daran gab es für Bendix keine Zweifel. Aus einem Gefühl der Rücksichtnahme wollte er ihn aber nicht darauf ansprechen. Er dachte an André. Auf welche tauben Ohren war er bei seinen Recherchen vor über zwanzig Jahren wohl gestoßen? Warum hielten die Menschen still, wenn es um Verbrechen ging? Warum mussten manche Geheimnisse geheim bleiben?

»Sie kannten meinen Bruder André, nicht wahr?«

Wassermann schaute ihn lange an. »Ja«, sagte er schließlich. »Ich bin ihm ein Mal begegnet. Er hatte Henri besucht. Ich kannte ihn damals nicht. Doch Henri sagte mir, er würde jetzt ein paar Wochen für uns arbeiten.«

Bendix konnte kaum fassen, was er da hörte. »Können Sie sich erinnern, um was es ging?« Er war aufgeregt.

»Ich musste den Raum verlassen. Doch ich hörte noch, wie

er Henri etwas vom Fossilienmann erzählte, der ihm wohl gedroht hatte.«

»Fossilienmann?«, wiederholte Bendix und sah im Geiste Morel vor sich stehen. Da hörte er einen gewaltigen Knall.

Irgendetwas war durch das Glas des großen Fensters zur Rue Buirette in den Salon geschlagen und krachend vor ihnen auf dem Couchtisch gelandet. Teller zerbrachen, Austern und Zitronen flogen durcheinander, die dünnen Champagnergläser zersplitterten in kleinste Stücke. Draußen hörte er noch Stimmen und Schritte. So schnell er konnte, hievte er sich aus seinem tiefen Sessel und rannte zum Fenster. Doch es war zu spät. Er konnte niemanden mehr sehen. Die Täter waren wohl schon in Richtung des Parks weggelaufen.

Als Bendix zu Wassermann zurückkam, hielt dieser einen runden Gegenstand in der Größe eines Baseballs in der Hand. Wassermann betrachtete ihn, indem er die merkwürdige Kugel drehte, als ob es sich um ein seltenes Kunstobjekt handelte. Das Wurfgeschoss hätte sie leicht treffen, vielleicht sogar erschlagen können. Er reichte es seinem Gast und wischte sich anschließend die Hände mit der Serviette ab.

Bendix nahm den in hellbraunes Papier gehüllten Gegenstand und wickelte ihn aus. Es war ein gewöhnlicher Stein. Gerade wollte er das Packpapier, in dem er eingerollt war, zerknüllen, als ihm auf der Innenseite des Papiers etwas auffiel. Es war mit unregelmäßigen und schrägen Großbuchstaben beschrieben, schief und krumm wie von Kinderhand. Bendix las laut vor: »Verräter.«

Wassermann wirkte in keiner Weise überrascht. Im Gegenteil. Er schaute sich in aller Ruhe die Schrift an. Dann zerriss er das Papier langsam in mehrere Stücke und legte es in einem kleinen Stapel neben sich auf den Tisch.

»Sie sollten Anzeige erstatten«, schlug Bendix vor. »Das war ein Anschlag auf Sie. Mit diesem Stein hätte man Sie töten können.«

Wassermann zuckte nur mit den Schultern. »Polizei? Hier bei mir im Haus?« Er lachte stumm. »In meinem Alter habe ich Besseres zu tun, als meine Zeit mit so etwas zu verplempern.«

»Und der Zettel hier«, sagte Bendix energisch, »das ist eine Drohung und strafrechtlich relevant.«

Bendix sah, wie Wassermann ihn anschaute. Aber sein Blick schien durch ihn hindurchzugehen. Wassermann wirkte abwesend. Doch selbst in dieser Abwesenheit hatte der Alte eine Präsenz, die Bendix beeindruckte.

Erst nach ein paar Minuten erhellte sich Wassermanns Blick wieder, und er fragte: »Wieso eigentlich ein Anschlag auf mich?«

# 15

Die Frau kreischte ihn an. Ihre roten Lippen spannten sich zu einem vibrierenden Kreis, in dessen dunkler Mitte ihr Rachenzäpfchen wässrig gurgelte. Bendix stand in seinem quietschblauen Anzug und der weiß-roten Perücke hilflos neben ihr und hielt sich die Ohren zu. Er kannte sie nicht. Sie tanzte um ihn herum und wackelte schließlich mit ihrem halb vollen Glas Lillet Rosé weiter. Bendix atmete auf. Die Feier zum Nationaltag im Salon Degermann in Reims war mittlerweile ein Tollhaus.

Vor einer halben Stunde hatte Bendix Charline zuletzt gesehen. Sie trug ein wallendes, gelbgoldenes, kurzärmliges Kleid, das ihr Dekolleté besonders vorteilhaft zur Geltung brachte. Um die Hüfte hatte sie eine Trikolore gebunden, um ihre linke Schulter hing über den Rücken eine Spielzeug-Muskete mit fixiertem Bajonett, und auf ihrem Kopf wackelte eine knallrote phrygische Mütze, die sogenannte Freiheitsmütze. Sie sah aus wie aus einem Gemälde von Eugène Delacroix. Sie hatten leidenschaftlich getanzt, sich berührt und umschlungen. Die Zeit war in einer rätselhaften Geschwindigkeit vergangen. Und nun konnte Bendix Charline nicht mehr finden. In dem Gewühl hatte er den Überblick verloren. Vor ihm standen drei Glatzköpfe in schwarzem Sakko, unter dem sie nichts als die nackte Haut trugen. Sie hatten rote Glitzerhalbmasken über das Gesicht gezogen, von denen kleine rote Rehgeweihe in die Höhe ragten. Sie begrüßten ihn nacheinander mit Küsschen links und rechts und fragten begeistert: »How are you?«

Bendix überlegte, ob das wohl auch Freunde von Charline waren. Doch es schien, dass heute Abend jeder ein Freund war, ganz gleich, ob man sich kannte.

»Fine, fine«, parierte er die Küsse, und die drei wackelten

mit zuckendem Oberkörper weiter und schnippten mit den Fingern zu den harten und lauten Rhythmen aus House, Dance und Electronic.

Die Leute lachten, prusteten, warfen den Kopf in den Nacken, stießen sich fast gegenseitig um und ließen die Arme unter dem flackernden Licht der rotierenden Scheinwerfer gen Himmel steigen. Manche hatten ihre Augenbrauen bunt gefärbt, andere zeigten ihr Fleisch bis tief den Rücken herunter, auch um ihre Tätowierungen, die bis zum Steiß liefen, zur Geltung zu bringen. Sie tänzelten und näselten aufeinander zu, dehnten unaufhörlich ihre Leiber, schlanke und dicke, im Takt der Musik und bogen sich wie Binsen im Wind. Junge Kellner in weißen Hemden mit dünnen schwarzen Krawatten jonglierten auf kleinen runden Tabletts Champagner-Piccolos mit Strohhalm durch die schwankende Masse. Eine Frau mit Sonnenbrille und blonder Perücke lutschte an einem blauweiß-roten Lolli in Herzform.

Vier ältere Herren in Smoking und schwarzer Fliege standen vor der langen Theke, hinter der zwei junge Damen mit geschickten Händen und schnellen Griffen Cocktails mischten, und beobachteten eine Gruppe von Frauen in kurz geschnittenen, aber eleganten Abendkleidern. Sie scherzten und bewegten sich so temperamentvoll, dass der mit Diamantensplittern verzierte Schlüssel, von dem jede einen an einer Kette um den Hals trug, auffällig hin und her schlenkerte. Das Blitzlicht der Fotografen durchschoss immer wieder den großen Salon und reflektierte an den vielen gewaltigen Wandspiegeln. Auf einem der Podeste inmitten der Tanzfläche inszenierte sich neben einer Frau im Burlesque-Stil mit schwarzen Flügeln ein dunkelhäutiger Mann mit nacktem Oberkörper. Seine Muskeln zuckten, ihre Flügel schwangen. Drei Personen in schwarzen Fischnetzstrumpfhosen und Blüschen, deren Geschlecht nicht eindeutig zuzuordnen war, stolzierten auf hochhackigen Schuhen durch den Raum wie Paradepferde durch die Manege.

Bendix quetschte sich nun noch energischer durch die

Reihen. Er versuchte, jemanden Bekanntes zu erkennen, und drückte die Tanzenden vor sich weg, als würde er eine Schneise in ein Dickicht schlagen. Es störte niemanden. Ein Pärchen mit Hut und dunkler Lederkleidung, das ihm folgte, führte eine beigefarbene Dogge mit schwarzen Punkten an seiner Seite. Der Hund sabberte, und der Schleim fiel nicht nur aufs Parkett, sondern hinterließ auch in Hüfthöhe an den Salongästen, die er streifte, eine nasse Spur.

Da sah er Eitan, der einen graublauen Federschmuck auf dem Kopf trug. Waren es Taubenfedern? Und neben ihm stand eine in Schwarz gekleidete junge Frau. Bendix traute seinen Augen kaum. Es war Maude. Doch er hatte keine Zeit, sich zu wundern, denn schon stolperte er über einen kleinen Mann, der zu einer Frau hoch über ihm auf der Musikbox mit aggressiver und schon heiserer Stimme ständig »Ich will dich« schrie. Sie ignorierte ihn, was die Stimmung des kleinen Mannes nicht wirklich verbesserte. Kurz dachte Bendix, es sei Charline dort oben.

Er ging zu den Toiletten. In den Gängen versperrten ihm zwei brünette Frauen, die sich innig küssten, den Weg. Eine Blondine beobachtete sie und rauchte. Da ging die Tür auf, und aus dem Herrenklo drängelte sich eine Gruppe von zwei Männern und Frauen an ihm vorbei. Sie hatten Cowboyschuhe und westenförmige schwarze Jacken mit silbernen Beschlägen und Sombreros an. In ihren Gesichtern klebten Schnurrbärte. Natürlich, dachte Bendix, eine Mariachi-Band, was sonst? Sie drückten ihn zur Seite. Erst da erkannte er die Winzerin Anne Poulin und ihren Freund, Comte Charles de Thibaut. Sie waren Teil der Band. Sie begrüßten ihn mit Küsschen. Der Graf arbeitete normalerweise im Vorstand im Syndicat de Grandes Marques de Champagne und vertrat weltweit die Interessen der großen Champagnermarken. Jetzt schlugen Anne und Charles mit den Händen im Takt der wummernden Klänge auf den Korpus ihrer Gitarren, klapperten mit Rasseln und schwangen die Trompete.

Bendix folgte ihnen zurück in den Salon. Statt aber hineinzugehen, ging er die Treppen hinunter und hinaus auf die Straße. Es war schon spät, doch noch mild, geradezu warm. Ein leichter Wind wehte. Bendix war nicht allein. Einige Leute in schicker Abendgarderobe rauchten, andere unterhielten sich. Sie erholten sich offensichtlich vom wilden Treiben im Degermann.

Endlich sah er Charline. Es kam ihm ewig vor, dass er sie nicht gesehen hatte. Er lief auf sie zu und legte seine Hand leicht auf ihre Schulter.

Sie drehte sich um und schaute ihn an.

Bendix erschrak. In ihren Augen flammte etwas auf, das ihm ein beinahe atemraubendes Gefühl einer tiefen Nähe gab. Er kannte zwar Momente, in denen man solchen Gefühlen leicht und besonders gerne erliegen konnte. Doch er spürte, dass es dieses Mal mehr war.

»Da bist du ja«, rief sie. Sie umarmte und küsste ihn auf den Mund. »Weißt du eigentlich«, fragte sie, »dass Tintenfische mit den Armen denken?«

Bendix umschlang ihre Hüften. »Ah«, sagte er, »und was denken Tintenfische so?«

Es machte ihren besonderen Charme aus, dass sie antworten konnte, ohne etwas zu sagen. Sie lächelte nur, legte ihren Zeigefinger auf seinen Mund, strich über seine Lippen, kam noch dichter an ihn heran, schlang beide Arme um seinen Hals und flüsterte: »Lass uns gehen.«

## 16

Geraldine spürte, wie ihr Puls immer langsamer wurde. Sie trieb mit dem Bauch flach auf dem Wasser, unfähig, sich zu bewegen. Noch ein letztes Mal versuchte sie die Leiter des Swimmingpools auf der Terrasse ihrer kalifornischen Villa mit der Hand zu erreichen. Es gelang ihr nicht. Das Gift wirkte bereits zu stark. Hätte sie sich nur umdrehen können. Sie spürte Füße und Beine nicht mehr. Sie konnte nicht einmal mehr über den Beckenrand gucken. Nur mit Mühe hielt sie den Kopf seitlich über Wasser. Gleich würde sie versinken. Doch sie wollte nicht sterben, schon gar nicht in den Hollywood Hills, auch wenn sie hier viele Monate des Jahres verbrachte. Sie war mit fünfundvierzig Jahren noch zu jung. Doch nun schien es unausweichlich. Sie hätte schreien wollen. Um Hilfe. Doch auch dafür war sie zu betäubt. Selbst ihre Gedanken kreisten nur noch langsam. Sie dachte an ihre Heimat, an Cramant, das kleine Dorf in der Champagne. Sie sah die Weinberge, die Rebzeilen, die die Hügel ebenso rasant wie elegant hinauf- und hinunterliefen, die Trauben, die roten und grünen, die Kreideböden, von der Sonne gewärmt im glänzenden Licht.

Und sie dachte an die Menschen, die sie dort geliebt hatte und liebte. Sie wäre gerne noch einmal heimgekehrt. Morgen früh würde nun Fabienne, ihre französische Haushälterin, sie hier in ihrer mondänen Villa finden. Fabienne würde einen Schock bekommen, schreien, weinen und schließlich die Polizisten mit ihren Sonnenbrillen und blinkenden Dienstmarken alarmieren. Wenigstens würde man sie schnell finden, dachte Geraldine, und nicht wie andere Mordopfer seit Tagen aufgedunsen in einem stinkenden Abwasserkanal am Rande der Stadt. Der Gedanke war ihr ein kleiner Trost. Irgendwann würde jemand aus Frankreich kommen und ihre Leiche in die Champagne überführen. Wenigstens das, dachte sie. Mit letzter

Energie hielt sie ihren Kopf über Wasser. Doch die Schwerkraft zog ihren Körper unnachgiebig Stück für Stück nach unten. Dann schwand ihre Kraft endgültig. Ihr Kopf drehte sich zum Grund des Pools, und so blickte sie ein letztes Mal durch das Wasser. Alles war blau. Wie der Pazifik, dachte sie, der große ewige Ozean, der alles verband, von der Sonne gewärmt im glänzenden Licht.

Sie hatte Glück, sie verlor das Bewusstsein und spürte den Schmerz des Ertrinkens nicht. Sie versank.

## 17

Als Bendix am Morgen nach der Party im Degermann in seinem Bett in der Rue Porte Lucas in Épernay aufwachte, schlief
Charline noch. Sie lag neben ihm und schien ihm schöner als
je zuvor. Obwohl die Nacht kurz gewesen war, hatte er das
Gefühl, lange nicht mehr so gut geschlafen zu haben. Er war
verwirrt und glücklich zugleich. Es war ihm klar, dass er so
schnell nicht mehr von ihr lassen wollte. Schon ihr Anblick
beschleunigte seinen Puls. Es war ihm, als ob flüssiges Glück
jedes einzelne Stückchen seines Körpers durchströmte. Am
liebsten hätte er sie sofort geweckt.

Doch es war noch früh. Und sein Alltag kannte kein Pardon
und keine Romantik. Bendix musste jetzt zum Carrefour, dem
größten Supermarkt in der Stadt. Die Waren für die Gemüseabteilung sollten heute für die Wochenendeinkäufer besonders verkaufsfreundlich platziert werden. Er legte Charline die
Decke über den nackten Körper, streichelte ihr zart über die
Wange und ging aus dem Schlafzimmer. Er zog sich an, schrieb
ihr noch eine Guten-Morgen-Notiz, gab Modefine, die um
seine Beine schlich, etwas zu essen und verließ die Wohnung.

Er brauchte nur zehn Minuten mit dem Auto bis zum Carrefour. Die Waren standen bereits in der Abteilung. Bendix
befreite zunächst einmal alle Sorten von ihren Plastikschälchen
und -folien. Obst und Gemüse mussten duften, Äpfel, Birnen,
Trauben und Erdbeeren mussten lose aufgeschüttet und in all
ihrer Farbenpracht so natürlich wie möglich aussehen. Salat-
köpfe sollten ihre Blätter ohne Verpackungen den Kunden
entgegenstrecken, Tomaten, Gurken und Karotten genauso
unverhüllt leuchten wie Bananen, Kiwis und Mangos. Dann
ging es ans Design. Bereits vergangene Woche hatte er zwei
Gartenstühle vor die Obsttheke geschoben und auf eine kleine
Bar einen Fruchtmixer und eine Schale Obst gestellt, sodass

sich die Kunden gratis einen Cocktail pressen konnten. Das war so gut angekommen, dass die Leute dort Schlange standen. Für heute hatte er sich etwas Künstlerisches ausgedacht. Charline hatte ihn dazu animiert. Er wollte die Rennstrecke Reims-Gueux nachbauen, die bis 1966 mitten in der Champagne die wichtigste und bekannteste Motorsportstrecke Frankreichs war. Sie sollte um die gesamte Obst- und Gemüseanrichte laufen. Er griff zum Lauch, nahm einige Cocktailtomaten und baute daraus das Chassis und die Räder für die Rennautos. Aus Mandelkartoffeln, Zwiebeln und Radieschen bastelte er Zuschauer, die er neben die Boxengasse, die aus Karotten bestand, stellte.

Bendix war sehr zufrieden. Das kleine Kunstwerk war fertig. Dann platzierte er die wichtigsten Gemüse- und Obstsorten so, dass sie zwischen Bauchnabel- und Kopfhöhe in Griffnähe für den Kunden lagen. Günstigere Angebote darunter. Äpfel, Birnen und den Blumenkohl legte er unter das warme Licht. So sahen sie wesentlich appetitlicher aus. Und über die Trauben ließ er leichten weißen Nebel steigen. Schließlich holte er die große schwarze Schreibtafel heraus und schrieb mit Kreide in großen Lettern: »Gemüse ist der neue Star«. Das war sein Lieblingsslogan.

Danach wusch er sich die Hände. Es war bereits neun Uhr. Er holte seine persönlichen Sachen und verließ den Supermarkt. Draußen lief er direkt auf den Parkplatz zu. Vor seinem Renault stand Anne Poulin, die er erst gestern im Degermann getroffen hatte. Sie war auf dem Weg zum Einkaufen.

Schon wollte Bendix sie auf die Mariachi-Band ansprechen, als sie sagte: »Weißt du schon das Neueste?« Sie wirkte durcheinander, ihre Augen glänzten, als hätte sie geweint. »Geraldine Servault ist tot.« Sie zitterte beim Sprechen. »Ich kann es noch gar nicht fassen. Sie war doch erst so alt wie wir.«

Bendix war geschockt. »Woher weißt du das?«, fragte er mit krächzender Stimme.

Er kannte Geraldine. Sie war ein bisschen älter als er. Als

Jugendliche waren sie auf die gleiche Schule gegangen. Sie mochten sich gern. Der Kontakt zu ihr war nie abgebrochen. Sie kam aus Cramant und wollte unbedingt in den USA Weinbau studieren. Dort lernte sie Gernot Servault kennen, der ursprünglich aus Reims stammte. Er war ein großer Strippenzieher im Weingeschäft. Anfang der siebziger Jahre wanderte er nach Kalifornien aus und gründete dort die Servault Cellars. Er besaß ein wunderschönes Haus mit Blick auf den Pazifik. Nach dem Tod seiner ersten Frau lebte er dort allein. Geraldine lernte ihn über Beziehungen aus der Champagne kennen. Sie durfte während ihres Studiums in seiner Villa wohnen. Und später auch. Denn obwohl Gernot rund dreißig Jahre älter war als sie, verliebten sie sich und heirateten. Geraldine liebte den amerikanischen Way of Life mit seinem bis zum Exzess getriebenen Körperoptimierungswahn genauso wie die französische Lust an Ästhetik, Kultur und gutem Essen. Und so war es nur eine Frage der Zeit, bis sie Beverly Hills mit einer besonderen Erfindung eroberte: Sie entwickelte ein Konzept für die schnellste Diät der Welt. Um die Traumfigur zu erreichen, mussten sich ihre Kunden nur ein Glas Champagner aus den Servault Cellars einverleiben – allerdings versetzt mit einem Bandwurm. Der Parasit führte innerhalb von kürzester Zeit zu einem Gewichtsverlust von bis zu fünfzig Kilo. Es war ein gigantischer Erfolg. Sämtliche Prominente des Film- und Showgeschäfts lagen ihr zu Füßen. Sie hatten die übliche Trennkost-Star-Diät satt. Statt Hummer, Shrimps, magerem Fleisch und rohen Früchten schluckten sie nun Bandwürmer.

Geraldines Glück war groß. Bis vor drei Jahren ihr Mann Gernot starb. Er war alt und hatte ein schwaches Herz. Kinder hatten sie keine, und so wohnte Geraldine zuletzt allein in der großen kalifornischen Villa. Doch jedes Jahr kam sie Ende August vor der Lese in die Champagne zurück und besuchte auch Bendix. Denn in frühen Tagen hatte die beiden mehr als nur ein kleiner Flirt verbunden.

»Ich bekam heute Morgen einen Anruf aus den USA«, sagte

Anne. Sie hatte Weinbau in Kalifornien studiert und viele Freunde in der amerikanischen Weinindustrie, Ridge Vineyards, die Heitz Wine Cellars oder das Weingut Stag's Leap. Und natürlich auch Geraldine, mit der sie die meiste Zeit verbracht hatte.

»Was ist passiert?«, fragte Bendix.

»Das wussten sie noch nicht. Man fand sie draußen tot in ihrem Swimmingpool.« Anne schluckte. Sie fing an zu weinen. »Mon dieu! Wie oft war ich in diesem Pool. Es ist schrecklich!«

Bendix reichte ihr ein Taschentuch. Er wusste, dass die Servault Cellars seit dem Tod von Gernot in Schwierigkeiten geraten waren. Geraldine hatte es ihm selbst erzählt. Die großen amerikanischen Weinkonzerne hatten ihre Macht zuletzt immer weiter ausgebaut und kauften andere Güter. Auch die Servault Cellars standen auf der Liste. Es war offensichtlich, dass es den Großkonzernen weniger um den Wein als um das Geschäft ging. Nicht die Önologen, sondern die Finanzchefs entschieden hier über den Markt.

Anne wischte sich mit dem Taschentuch die Tränen ab. »Sie soll in Épernay beerdigt werden«, sagte sie. »Das war ihr Wunsch.«

Bendix drückte sie noch einmal und verabschiedete sich. Er hatte es eilig. Er musste Bart anrufen. Egal, wo die Trauerfeier für Geraldine stattfinden würde – er wollte in jedem Fall die Trauerrede übernehmen. Nicht nur, weil er Geraldine mochte, sondern auch, weil er mehr über die Umstände ihres Todes erfahren wollte.

## Champagne, 21. Oktober 1942, 16 Uhr

Die Treppe war steil. Josef-Jacob schlug mehrmals auf, mit den Schultern, den Hüften, den Beinen und mit dem Kopf. Den Aufprall unten spürte er nicht mehr.

Alles war still. Die drei Männer lauschten. Als kein weiterer Mucks zu hören war, schlugen sie die Tür zu. Berauscht von ihrer Tat grölten sie herum. Sie tanzten und hielten es noch nicht einmal für nötig, Spuren zu verwischen. »Lasst alles liegen«, sagte der eine. »Gleich kommt sowieso die Gestapo und räumt, wenn sie das hier sieht, endgültig auf.«

Dann verließen sie das Weingut.

Erst als sie weg waren, traute sich Henri aus seinem Versteck. Er hatte die ganze Zeit hinter dem Fass ausgeharrt. So wie es sein Vater von ihm verlangt hatte. Vor Angst hatte er kaum atmen können. Nun rannte er die Kellertreppe hinunter. Unten fand er seinen toten Vater. Er schrie auf, weinte bitterlich und machte sich Vorwürfe, dass er nicht geholfen hatte. Aber er durfte ja nicht. Er hatte es seinem Vater versprochen. Jetzt war Josef-Jacob tot. Seinen Körper eng umschlungen lag Henri neben ihm. Es vergingen die bittersten Minuten seines Lebens. Was sollte er jetzt tun?

Er fühlte sich so ohnmächtig. Gleich würden die Deutschen kommen, die Deutschen, die zu ihm bisher immer so freundlich waren. Sie würden ihm seinen Vater endgültig wegnehmen. Er begann zu begreifen, dass der Krieg kein Spaß war. Er war brutal und unendlich schmerzvoll. Henri brauchte jetzt einen klaren Kopf. Sie durften seinen Vater nicht finden. Er musste handeln. Er musste ihn wegschaffen. Niemals durften sie ihn bekommen. Doch er war schwer. Er brauchte Hilfe. Nur wen? Seine Mutter war nicht da.

Da fiel ihm sein Freund ein. Jean würde ihm helfen.

## 18

Kommissar Krug fühlte sich zwischen all diesen halb nackten, sonnengebräunten und muskelgestärkten kalifornischen Schönheiten in seinem schlaksigen Körper, gehüllt in einen weißen Sommeranzug und mit beigefarbenem Stetson-Filzhut, deplatziert. Alle bewegten sich auffällig und selbstbewusst, joggten, sprangen, tanzten oder drehten sich mächtig um sich selbst – in dem Bewusstsein, dass sie ohne den stillen Applaus der anderen hier in Venice Beach nicht wirklich existieren könnten. Kommissar Krug betrachtete den Boulevard, den Strand und den Pazifik.

Er war fasziniert, doch auch müde. Die Anfahrt von Reims zunächst mit dem Zug nach Paris und dann mit dem Flugzeug nach Los Angeles steckte ihm noch in den Knochen. Er hatte das Kommissariat in Reims gebeten, ihn auf Dienstfahrt nach Kalifornien zu schicken. Seine Vorgesetzten lehnten mit der Begründung ab, dass die amerikanischen Kollegen den Fall bereits übernommen hätten. Doch das wollte Kommissar Krug nicht auf sich sitzen lassen. Er nahm sich kurzerhand ein paar Tage frei und flog auf eigene Kosten in die USA.

Er konnte es sich leisten, denn neben seinem Gehalt als Polizist erhielt er regelmäßig größere Zuwendungen aus den Geldtöpfen seiner berühmten Familie. Arbeiten für Honorar musste er im Grunde nicht. Doch er war Polizist aus Leidenschaft geworden. Schon als Kind liebte er die Krimis von Marcel Allain und Pierre Souvestre, von Maurice Leblanc und Georges Simenon, aber auch von Chandler und Cornell Woolrich, je komplizierter, desto besser. Er hielt es für absolut notwendig, nach Kalifornien zu reisen. Denn der Fall war möglicherweise ein weiterer Schlüssel zur Lösung der vorherigen Champagne-Morde. Der Tod von Geraldine Servault hatte Fragen aufgeworfen, die sich Kommissar Krug bereits im Zusammenhang mit den Todesumständen von Elisabeth Stauder und Leo Reschenhauer gestellt hatte. Alle drei Opfer kannten sich. Sie gehörten nicht zu den Familien, die hohes Ansehen in der Champagne genossen. Bei ihren Wettbewerbern standen sie alle im Verdacht, Geschäfte mit unlauteren Mitteln gemacht zu haben.

Doch wenn er nun schon mal am Meer war, wollte er wenigstens den Strand von Malibu gesehen haben. Kommissar Krug spielte kurz mit dem Gedanken, sich sogar eine Badehose zu kaufen und ins Meer zu wagen. Doch gleich würde es Abend sein und die Sonne hinter den Hügeln von Malibu verschwinden. Außerdem störten ihn die Skater. Sie rauschten viel zu schnell und laut an ihm vorbei und sonderten unangenehme Duftschwaden von Schweiß ab. Kommissar Krug hatte eine empfindliche Nase. Nicht auszudenken, wie es ihm erst bei den Bodybuildern ein paar Schritte weiter am Muscle Beach ergehen würde.

Er rückte seinen Hut zurecht, winkte ein Taxi herbei, stieg ein und machte sich auf den Weg zur Villa von Geraldine Servault.

Die Straßen hinauf in die Hollywood Hills waren schmal und auch steil und führten vorbei an unscheinbaren Mauern und unprätentiösen Toren, hinter denen die Reichen dezent ihre Villen versteckten. Noch einmal bog das Taxi um eine enge Kurve steil hinauf auf eine Anhöhe und hielt auf dem kleinen Vorplatz des letzten Hauses der Straße. Es war ein Flachbau aus Stahl und Glas aus den fünfziger Jahren, beidseitig umrahmt von einer langen Mauer, die die gesamte Spitze des Hügels zu umlaufen schien. Kommissar Krug zahlte, stieg aus, und noch bevor er die Haustür der Servault-Villa erreicht hatte, war das Taxi bereits verschwunden.

Er klingelte. Fabienne, eine sympathische Endfünfzigerin, öffnete. Sie war schlank und trug über ihrem weißen Sweater eine blau-weiß längs gestreifte Schürze. Die dunklen Haare hatte sie zu einem Zopf gebunden, sodass ihr schmales Gesicht noch stärker zur Geltung kam. Sie sah müde aus. Ihre Augen waren leicht gerötet.

»Bonjour, Fabienne«, sagte Kommissar Krug.

»Bonjour, Monsieur le Commissaire«, antwortete sie. Sie war offenbar überrascht von seiner soignierten Erscheinung und schaute ihn von oben bis unten an. »Ich hoffe, Sie hatten eine gute Anreise.« Fabienne stammte aus Paris, ihre Muttersprache war Französisch. Seit dreißig Jahren arbeitete sie für die Servaults als Haushälterin. Der alte Gernot hatte sie eingestellt, als er in den Siebzigern die Villa gekauft hatte.

Fabienne wusste, dass er kommen würde. Er hatte sich telefonisch angemeldet. Sie nahm seinen Hut und das Handgepäck entgegen. »Darf ich Ihnen Kaffee bringen?«

Kommissar Krug nickte und trat in den Flur. Die Wände waren gespickt mit gerahmten Fotos von Menschen, die mal zu dritt, mal zu viert strahlend in die Kamera guckten. Fast auf jedem war Geraldine abgebildet. Kommissar Krug ging in das große Wohnzimmer mit der breiten hellen Couch und den Eames Chairs, die um einen flachen runden Tisch auf dem Terrazzoboden vor dem Kamin standen. Der Raum wirkte durch seine Schlichtheit elegant und zeitlos. Hier konnte man gut trinken, dachte der Kommissar. Neben der Couch befand sich ein runder kleiner, mit Cocktailgläsern, Säften und Salzgebäck gefüllter Tisch, in den eine gläserne Minibar eingebaut war.

Dann fiel sein Blick auf die drei Meter hohe und breite Glasschiebetür, die zur Terrasse und zum Swimmingpool nach draußen führte. Er öffnete sie und trat hinaus. Das Wasser im Pool glitzerte im Sonnenlicht. Über den Beckenrand hinaus öffnete sich ein atemberaubender Blick auf die Hügel der Stadt und weiter hinten auf den Pazifischen Ozean. Fabienne hatte Café noir gebracht und stellte ihn auf einen der kleinen Tische neben den Liegestühlen am Pool.

»Wo hat man sie gefunden?«, fragte der Kommissar.

»Gleich hier, schauen Sie, gleich hier, neben der Leiter zum Wasser. Sie lag auf dem Bauch.« Fabienne schluchzte. »Ich kam wie jeden Morgen gegen neun Uhr. Ich rief nach Madame, aber niemand antwortete. Und als ich dann ins Wohnzimmer kam und die Schiebetüren offen stehen sah, ging ich hinaus. Und da sah ich sie. Sie hatte nur Hotpants und ein T-Shirt an.«

Kommissar Krug griff nach der kleinen Serviette neben seiner Tasse und wischte sich die Finger ab. »Wissen Sie, wer zuletzt bei ihr war?«

Fabienne schüttelte heftig den Kopf. »Nein, nein. Sie hatte an dem Tag keinen Besuch erwartet.«

»Gab es andere Probleme? Wurde sie verfolgt?«

»Ich glaube nicht. Wir hatten hier am Wochenende eine größere Party. Es war alles in Ordnung.«

»Hatte Sie einen Freund?«

»Monsieur, wo denken Sie hin? Eine Frau wie Madame Geraldine hat doch keinen Freund.«

»Eine Freundin?«

»Nein. Sie missverstehen mich.« Fabienne musste lächeln. »Geraldine hatte keinen festen Freund. Sie pflegte immer nur Liebhaber zu haben, verschiedene, manchmal gleichzeitig, auch als sie noch verheiratet war. Der einzige Freund in ihrem Leben war Monsieur Gernot.«

Der Kommissar verstand. Geraldine führte ein selbstbestimmtes und selbstbewusstes Leben. Sie war niemandem Rechenschaft schuldig. So etwas mochte er. Er nahm einen Schluck Kaffee und blickte sich um. Und je mehr er sich in der Villa umsah, desto besser konnte er sich vorstellen, wie eine gewisse Gesellschaft an diesem paradiesischen Ort Partys feierte. Mit welcher Freude und Ausgelassenheit die Menschen sich hier vergaßen, wie sie sich amüsierten, sich an Dekadenz, Sarkasmus und Erotik erfreuten, sich über andere erhoben, um wenigstens für einen Moment dem Bewusstsein ihrer Oberflächlichkeit zu entfliehen, um die Mittelmäßigkeit und extreme Langeweile, mit denen sie ihr Leben verbrachten, zu vergessen.

Ja, an all diese Gestalten, die er nicht kannte und denen er niemals begegnen würde, dachte er jetzt. Gestalten, die er durchaus amüsant gefunden und die er für ihre Exzentrik möglicherweise auch geliebt hätte. In Hollywood hatten sie es immer schon verstanden, zu feiern, dachte er, ebenso laut wie diskret. Vor allem mit Alkohol. Er hatte auf einmal Durst.

»Im Haus gibt es doch Bourbon, oder?«

Fabienne nickte.

»Könnte ich ein Glas haben? Bitte mit Eis.«

»Natürlich, Monsieur le Commissaire.« Fabienne ging zurück ins Wohnzimmer zu der gläsernen Minibar.

Als sie wiederkam, nahm er das Glas und trank schwungvoll einen ordentlichen Schluck, dass die Eiswürfel klirrten. »Merci! Gibt es Bilder von der Überwachungskamera?«

»Bien sûr«, sagte Fabienne, »allerdings haben die Detectives vom Los Angeles Police Department sie schon überprüft. Sie haben nichts Außergewöhnliches gefunden.«

Der Kommissar grummelte etwas Unfreundliches über die amerikanischen Ermittler. Dann schaute er Fabienne durchdringend an.

Sie begann sich im Wechsel erst mit ihrem rechten Daumen und Mittelfinger an ihrem linken Zeigefinger zu zupfen und dann mit dem linken Daumen und Mittelfinger an ihrem rechten.

Kommissar Krug merkte es sofort. Sie verheimlichte ihm etwas. Er setzte sich in einen der Liegestühle und streckte sich.

»Fabienne, möchten Sie nicht auch ein Glas?«, fragte er sanft. Er zeigte auf seinen Bourbon. Er versuchte besonders freundlich zu lächeln.

Das jedoch schien Fabienne noch nervöser zu machen. Sie biss sich auf die Lippen.

»D'accord!«, sagte er schließlich, »Fabienne, hören Sie, ich sehe es Ihnen an. Irgendetwas wollen Sie mir nicht sagen.« Er zwinkerte ihr zu.

Sie schaute ihn ertappt an.

»Kein Problem«, säuselte der Kommissar. »Ma chère, wir kommen beide aus der Champagne. Die Amerikaner interessieren uns doch gar nicht. Haben Sie keine Angst. Wir zwei halten zusammen. Erzählen Sie es mir einfach. Es bleibt unter uns.«

Fabienne verschränkte die Arme und tapste von einem Fuß auf den anderen. Sie fühlte sich sichtlich unwohl.

»Also, was war da noch?«, fragte der Kommissar. Er schloss die Augen und wartete.

»Ja, hm, sicher«, sagte Fabienne. Sie rieb sich verlegen die Hände.

»Also?«, fragte der Kommissar.

»Nun ja«, sagte sie schließlich, »als ich Madame an dem Morgen vorfand, sah ich eine geöffnete Champagnerflasche, die hier auf dem Tisch neben dem Liegestuhl stand.«

Kommissar Krug richtete sich in seinem Liegestuhl auf. »Was war daran besonders?«

»Madame trank nie vor dem Mittagessen.«

»Vielleicht stand sie noch von der Nacht da.«

»Vielleicht«, sagte Fabienne, »aber ich kenne alle Marken, die Madame trinkt. Und diese Marke kannte ich nicht. Ich habe sie dann gleich weggeräumt.«

Kommissar Krug nahm noch einen Schluck Bourbon. Er überlegte kurz, dann stand er auf. »Wo ist die Flasche?«

Fabienne führte ihn in die Garage zum Glascontainer. Er war prall gefüllt. Sie fand die Flasche schnell – sie lag obenauf – und gab sie ihm.

Er war sehr überrascht, diesen Champagner hier zu finden. Es war ein sehr alter Jahrgang mit einem besonderen Etikett. Er hatte viel von diesen Flaschen gehört, doch noch nie eine in der Hand gehabt. Er roch an ihr und versuchte, ihr einen letzten Tropfen abzugewinnen. Eine Winzigkeit tröpfelte heraus. Er ließ den Tropfen auf der Zunge zergehen. Da zuckte er zurück. Es schmeckte salzig. Und roch eigenartig. Aus welchen Ingredienzen war das gebraut? Kommissar Krug leckte mit der Zunge im Inneren des Flaschenhalses. Er hatte schon viele Champagner in seinem Leben getrunken, gute und schlechte, aber einen solch schlechten noch nicht. So etwas gab es gar nicht. Es musste etwas anderes sein. Und er hatte eine Ahnung. Denn er erinnerte sich nun an den Geschmack, zwar nicht so hoch dosiert, aber in kleinen Mengen. Einmal hatte er davon Magenschmerzen bekommen. Jetzt blickte er Fabienne vielsagend an.

»Sagen Sie keinem, dass Sie mir die Flasche gegeben haben, Fabienne. Das bleibt unter uns.« Er steckte sie in seine Tasche und schaute sie verschwörerisch an.

»Oh, là, là«, sagte Fabienne. Sie lächelte erleichtert. Hatte sie befürchtet, etwas falsch gemacht zu haben? »Natürlich, Monsieur le Commissaire.«

Kommissar Krug ging noch einmal durch die Villa. Im Keller hielt er sich besonders lange auf. Dort war nicht nur der sehr gut sortierte Weinkeller, sondern auch ein Raum mit Gemälden und anderen kuriosen Objekten, die Gernot Servault wohl gesammelt hatte. Er schaute sich alles sehr sorgfältig an.

Als er wieder nach oben kam und sich von Fabienne verabschiedete, lächelte er zufrieden. Er hatte alles, was er brauchte.

Fabienne blickte ihn neugierig und doch auch verunsichert an.

»Monsieur le Commissaire, war es Mord?«

»Ich kann nichts ausschließen«, sagte Kommissar Krug.

Fabienne riss die Augen noch weiter auf, als sie schon waren, und hielt sich die Hände vor das Gesicht. Doch ein Schrei wollte ihr nicht gelingen.

»Mon dieu!«, sagte sie stattdessen und bekreuzigte sich. Sie hatte nun offenbar wieder Angst.

Doch der Kommissar beruhigte sie. »Aber Fabienne, Sie müssen sich nicht fürchten«, sagte er väterlich, »der Täter kommt nicht wieder. Er ist schon längst wieder in Frankreich.«

# 19

Maude nahm schnell das Kaugummi aus dem Mund, als Madame Kahnweiler mit Bart und Bendix in die Technik kam. Maude sah müde aus. Sie hatte die Nacht durchgemacht und sich den weißen Kittel einfach über ihre Partyklamotten gezogen. Unter dem Arbeitskittel lugte eine eng anliegende schwarze Hose hervor, die gerade über die Knie reichte. Dazu trug sie schwarze Schnürstiefeletten, aus denen vorne durch die Öffnung ihre rot lackierten Zehen herausschauten. Ihre Haare hatte sie mit mehreren Haargummis zu einem hohen Pferdeschwanz zusammengebunden, ihr Gesicht war bleicher als sonst. Madame Kahnweiler goutierte ihre Erscheinung mit einem freundlichen Lächeln.

»Also, Liebes«, sagte sie, »bist du vorangekommen?«

Vor ihnen lag Geraldine Servault. Sie war gestern aus den USA überführt und ins Bestattungsinstitut nach Épernay geliefert worden.

Maude hatte ihre Wangen, die Stirn und Kinnspitze mit Creme betupft und diese dann mit den Spitzen ihrer drei mittleren Finger in kreisenden Bewegungen sanft einmassiert. Je älter ein Gestorbener war, desto mehr konzentrierte sich Maude auf das Schminken der Wangen. Die Nasenspitze durfte im Gegensatz zu Stirn und Ohren immer nur dezent getönt sein, am besten gar nicht. Sonst hätte sie wie eine Backbordboje auf dunkler See geleuchtet. Entlang der Augenlider hatte sie eine feine hellblaue Linie gezogen. So entstand ein kleiner Schatten. Die Augenbrauen sahen bereits gut aus, nur auf die Lippen hatte Maude noch etwas Wachs aufgetragen, um sie glänzen zu lassen.

»Sie ist fast fertig«, sagte sie. Dann nahm sie noch etwas Puder und tupfte Geraldines Gesicht vorsichtig ab.

Madame Kahnweiler schaute die Tote traurig an. Sie kannte sie schon als kleines Mädchen. Geraldines Eltern lebten zwar in

Cramant, doch sie waren häufig in Épernay bei den Kahnweilers zu Besuch. Die Familien waren befreundet. Geraldine war oft dabei gewesen, ein aufgewecktes und fröhliches Kind mit vielen musischen Talenten. Vor allem konnte sie gut zeichnen und hatte sich früh einen Spaß daraus gemacht, Personen der Zeitgeschichte zu porträtieren. Sie malte sie beinahe immer als Karikatur. Madame Kahnweiler konnte sich noch gut an ihr Bild von Churchill erinnern, dick wie eine Kartoffel mit winzigen Beinchen und einer überdimensionalen Zigarre im mopsigen Gesicht. Oder an Hitler in Unterhose mit hochgezogenen Kniestrümpfen und Halbschuhen. Als sie später, nachdem ihre Eltern schon tot waren, Gernot Servault kennenlernte, war Madame Kahnweiler überhaupt nicht einverstanden. Der alte Gernot galt als eiskalter Geschäftsmann, der kein Pardon kannte.

»Das arme Kind«, sagte Madame Kahnweiler.

Auch Bendix war niedergeschlagen. Dass Geraldine nun tot vor ihm lag, kam ihm unwirklich vor. Die vielen Erinnerungen mit ihr aus seinen ersten Jahren junger Verliebtheit spulten sich vor ihm ab. Geraldine hatte ihm die Augen und den Körper für viele Dinge des Heranreifens geöffnet, die er damals im beschützten Leben im Haus seiner Eltern in Urville noch nicht gekannt hatte. Er erinnerte sich an ihren ersten Kuss auf dem Hof seiner Eltern. Sie hatten sich im Schutz einer Laube geküsst, und als er sich mit der Hand abstützen wollte, griff er in einen Nagel, der aus einem Balken herausstach, wodurch manche seiner schmeichelnd gemeinten Worte einen recht gekünstelten Ton annahmen. Der Einstich schmerzte so sehr, dass er am liebsten davongerannt wäre. Doch er dachte nur an sie und seine Leidenschaft und wollte nicht gleich beim ersten Kuss einen schlechten Eindruck riskieren. So verkniff er sich jeden Schmerzenslaut. Doch als sie die Wunde sah, griff sie nach seiner Hand und leckte das Blut, ohne zu zögern, ab. Ihre Beziehung wurde schließlich ein Abenteuer voller neuer Erfahrungen für ihn. Und nun war sie tot. Es war eine Schweinerei, dachte er. Sie hätte nicht sterben dürfen.

Er wollte Geraldine noch einmal berühren und schaute auf Madame Kahnweiler, ob sie es ihm gestattete. Sie verstand und nickte. Keiner sagte etwas. Bendix nahm Geraldines Hand und strich über die kalte Haut. Er hatte nie zu den Leuten gehört, die im Tod allein das große Nichts sahen, den Knock-out aller Sinne und Körperfunktionen, den abrupten Stopp allen Seins. Vielleicht hielt der Tod doch eine Überraschung parat, dachte er, möglicherweise eine größere als das Leben. Er ließ ihre Hand los.

»Woran ist sie denn nun gestorben?«, fragte Bart so laut in die Stille hinein, dass alle zusammenschreckten.

Es folgte ein Schweigen, das ungewöhnlich lange anhielt. »Ich habe gehört, sie ist in ihrem Swimmingpool ertrunken«, antwortete Madame Kahnweiler endlich.

»Ertrunken? Im Pool?«, rief Bendix. »Wie konnte das passieren?« Er wusste genau, dass Geraldine eine gute Schwimmerin war. Wie oft waren sie früher ins Freibad gegangen. »Ist sie ohnmächtig geworden? Hatte sie zu viel getrunken?«

Madame Kahnweiler schüttelte den Kopf. »Wir wissen es nicht. Aber sicher ist, dass wir ihr eine sehr schöne Abschiedsfeier bereiten werden.« Sie schaute zu Bendix hinüber. Er sah angeschlagen aus. »Ich weiß, Sie kannten sie gut. Werden Sie das mit der Trauerrede schaffen?«

»Doch, doch«, sagte Bendix. »Selbstverständlich.« Er wollte es unbedingt. Es war das Mindeste, was er für Geraldine noch tun konnte.

Madame Kahnweiler hakte sich bei ihm unter. Sie war zu klein, um ihm eine Stütze zu sein. Aber sie hatte das Bedürfnis, ihn jetzt zu unterstützen. Bendix lächelte ihr dankbar zu.

Billiot kam nun aus dem Nebenraum hinzu. Er hatte dort einen anderen Toten versorgt. Mit seinem spärlich behaarten Kopf schaute er leicht verwundert in die Runde. Er murmelte undeutlich ein »Bonjour« und ging zum Chemikalienschrank.

Als Bendix ihn sah, schoss ihm ein Gedanke durch den Kopf. Er wusste, dass in der Technik keine Leiche über den Tisch ging, die sich Billiot nicht gründlich angeschaut hatte.

»Pardon, Monsieur Billiot«, sagte er. »Es ist vielleicht etwas seltsam, dass ich Sie das jetzt frage, aber hat Geraldine eine Tätowierung auf dem linken Oberarm?«

Alle schauten Bendix verblüfft an. Es war ihm klar, dass er damit eine vielleicht absurde Verbindung ins Spiel brachte. Dass Geraldine zu den Zeiten, da sie ihn regelmäßig besuchte, keine Tätowierung hatte, wusste er genau. Sie hatten ihre Körper ausgiebig gegenseitig erforscht. Doch vielleicht hatte sie sich in den vergangenen Monaten verändert. Er stellte seine Frage noch einmal: »Hat sie nun ein Tattoo oder nicht?«

Jetzt blickten alle auf Billiot. Er ließ sich Zeit, bis er schließlich zustimmend nickte.

»Ha«, rief Bendix so laut, dass Madame Kahnweiler ihn abrupt losließ und mit einer Mischung aus Erschrecken und Empörung anstarrte. »Entschuldigung«, fügte Bendix schnell hinzu. Doch seine Gedanken rasten. Wie Elisabeth Stauder musste auch Geraldine für etwas gestorben sein, für das sie nicht direkt verantwortlich war.

»Sind Sie sich sicher, Monsieur Billiot?«, fragte nun Bart, der es kaum glauben konnte.

»Warum soll er sich irren«, fauchte Maude dazwischen. »Jacques irrt sich nicht! Er irrt sich nie!«

»Bitte beruhigt euch«, unterbrach Madame Kahnweiler die beiden. »Das muss doch erst mal alles gar nichts bedeuten.«

»Nichts bedeuten?«, fragte Bart ungläubig.

»Für mich bedeutet das alles«, raunzte Bendix.

»Ach jaaa?«, fragte Maude gedehnt und offensichtlich genervt. »Was genau bedeutet es wohl?«

Plötzlich räusperte sich Billiot so laut, dass sich automatisch alle Blicke auf ihn richteten. »Ihr Mann war auch tätowiert«, sagte er trocken.

Als Gernot Servault vor drei Jahren in Kalifornien starb,

wurde auch er selbstverständlich in der Champagne beerdigt. Und natürlich lag er auf Billiots Tisch. Er konnte sich genau erinnern. Die Tätowierung war nur noch halb zu sehen. Eine Narbe verlief quer darüber. Es waren noch die Reste eines Buchstabens zu sehen. Der Versuch, das Tattoo zu entfernen, war wohl danebengegangen.

»Gernot Servault hatte seine Blutgruppe also auch auf dem linken Oberarm eintätowiert«, rief Bendix. Seine Stimme überschlug sich.

Madame Kahnweiler verschränkte mit einem lauten »Alors« entrüstet die Arme, Bart pfiff kurz auf, und Maude, die sich ein neues Kaugummi in den Mund gesteckt hatte, sah mit amüsierter Miene reihum allen ins Gesicht.

»Das ist doch nicht zu fassen«, sagte Bart. »Erst der alte Stauder, dann Reschenhauer und jetzt Servault. Voilà! Das hat System.«

Madame Kahnweiler zog Bendix nun wieder an sich heran und flüsterte: »Aber auf der Trauerfeier sagen Sie davon kein Wort. Versprochen?«

Bendix zögerte. »Na gut«, sagte er schließlich. Doch in Gedanken war er schon ganz woanders. »Ihr entschuldigt mich?«, fragte er unvermittelt. »Aber ich muss dringend gehen.«

Und schon lief er die Treppe hinauf, eilte durch den Flur und hinaus auf die Rue Dr. Rousseau. Er holte tief Luft. Dann rannte er nach Hause und rief Kommissar Krug an.

# 20

Das Royal Champagne war ein Luxushotel inmitten der grünen Hügel oberhalb des kleinen Ortes Champillon. Der Blick von hier auf die Weinberge von Épernay und das Marne-Tal war umwerfend. Bendix liebte dieses Panorama. Es gab für ihn kaum einen besseren Ort, um die Schönheit der Champagne zu bewundern. Früher war das Royal eine Poststation, an der Frankreichs Könige auf ihrem Weg nach Reims zur Krönung haltmachten. Napoleon ließ hier nicht nur die Pferde seiner Soldaten tränken, sondern betrank sich auch mit seinen Generälen, bevor er nach Paris zurückkehrte. Es ging rustikal zur Sache. Heute war es bedeutend vornehmer. Und so gerne Bendix hier war, so wenig gehörte das Royal mit seinem Sternerestaurant in die Preisklasse, die er sich für ein gewöhnliches Mittagessen erlaubte. Doch Kommissar Krug hatte darauf bestanden, ihn einzuladen.

Bendix musste nicht lange suchen, um ihn zu finden. Der Kommissar lag in seinem Sommeranzug vorne auf der Terrasse auf einer der breiten weiß gepolsterten Liegen in der Sonne und rauchte.

»Monsieur le Commissaire«, rief Bendix über die Liegen hinweg.

Kommissar Krug richtete sich auf und nahm seine Sonnenbrille ab. »Ah«, rief er, »Monsieur Kaldevin! Willkommen am Ort der Träume.«

Jean-Denis, der Küchenchef, hatte bereits ein paar Kleinigkeiten aufgetischt, zwei appetitliche Stücke Langres, gewaschen mit Marc de Champagne, dem Schnaps aus der Weinmaische, dazu Minipasteten mit Erdbeercreme, umrankt von frischen Erdbeeren. Auch ein Jacquesson Cuvée, ein Aperitif-Champagner, und ein Selosse standen auf dem Beistelltisch. Kommissar Krug hatte sich wohl nicht entscheiden können und gleich beide bestellt.

Bendix setzte sich. Es war sehr warm. Er zog die Schuhe aus, krempelte sich die Ärmel seines Hemdes hoch, legte sich auf die Liege und verschränkte die Arme hinterm Kopf.

Kommissar Krug setzte seine Sonnenbrille wieder auf, lehnte sich ebenfalls zurück und nahm einen kräftigen Zug aus seiner Zigarette. Einen Moment lang herrschte Schweigen. Der Wind, der seit dem frühen Morgen leicht wehte, ließ auch jetzt nicht nach und brachte ihnen angenehme Kühlung.

»Die Weine sind köstlich«, sagte der Kommissar. »Sie müssen sie unbedingt probieren.«

Bendix richtete sich auf und kippte ein Glas Selosse in Sekundenschnelle hinunter. Dann erst nahm er die Flasche und studierte das Etikett. Die Reben waren auf naturbelassenem Boden gewachsen, der mit natürlichem Dünger während wechselnder Mondphasen bewirtschaftet wurde. Bendix stellte sich einen großen Haufen Kompost vor, fleißig aufgefüllt von Bio-Jüngern mit ungekochten Sojabohnen, schlaffen Salatblättern, Kartoffelschalen und Reisresten, die zu einem göttlichen Trunk in der Flasche vor ihm wiedergeboren worden waren. Was für ein Tröpfchen, dachte er. Nichts war schöner als gesunder Alkohol. Er grinste.

Seitdem der Kommissar ihn als eine Art Informant angeworben hatte, hatten sie vielleicht zwei, drei Mal telefoniert. Natürlich war Bendix von der ersten Begegnung an klar, dass es sich bei dem Kommissar nicht um einen Ermittler im konventionellen Sinn handelte. Krug kam ihm wie ein Künstlerkommissar vor, ein Oscar Wilde oder ein Mallarmé unter den Polizisten, also jene Figuren, die mindestens so viel Energie in ihren Lebensstil wie in ihre Arbeit steckten.

»Was gibt es denn Neues?«, schreckte ihn Kommissar Krug aus seinen Gedanken auf.

Bendix stellte die Flasche zurück. »Ich gehe wie Sie davon aus, dass sich Victor Stauder, Leo Reschenhauer und Gernot Servault kannten. Alle drei waren bei der Waffen-SS. Sie haben etwas getan, für das sich heute jemand rächt. An ihnen oder ihren Verwandten.« Er hielt inne. Entweder musste es mit einem Verbrechen zu tun haben, das von der Justiz nicht als ein solches erkannt worden war, oder es ging um einen nachträglichen persönlichen Rachefeldzug. »Es muss sich jedenfalls um ein Verbrechen in der Vergangenheit handeln, das den heutigen Täter zu seinen Taten motiviert. Und vielleicht könnten Sie ja mal in den Akten schauen, was es da so gibt.«

Kommissar Krug blies in großen Schwaden den Rauch seiner Zigarette gen Himmel. Dann beugte auch er sich vor, drückte seine Zigarette aus, nahm eine Erdbeere, steckte sie sich in den Mund und aß sie genüsslich auf.

»Très intéressant«, sagte er und lutschte sich die Finger. »Und Sie haben recht. Alles spricht für eine Vergeltungsserie. Und der Täter oder die Täter möchten auch, dass wir ihre Absichten erkennen.«

Bendix schaute ihn verblüfft an.

»Sie müssen wissen, die meisten Mörder machen Fehler und hinterlassen Spuren. Sie entstehen durch Unachtsamkeit, fehlende Erfahrung. Oder Selbstüberschätzung. Sie verraten sich im Gespräch, lassen etwas liegen oder schließen Fenster oder Türen nicht. Manchmal nehmen sie auch etwas mit, eine Art Souvenir, das sie an ihre Opfer erinnern soll. Das kann verhängnisvoll sein – wenn man es später bei ihnen findet. Und manchmal hinterlassen sie mit Absicht Spuren.«

»Aber aus welchem Grund sollten sie so etwas tun?«, fragte Bendix.

Kommissar Krug schenkte nun beiden vom Jacquesson ein. »Aus Eitelkeit zum Beispiel.« Er nahm das Glas, schwenkte es, schloss die Augen und sog die Duftstoffe des Weines ein. »Vielleicht möchte der Täter aber auch von sich ablenken und erreichen, dass wir unsere Aufmerksamkeit auf einen anderen richten. Eine klassische Strategie.«

»Auf einen anderen? Auf wen?«, fragte Bendix.

»Wir hätten es fast übersehen, aber ...« Krug nahm erst einmal einen Schluck aus dem Glas, blies die Backen auf, spülte mit dem teuren Saft den Mund und ließ ihn die Kehle hinunterfließen. Dann schaute er beglückt.

»Was haben Sie übersehen?«, fragte Bendix ungeduldig.

»Ach ja«, antwortete der Kommissar nach einer Pause. »Wir haben festgestellt, dass bei Geraldine Servault die Finger der rechten Hand gebrochen waren – genau wie bei Madame Stauder.«

In Bendix' Augen blitzte Wut auf. Wieso war die Hand von Geraldine gebrochen? Was für ein Sadist musste der Mörder sein!

»So ein Schwein«, fluchte er. »Was für ein Mist steckt denn dahinter?«

Kommissar Krug drehte genüsslich am Stiel seines Glases. Er schien die ganze Situation zu genießen. »Die Serie erinnert an vier Morde Ende der sechziger Jahre«, fuhr er fort. »Damals wurden innerhalb kurzer Zeit vier Männer erschossen. Es waren Franzosen. Sie galten als Kollaborateure. Allen hatte der Täter die Finger der rechten Hand gebrochen. Er wurde als Le Mortier bekannt, der Mörser, der seinen Opfern die Finger zermalmt.« Der Kommissar hielt kurz inne. Es schien, als ob er in sich hineinlächelte. Dann sagte er: »Aber Le Mortier wurde nie geschnappt.«

Bendix atmete tief durch. Von einem Mortier hatte er noch nicht gehört. Wieso eigentlich nicht? In der Champagne sprachen sich die Dinge schnell herum. Und wieso hatte man diesen Mortier nie geschnappt? Der Wahnsinn, der solche Serienkiller trieb, folgte doch meistens kriminologisch bekannten Mustern.

»Also, verstehe ich Sie richtig: Entweder ahmt ihn heute jemand nach, oder es war dieser Mortier?«

»Beides möglich«, erwiderte der Kommissar. Dass der Täter tatsächlich vorhatte, die Ermittlungen der Polizei durch die gebrochenen Finger auf eine andere Spur zu lenken, glaube er jedoch nicht. Für ihn sei es eher eine Reminiszenz oder besser noch eine Hommage an den Mortier. »Wir wissen allerdings nicht, ob der Mortier überhaupt noch lebt.« Er tastete nach seiner Tasche, die neben ihm stand. »Unser heutiger Täter ist jedenfalls bemüht, auch eine neue Spur zu hinterlassen.« Er griff in die Tasche, holte die leere Flasche, die ihm Fabienne gegeben hatte, heraus und hielt sie triumphierend in die Höhe. »Kennen Sie diese Marke?«

Bendix erkannte das Etikett sofort. Es war eine der Flaschen, die einst den deutschen Besatzern vorbehalten waren. Die roten Druckbuchstaben »Réservé à la Wehrmacht« waren gut zu erkennen. Es war die gleiche Sorte, die auch Elisabeth Stauder gesammelt hatte.

»Ich verstehe«, sagte Bendix. »Irgendjemand versucht, uns eine Geschichte zu erzählen, und lässt wie bei einer Schnitzeljagd die Requisiten liegen. So wie diese Flasche. 40er Jahrgang, nicht wahr? Nur welche Geschichte kann das sein?«

Kommissar Krug wog unentschlossen seinen Kopf leicht hin und her. Er hatte die Flasche längst untersuchen lassen. Und seine Vermutung war richtig. In ihr befand sich Gift, Nervengift, Tetrodotoxin, das in hohen Mengen für den Menschen tödlich sein konnte, erklärte er Bendix. »Der Täter will, dass wir erkennen, in welchem Zusammenhang oder aus welchem Anlass Madame Servault sterben musste.«

»Wie charmant«, sagte Bendix und zog ironisch eine Schnute. »Geradezu ein Kunstwerk. Erst der Tintenfisch, dann das Sabrage-Ritual und dann der Wehrmachtschampagner – ein Dreiermord als Triptychon.« In seinem Studium hatte er mit Begeisterung Thomas de Quinceys Satire »On Murder Considered as one of the Fine Arts« gelesen, und er musste zugeben, dass grausige Morde seitdem auf ihn ebenso widerlich und absurd wie faszinierend wirkten. »Das ist es«, rief Bendix amüsiert. »Mord als ein Teil der schönen Künste!«

Der Kommissar schob sich eines der Pastetchen in den Mund und murmelte: »Das werden wir schon noch herausfinden.«

Er hatte mittlerweile sämtliche Passagierlisten der Flüge und Flugrouten von Paris nach Los Angeles der gesamten Woche bis zum Tod Geraldines überprüfen lassen. Auch die Namen der Kunden von Leihwagen-Unternehmen hatte er auf Buchungen vor allem französischer Kunden kontrolliert. Ohne Erfolg.

Bendix war überzeugt, dass der Kommissar mindestens einen konkreten Verdacht hatte. Er hätte es zu gern gewusst. »Und wie wollen Sie den Täter jetzt finden?«, fragte er ungeduldig.

Kommissar Krug verzog keine Miene. Er griff jetzt noch einmal nach den Erdbeeren und steckte sich lustvoll eine in den Mund. »Keine Ahnung«, murmelte er wieder. »Mit Geduld, mit Instinkt.« Er richtete seinen Oberkörper nun ganz auf und streckte die Arme gen Himmel. »Und natürlich mit Glück.«

Bendix hatte jetzt genug von der gespielten Nonchalance des Kommissars. Er leerte sein Glas in einem schnellen Zug und stand auf.

»Ich muss jetzt gehen. Aber eine Frage habe ich noch. Dieses Tetrodotoxin, dieses Nervengift, von dem Sie sprachen – das kann man doch nicht einfach so kaufen?«

»Bien sûr«, antwortete Kommissar Krug. »Das kann jeder kaufen. Auf verschiedenen Plattformen im Internet. Aber nur zu Forschungszwecken. Also vor allem Mediziner und Naturwissenschaftler.«

Forschung? Bendix überlegte. Der Einzige, den er kannte, der täglich mit Säuren und Chemikalien arbeitete, war Billiot. Und der Einzige, von dem er wusste, dass er in einem wissenschaftlichen Labor arbeitete, war Benoit Armand. »Sie glauben doch nicht wirklich, dass die Geschwister Armand für diese Mordserie verantwortlich sind.«

»Sie denken also gleich an mehrere Täter?«

»Na ja«, grummelte Bendix. Er war fest davon überzeugt, dass Charline nichts mit der Sache zu tun hatte. »Oder vielleicht nur einer, Benoit.«

Kommissar Krug schaute ihn ungerührt an. »Es steht mir noch nicht zu, eine Meinung zu haben. Ich folge nur den Hinweisen.«

»Sie sollten sich aber beeilen«, erklärte Bendix. »Manche Leute in der Region machen sich Sorgen. Wer weiß, was noch alles kommt und wo der Mörder als Nächstes zuschlägt. Vielleicht bald bei uns?«

Er nickte dem Kommissar zum Abschied kurz zu und ging.

Noch am gleichen Nachmittag fuhr Bendix nach Reims in die Carnegie-Bibliothek und setzte sich in den Lesesaal. Er hatte sich die »Le Monde« gekauft und seufzte ein wenig, als er die Überschrift las: »Quelle ville est la capitale du Champagne – Reims ou Épernay?« Welche Stadt hatte mehr Bedeutung, mehr Kompetenz? Ihre Rivalität war uralt. Doch für Bendix stand schon lange fest, dass Reims zwar die Hauptstadt der Champagne, Épernay aber die Hauptstadt des Champagners war. Aber was sollte überhaupt diese ständige Diskussion in den Zeitungen – sehr viel erhellender fand er den kleinen Artikel über den schleichenden Tod der Traube, der unter dem Aufmacher der Zeitungsseite stand. Auch in diesem Jahr war die Gefahr, dass sich der Weinwurm wieder ausbreitete, nicht gebannt. Weinwürmer waren resistent, und was sie befielen, ließen sie nicht mehr los. Viele Trauben gingen verloren. Auch in der zweiten Generation grub sich der Grauschimmel tief in die Traube ein und tötete sie.

Bendix überlegte. Sauerfäule, Rohfäule, Edelfäule – Schimmel, der sich durch Generationen fraß. Das galt sicherlich nicht nur für Pflanzen. Vielleicht auch für Menschen. Eine Wunde, die nicht verheilte, eiterte immer weiter. Ein schreckliches Ereignis, das ein Mensch nicht verarbeiten konnte, zerstörte ihn. Und eine Familie, die ein Trauma nicht bewältigte, vererbte es immer weiter. Bendix dachte an die Armands. Gab es in der Familie ein Geheimnis, über das niemand sprach und das gerade deswegen wie heißes Wasser im geschlossenen Kochtopf brodelte? Was war mit Josef-Jacob wirklich geschehen?

Er schob den Gedanken beiseite. Geraldines Trauerrede musste heute Abend fertig sein. Morgen war die Beerdigung.

Er blätterte in einem seiner Lieblingsbücher, in dem brüchigen Wälzer von Sigmund von Birken, herum. Solche alten Schinken aus dem deutschen Barock in einer französischen Übersetzung gab es nur in gut sortierten Bibliotheken wie der Reimser Carnegie. Von Birken war einer der ersten Berufsschreiber, ein Ghostwriter, der fließend Latein und Französisch konnte. Vor allem aber galt er als einer der berühmtesten Trauerredner seiner Zeit. Er hatte sich allein mit der Fähigkeit zu formulieren ein Vermögen verdient. Bendix wollte Geraldine eine Freude machen und in ihre Trauerrede Verse des poetischen Meisters der Trauer einbauen. Gleich auf den ersten Seiten stieß er auf das Porträt des Schriftstellers. Es zeigte das Bild eines mittelalten, freundlichen Mannes mit wallendem Haar, geschmückt mit einem Lorbeerzweig, darunter die großen Augen und eine prägnante Nase über den geschwungenen Lippen, im Sockel eingraviert in Latein sein Name. Daneben lagen wie dahingeworfen eine Schriftrolle, ein Griffel, ein Hirtenstab und eine Lyra – die Attribute des Dichters.

Er blätterte weiter und blieb an einem Vers hängen: »Es sind die Lebenden, die den Toten die Augen schließen – und es sind die Toten, die den Lebenden die Augen öffnen.« Er notierte sich den Satz. Dann schaute er auf und richtete seinen Blick wieder auf die Glasdecke. Warum hatte es zwischen Geraldine und ihm nie zu einer längerfristigen Beziehung gereicht? Sie waren jung, und vielleicht hatten sie Angst, sich zu binden. Je älter Bendix wurde, desto schmerzvoller war es, einzusehen, dass die Möglichkeiten, den Verlauf des Lebens zu beeinflussen, kleiner wurden. Wenn er noch glücklich werden wollte, musste er lernen, das Leben zu akzeptieren. Vor allem sich selbst.

Er griff nach dem Fachbuch über Toxikologie, das er sich ausgeliehen hatte. Mit Spannung schlug er das Kapitel über Tetrodotoxin auf. Es gehörte zur Gruppe der Nervengifte und war auch unter den Namen Maculotoxin und Tarichatoxin bekannt. In geringen Mengen hatte es bei Menschen eine schmerzlindernde Wirkung. In hoher Dosierung veränderte es zuerst die Wahrnehmung und führte dann zu Lähmungen in den Armen und Beinen, in der Brustmuskulatur und im Zwerchfell, bis der Atem stillstand. Welchen grausamen Todeskampf musste Geraldine geführt haben, dachte Bendix. Träger dieses Giftes waren vor allem Meerestiere, Kugel- und Igelfische, aber auch Wassermolche, Stummelfußfrösche, einige Krebse, Schnecken, Seesterne und Blaugeringelte Kraken – nicht größer als eine Menschenhand.

Bendix stutzte. Kraken? Kraken! Wie ein Blitz schlug das Wort in ihm ein. Er wollte schreien. Kraken! Ein Tintenfisch! Es war das Gift eines Tintenfischs!

## 21

Geraldine Servaults Beerdigung fand in der Église Notre-Dame von Épernay statt. Obwohl die Bänke im Mittelschiff der großen neogotischen Kirche schon mit vielen Besuchern gefüllt waren, wirkten sie angesichts der mächtig gen Himmel fahrenden Strebepfeiler, der Rippengewölbe und Spitzbögen noch ein wenig verloren. Bendix war an diesem Morgen sehr zeitig zur Trauerfeier gekommen. Dieses Mal war er doch ein wenig nervös. Schließlich ging es in seiner Ansprache um eine Person, die ihm einst sehr nahegestanden hatte. Er saß vorne in der ersten Reihe, hielt das gefaltete Manuskript seiner Rede in den Händen und starrte Geraldines mit Blumen überdeckten Sarg an. Daneben stand ein großes Porträtfoto von ihr. Sie sah strahlend aus. Er ließ noch einmal die vergangenen Tage Revue passieren. Wenigstens musste Geraldine nicht mit dem Gedanken sterben, nicht gelebt zu haben, dachte er. Denn das hatte sie. Ganz im Gegensatz zu ihm. Müsste er morgen sterben, was würde alles in ihm hochkommen! Verdrängte Konflikte, zerbrochene Beziehungen, versäumte Gelegenheiten, vergeudete Jahre, ein ungelebtes Leben. Bendix fühlte sich schlecht.

Gleich war es zehn Uhr, und das Orgelspiel würde beginnen. Da es keine Anverwandten und Nachkommen von Geraldine gab, hatte wieder einmal Madame Kahnweiler die Entscheidung über die Musik zu fällen. Sie wollte etwas Französisches, Temperamentvolles, Lebendiges, Romantisches, und so entschied sie sich für das Finale der Sonate Nr. 1 von Alexandre Guilmant aus dem Opus 42. Gerade weil Guilmant heute nicht mehr so oft gespielt wurde, gefiel er ihr besonders.

Die letzten Trauergäste suchten noch ihre Plätze, als der Organist begann. Es vergingen einige Minuten, in denen sich Bendix noch einmal auf seine Rede konzentrierte. Als die Schlussakkorde erklangen, stand er auf, ging zum Stehpult neben dem Altar und faltete sein Manuskript auseinander. Er war froh, heute eines zu haben. Meistens nutzte er es nur als Stichwortgeber und sprach die Rede, die er durch das Ausformulieren in den Tagen zuvor fast auswendig konnte, frei. Doch heute war kein normaler Tag. Es kam selten vor, oder im Grunde so gut wie nie, dass er gegen seine eigene Betroffenheit ankämpfen musste.

Er blickte auf die vielen Menschen, die er kannte. Fabienne war aus Kalifornien angereist. Sie wollte einige Tage in der Champagne bleiben. Auch Charline war gekommen. Sie hatte es Bendix versprochen. Sie kam wieder in Begleitung ihres Bruders. Eine Bank dahinter saß Eitan neben dem alten Wassermann. Er war in sich versunken. Kommissar Krug stand neben einer der Säulen. Gleich in der Nähe saßen Bart und das restliche Kahnweiler-Team. Billiot wirkte schläfrig. Maude kaute Kaugummi, und Yves und Jean-Claude glotzten an die Decke. Selbst Madame Kahnweiler war erschienen. Es war ihr ein Anliegen, von Geraldine Abschied zu nehmen.

Als die Musik verstummte, erhob Bendix seine Stimme. »Es sind die Lebenden, die den Toten die Augen schließen – und es sind die Toten, die den Lebenden die Augen öffnen.« Er hielt kurz inne, holte Atem und fuhr fort. »Als wir jung waren, kannten Geraldine und ich uns sehr gut. Schon mit dreiundzwanzig Jahren musste sie sich einem gefährlichen chirurgischen Eingriff unterziehen. Als sie die Brustoperation gut überstanden hatte, sagte ich ihr: ›Da hast du aber Glück gehabt.‹ Worauf sie erwiderte: ›Wieso Glück? Ich habe eine Brust verloren, glücklich macht mich das nicht.‹ Da antwortete ich: ›Aber du hättest sterben können, und jetzt lebst du.‹ Worauf sie sagte: ›Ich hatte keineswegs die Absicht zu sterben. Nie habe ich auch nur einen Augenblick daran gedacht, ich könnte sterben.‹«

Bendix schluckte. Er wollte sich unbedingt zusammennehmen. Und doch war er berührt. Er wartete einen Moment, bis er sicher war, seine Stimme wieder unter Kontrolle zu haben.

»Sie liebte Rabelais und seine spitze Feder. Allen voran die Szene, in der er Gargantua, seinen Riesen, auf einer überdimensionalen Stute nach Paris reiten lässt, um dort mit den feinen Leuten zu speisen. Ihr erinnert euch sicher. Er sitzt auf einem der stumpfen Türme von Notre-Dame, die Leute kommen herbei, um ihm zu huldigen – und was macht er? Er, so schreibt Rabelais, knöpft lächelnd seinen wunderschönen Hosenlatz auf, holt seinen Spritzwurm an die frische Luft und bepisst sie so vergnügt und munter, dass zweihundertsechzigtausendvierhundertachtzehn von ihnen ersoffen – Frauen und Kleinkinder nicht mitgerechnet.«

Die Leute in der Kirche lachten.

Und Bendix zitierte weiter: »Da riefen die Menschen: Herrgott Sakrament noch mal! Heilige Maria, da sind wir aber gut gebadet worden. Per risum – unter Lachen. Per risum! Und seitdem heißt unsere Hauptstadt Paris!«

Die Trauergäste klatschten vor Vergnügen. Die meisten kannten und liebten die berühmte Szene aus Rabelais' großer Humoreske und freuten sich über jede Wiederholung. Bendix war zufrieden. Denn kaum etwas passte so gut zu einer traurigen Feier wie das Lachen.

Dann fuhr er fort. »Von Beerdigungen hat Geraldine nie etwas gehalten. Sie war immer der Überzeugung: Nirgendwo wird mehr gelogen als am Grab.« Wieder hielt er inne. Und dann wandte er sich dem Sarg zu: »Eines kann ich dir aber garantieren, Geraldine. Von dem, was ich heute sage, ist kein Stück gelogen.« Einige im Publikum lachten wieder. Andere klopften zustimmend gegen die Kirchenbänke. »Sie wollte nicht sterben«, setzte er wieder an, »das gehörte nie zu ihrem Plan. Sie empfand den Tod als eine ungeheure Zumutung. Sie sagte mir einmal: ›Das Beste wäre, wenn er uns einfach nicht mehr behelligen würde.‹«

Er machte wieder eine Pause. Er sah Geraldine vor sich, wie sie lächelte. Sie konnte derb sein. Aber er hörte auch die feine Ironie, mit der sie schwere Dinge so leicht erscheinen ließ.

Die Leute blickten ihn erwartungsvoll an. Es verging eine Minute und darauf eine zweite.

Erst dann merkte Bendix, dass er wohl schon eine Zeit lang stumm und gedankenverloren in das Kirchenschiff gestarrt hatte. Er räusperte sich stakkatoartig, als ob er seine Stimme mit einem Motor wieder anschmeißen wollte, und sagte: »Sterben«, und er räusperte sich noch einmal, »das Sterben folgt keinem Fahrplan. Es kann elend lang sein – und dann sehr plötzlich. Wann und wie der Tod eintritt, bleibt uns leider bis zum Schluss verborgen. Von Geraldines Tod wusste nur die Person, die Geraldine an ihrem Todestag in ihre Villa ließ.«

Er schaute in die Reihen und visierte jeden Einzelnen. Er hoffte, dass sich irgendjemand angesprochen fühlte. Doch niemand fiel ihm auf. »Ich bin mir sicher«, setzte Bendix wieder an, »dass diese Person heute …« Er hielt noch einmal inne. Am liebsten hätte er gesagt, dass diese Person heute unter ihnen war. Doch Geraldine zuliebe verzichtete er auf diese Provokation. Stattdessen wiederholte er: »Dass diese Person heute ihre Tat bereut.« Niemand regte sich. Man hätte jetzt einen Korken fallen hören. »Der Tod«, schloss Bendix, »der Tod ist nicht der größte Verlust. Der größte Verlust ist das, was in uns stirbt, während wir noch leben. Unsere Ideale, unsere Hoffnungen, unser Gewissen. Unsere Liebe.«

Die Worte hinterließen ihre Wirkung. Es waren nur ein paar Huster zu hören. Ein paar Leute räusperten sich. Sonst blieb es still.

»Und nun, liebe Freunde«, sagte Bendix schließlich, »lasst den Vorhang herunter, die Farce ist zu Ende.« Die angeblich letzten Worte von François Rabelais schienen ihm passend angesichts der Tragödie, in die Geraldine für ihn geraten war. Er faltete sein Manuskript zusammen, stand noch einen Moment mit geschlossenen Augen da und ging schließlich zu seinem Platz. Die Orgel begann zu spielen. Währenddessen kamen die Sargträger nach vorn, hievten Geraldines Sarg auf die Schultern und standen für einige Sekunden still.

Dann geschah etwas, was niemand erwartet hatte. Maude fing an zu klatschen. Und nach ein paar zaghaften Versuchen schlossen andere sich ihr an, bis es schien, dass alle applaudierten. Es war wie bei Zirkusleuten, die ihre Toten mit einem letzten Applaus verabschiedeten. Und als der Sarg schließlich durch das Mittelschiff der Notre-Dame an den Reihen vorbei nach draußen getragen wurde, klatschten die Trauergäste immer noch. Sie spürten, dass sich der Tod die Falsche geholt hatte.

# 22

Freudiges Gurren tönte aus dem Bad. Eitan hatte Bendix schon lange gefragt, ob er nicht einmal seine Tauben sehen wollte. Endlich war es so weit. Als sie die Tür zum Badezimmer öffneten, flatterten die Brieftauben aufgeregt hin und her. Das Bad war ungewöhnlich groß, viel größer als das von Bendix. Eitan hatte es zur Hälfte mit einem Gitter abgetrennt. Ein Teil mit Badewanne und Klo für ihn, der andere für die Tauben. In dem vergitterten Bereich waren unter den vier Fenstern acht Nischen über- und nebeneinander eingebaut. In ihnen gurrten und äugten vier Tauben, liefen vor und zurück.

Auf Bendix wirkte es wie ein altrömisches Kolumbarium, in dem statt Vögeln normalerweise Urnen hätten stehen müssen.

»Meine Schätzchen«, rief Eitan. Er öffnete die Tür zum vergitterten Bereich, ging hinein, schüttete Getreidekörner und Mais in die Futterrinnen und füllte Wasser in die Schüsseln. »Erdnüsse mögen sie besonders gern.« Eitan lächelte. »Damit zähme ich meine Täubchen.« Er nahm ein kleineres Exemplar auf den Arm, hielt ihm ein paar zerkleinerte Erdnüsse hin, die es ihm sofort aus der Hand fraß.

Für Bendix sahen die Tauben alle gleich aus. »Wie unterscheidest du sie voneinander?«

»Am Gefieder natürlich.« Eitan zeigte auf einen kleineren Vogel. »Diese junge Dame heißt Vauversin. Das hier ist Monsieur Duval-Leroy, und das ist Mathelin.« Er strahlte und rief triumphal: »Ein französischer Kröpfer.«

Bendix hatte keine Ahnung, was ein französischer Kröpfer sein sollte. Und auch die weiteren Taubenrassen, die Eitan ihm zu erklären versuchte – englischer Flugtippler, französische Kalotte, niederländischer Hochflieger –, klangen für ihn eher wie eine *plaisanterie rabelaisienne*, wie eine Ansammlung von Namen aus einem Schelmenroman. Bendix kratzte sich an der

Stirn. Eitan hatte jede einzelne Taube auch noch nach bekannten Champagnermarken getauft. Je hübscher die Tiere waren und je besser sie flogen, desto prominenter waren die Namen, die sie von ihm erhielten. Eitan schien selig zu sein. Es fehlte nur noch, dachte Bendix, dass er anfing zu gurren.

Die Tauben guckten Bendix mit ihren kleinen dunklen Murmelaugen skeptisch an. Sie schienen zu ahnen, dass er sie nicht mochte.

»Und das hier ist mein absoluter Liebling«, erklärte Eitan. Er zeigte auf einen drei Jahre alten grauschwarzen Tauberich, dessen Hals bläulich grün schimmerte und der ein wenig kräftiger aussah als die anderen. »Darf ich vorstellen, das ist Pascal Doquet.« Das Weingut von Pascal Doquet an der Côte des Blancs produziert ausschließlich Champagner aus 1er- und Grand-Cru-Lagen. Eitan machte eine kleine Pause, bis der Vogel Bendix angesehen hatte. »Pascal, das ist Bendix. Nimm dich vor ihm in Acht. Er hat keine Ahnung von Tauben. Er würde euch noch nicht mal essen wollen. Ein totaler Ignorant.« Er lachte, und auch die zutrauliche Taube mit ihrem gedrungenen Körper und rund gewölbten Kopf schien sich zu amüsieren. Sie hüpfte auf seine ausgestreckte Hand und gurrte. »Manchmal knuffen wir auch, nicht wahr, Pascal?« Jetzt gurrten sie gemeinsam.

Der Mann hat Nerven, dachte Bendix. Er hielt sich seinen Unterarm vor die Nase. Er konnte den Geruch nicht gut vertragen.

»Vor allem sind sie sehr treu«, erklärte Eitan. »Sie verbringen ihr ganzes Leben mit ihrem Partner.« Er streichelte den Tauberich. »Pascal wartet gerade auf seine Freundin. Sie heißt Egly-Ouriet. Sie muss noch lernen, ihren Weg nach Hause zu finden. Sie wird bestimmt kommen.«

Da raschelte es am Fenster. Durch eine Luke war ein anderer Tauberich hereingeschlüpft. Ein Behältnis hing an seinem Rücken.

»Post!«, rief Eitan begeistert. Dann nahm das kleine Röllchen, das an der Taube befestigt war, entrollte ein Foto und zeigte es Bendix. »Anders als das Internet hinterlässt so eine Brieftaube keine Datenspuren. Taubenpost ist eines der sichersten Kommunikationsmittel. Vor allem in Kriegszeiten.«

»Wir haben keinen Krieg mehr«, entgegnete Bendix genervt.

»Du hast keine Ahnung«, sagte Eitan. »Die Vergangenheit verfolgt uns wie ein Gespenst eine Party nach Mitternacht.« Er schaute ihn vielsagend an. »Ich glaube, ich muss dir mal etwas zeigen.«

Sie gingen zurück ins Wohnzimmer, in dessen Mitte ein großer Tisch stand. Eitan bat Bendix, daran Platz zu nehmen. Er selbst ging zu einer hölzernen Truhe, öffnete sie, holte einen großen Karton heraus und stellte ihn auf den Tisch. Er war mit Fotos gefüllt, die Eitan in seiner bisherigen Karriere als Pressefotograf gemacht hatte. Sie waren unsortiert. Es waren zahllose Personenporträts und Aufnahmen von Demonstrationen und sonstigen Menschenaufläufen. An den Autos und der Kleidung der fotografierten Personen war zu erkennen, dass die Bilder aus früheren Jahrzehnten stammen mussten.

»Die meisten meiner Fotos sind heute im Besitz der Verlage«, sagte Eitan, »und die Abzüge, die ich nicht gebrauchen konnte, habe ich weggeworfen. Ein paar habe ich allerdings hier aufbewahrt.« Seine Finger wischten durch die Fotos. »Ich habe damals schon für die ›Libération‹ gearbeitet.«

Bendix wurde hellhörig. »In welcher Zeit?«

»Das fing Ende der achtziger Jahre an«, erklärte Eitan.

»Da hast du ja vielleicht meinen Bruder kennengelernt?«

Eitan lachte und schaute ihn schelmisch an. »Das ist mir jetzt auch aufgefallen.«

»Was?«, rief Bendix erschüttert. Eitan war seit drei Jahren sein Nachbar. Er hätte ihn doch schon längst einmal auf André ansprechen können. Der Nachname Kaldevin war mehr als selten. »Wieso hast du mir nie erzählt, dass du ihn kanntest?«, rief er fassungslos.

»Wir hatten damals so viele Kollegen – gerade bei den Gerichtsprozessen. Da merkt man sich nicht jeden«, rechtfertigte sich Eitan. Endlich zog er aus dem Karton das Foto, das er gesucht hatte. Es zeigte André vor einem Gerichtsgebäude.

Bendix erkannte ihn sofort. André trug fast immer eine schwarze Lederjacke, und die Haare standen ihm meistens wuschelig zu Berge.

»Um was ging es hier?«, fragte er.

Eitan nahm das Foto zurück und betrachtete es noch einmal genau. »Es war ein Prozess gegen einen ehemaligen Wärter von Drancy. Ich glaube, er war Franzose.« Im Gefangenenlager von Drancy, nördlich von Paris, hatten die Nazis Zehntausende von Juden zusammengetrieben, um sie nach Ausschwitz zu transportieren. »Dein Bruder hat sich oft um solche Themen gekümmert.«

Bendix wurde nun klar, warum Henri Armand seinen Bruder für die Recherche über den SS-Mann Reschenhauer ausgesucht hatte – und es ging dem alten Armand sicherlich um mehr als nur um die Rückgabe von Weinbergen. Welches Verbrechen hatte Reschenhauer begangen? Und auf welche Spur war sein Bruder gestoßen, dass er in Lebensgefahr geraten war?

»Du weißt, dass mein Bruder tot ist?«

»Ja«, erwiderte Eitan. »Als ich das Foto fand, kam mir die ganze Geschichte wieder hoch. Das war nie im Leben Selbstmord.«

»Wie kommst du darauf?«, fragte Bendix.

»Ich hatte ihn ein paar Wochen vor seinem Tod noch einmal getroffen. Und er sagte mir, er sei an einem neuen Fall dran. Es sei nicht ungefährlich. Er habe bereits Drohungen bekommen.«

»Und er hat dir nicht gesagt, wer ihn bedrohte?«

»Nein«, sagte Eitan. »Er wollte mir auch nicht erklären, für wen er arbeitete. Aber er sagte, er helfe, etwas wiedergutzumachen. Gottes Gerechtigkeit könne nicht ewig schlafen.«

Einen Tag später fuhr Bendix zu einem Trauergespräch nach Pierry, einem kleinen Vorort von Épernay. Der alte Jean Schyler war gestorben. Bendix freute sich sogar ein wenig auf den Termin, denn er war unkompliziert. Die Witwe wartete auf ihn und würde ihm einfach von ihrem Ehemann erzählen.

Als er an der Haustür klingelte, öffnete ihm eine ältere, kleine und untersetzte Frau mit einem runden Gesicht. Es war Mathilde, die Witwe des alten Schyler. Er war erst gestern gestorben und lag aufgebahrt im Totenzimmer des Hauses. Sie gingen hinein. Nicht viele hatten das Glück, dachte Bendix, so friedlich wie der alte Jean daheim sterben zu dürfen. Die meisten dämmerten im Krankenhaus dem Tod entgegen, um dann eiligst in den Klinikkeller ausrangiert zu werden. Das war bedauerlich, dachte Bendix. Denn der Abschied von den Toten gelang besser, wenn man sich Zeit für sie nahm. Das zeigte die Erfahrung.

Jean sah friedlich und würdevoll aus. Die Augenlider und der Mund waren geschlossen, das Haar gekämmt. Das weiße Hemd, das er trug, war gebügelt, die Krawatte akkurat gebunden, der Anzug ausgebürstet. Es war sein bester Anzug. Die schwarzen Schuhe waren frisch geputzt, selbst die Sohlen, und das Leder glänzte.

Vor dem Bett standen zwei Stühle. Sie setzten sich zu ihm. Bendix holte Stift und Papier heraus und machte sich Notizen, während Mathilde vom Leben mit ihrem Mann erzählte, von den ersten Tagen ihrer Begegnung, von ihren Kindern, von ihrer Arbeit als Winzer, von ihren unterschiedlichen Persönlichkeiten und von ihrer Liebe. Bendix stellte nur wenige Fragen. Mathilde war gefasst und bereit, viel zu erzählen. Er merkte, dass es ihr guttat, zu sprechen.

»Wenn Sie möchten, können Sie das gerne alles nachlesen«, sagte Mathilde. Sie nickte ihm aufmunternd zu.

»Sie haben seine und ihre Lebensgeschichte schon aufgeschrieben?«, fragte Bendix erstaunt.

»Nein, nicht ich, aber Jean.« Sie stand auf, ging ins Wohnzimmer und kam mit einem kleinen Büchlein zurück. »Das ist sein Tagebuch. Er hat es vor langer Zeit angefangen. Ich erinnere mich sehr gut, es war noch vor dem Krieg.«

Bendix nahm das kleine gebundene Büchlein behutsam entgegen. Der Lederband war brüchig. »Vielen Dank«, sagte er. »Ich hoffe, ich bin wirklich der richtige Leser. Ist das nicht alles sehr intim?«

»Ach nein«, sagte Mathilde, »das dürfen Sie ruhig lesen. Geben Sie es mir nur bitte wieder zurück.«

Bendix versprach es. Dann gingen sie in Küche, tranken Kaffee und aßen ein Stück Apfelkuchen. Mathilde hatte ihn für alle, die noch mal von Jean Abschied nehmen wollten, gebacken. Die Familie würde noch kommen. Und die Nachbarn. Morgen würden ihn die Mitarbeiter vom Kahnweiler-Institut abholen.

Als Bendix zu Hause angekommen war, schlug er sofort das Tagebuch auf und begann zu lesen. Nach zwei Stunden rief er Kommissar Krug an. Er war nun völlig euphorisch.

»Ich weiß jetzt, wer Josef-Jacob Armand umgebracht hat.«

# 23

Als Kommissar Krug früh am Morgen in seinem hellgrau melierten Sommeranzug mit feinen roten Nadelstreifen von seiner Wohnung losgezogen war, hatte er besonders gute Laune. Er wusste selbst nicht, warum. Vielleicht lag es am guten Wetter. Der Himmel war blau, und die Sonne strahlte. Vielleicht lag es daran, dass er in seinen Ermittlungen nun so weit war, dass er im Grunde nur noch auf die entscheidende Gelegenheit wartete, um den Mörder von Elisabeth Stauder, Leo Reschenhauer und Geraldine Servault zu überführen. Auf seinem Fußweg durch den Stadtpark zum Hôtel de Police grüßte er jeden Passanten.

Als er schließlich sein Büro am Boulevard Louis Roederer gegenüber vom Parc de la Patte d'Oie betrat, öffnete er als Erstes die Fenster. Die vom Morgen noch frische Luft strömte herein. Er atmete tief ein und aus und setzte sich an seinen Schreibtisch. Dieser war mit kleinen Notizzetteln so übersät und mit Stiften, Heftklammern, ausgedruckten Papieren, Fotos, einem Tischkalender und einer Telefonanlage so unübersichtlich gefüllt, dass außer ihm niemand eine Ordnung erkennen konnte. Die Unterlagen für die Fälle Stauder, Reschenhauer und Servault hatte er in den Aktenordnern auf das lange Sideboard hinter dem Schreibtisch gestellt. Darüber hingen zwei Landkarten, die das gesamte Weinanbaugebiet der Champagne abdeckten. Kommissar Krug setzte sich in seinen ergonomischen Drehstuhl, schaltete den Computer an und begann, seine E-Mails zu lesen, als es an der Tür klopfte.

Bendix trat ein. »Bonjour, Monsieur le Commissaire.«

»Ah, da sind Sie ja. Nehmen Sie Platz.« Er zeigte auf einen Stuhl vor seinem Schreibtisch.

Bendix setzte sich und schaute sich um. Er hatte nicht erwartet, dass das Büro eines Mannes, der penibel darauf achtete, wie er angezogen war, so unscheinbar und funktional eingerichtet war. Die zwei Landkarten waren so gut wie die einzigen Farbtupfer im Raum. Bendix fiel auf, dass die eine eher eine Straßen- und Städtekarte war, die andere eher einer historischen Karte ähnelte. Als er genau hinblickte, erkannte er, dass in ihr mit feinen schwarzen Strichen die Grundrisse der Weingüter der Champagne und das komplette Keller- und Tunnelsystem in den Dörfern und Städten der Montagne de Reims, des Marne-Tals, der Côte des Blancs und der südlichen Côte des Bar verzeichnet waren – über Hunderte von Kilometern. Allein in Épernay befand sich eine weitverzweigte Anlage von Weinkellern und Gängen, die die ganze Stadt untertunnelte. Er wusste von diesen unterirdischen Irrgärten, aber eine solch detaillierte Karte hatte er noch nie gesehen. Sie wirkte auf ihn mit ihren bunten, kryptischen Kritzeleien wie eine Spielart alter Schatz- und Seekarten, osmanischer Seekarten wie die berühmte des Admiral Piri Reis, die er noch nie richtig verstanden hatte. Wie hatte man damals mit solchen ungenauen Karten den Weg finden können?

Er räusperte sich. »Sie sind also Tunnelexperte?«

Kommissar Krug zog die rechte Backe zu einem etwas mühsamen Lächeln hoch und nickte jovial. »Als Ermittler muss man alle Wege kennen.«

Erst jetzt sah Bendix auch den lindgrünen kleinen Kühlschrank, auf dem eine Auswahl an Aperol, Bourbon, Campari, Gin, Pastis und Pernod stand. Dazu gesellten sich einige Tonic-Fläschchen, Säfte und unterschiedliche Gläser. Er bekam automatisch Durst.

»Dann zeigen Sie mir mal das Buch«, sagte der Kommissar.

Ohne weitere Umschweife holte Bendix das kleine Tagebuch von Jean Schyler aus der Tasche und legte es auf den Tisch. Der Kommissar nahm es und schlug es auf.

»Ich habe Ihnen die wichtigste Stelle mit einer kleinen Haftnotiz gekennzeichnet«, erklärte Bendix. Er konnte es kaum abwarten, was der Kommissar zu Jeans Tagebucheintragungen sagen würde.

Kommissar Krug schlug die markierte Seite auf und las laut: »Champagne, 21. Oktober 1942, 17.30 Uhr. Als ich in Damery ankam, sah ich auf der Straße vor dem Weingut der Armands zwei Tote auf dem Boden liegen. Die Gendarmerie hatte sie mit weißen Tüchern abgedeckt. Hinterher erfuhr ich, dass es Jules und Bruno Kahnweiler waren. Ich ging an ihnen vorbei zu Henris Haus. Sein Vater lag unten im Weinkeller. Ich werde diesen Anblick nie vergessen. Es sah so furchtbar aus, ich musste mich übergeben. Henri war unglaublich tapfer. Er sagte mir, was ich tun sollte. Wir trugen seinen Vater die Stufen hinauf. Er war schwer, und die Treppe war steil. Henri wollte ihn in die Cabane, in ihre kleine Hütte mitten im Weinberg, bringen. Wir schleppten ihn durch den Hintereingang nach draußen, hievten ihn in ein Lastenfahrrad und radelten, so schnell wir konnten, die Hügel hinauf zur Hütte. Dort versteckten wir ihn. Als wir zurückkamen, räumten wir alles auf, reinigten den Keller und die Treppe von Blutspuren und vernichteten die falschen Flaschenetiketten. Danach ging ich nach Hause. Zwei Tage später entschied Henris Mutter Jeanne, allen zu erzählen, dass ihr Mann, Josef-Jacob, überraschend an einem Herzinfarkt gestorben war. Sie beerdigten ihn in aller Stille. Seine Mörder kamen davon. Es waren Victor Stauder, Leo Reschenhauer und Gernot Servault.«

Der Kommissar hielt inne. Er hatte die Zeilen ohne jede Regung gelesen. Jetzt setzte er den Blick derjenigen auf, die in ihren Überlegungen schon zwei Schritte weiter waren.

»Es ist ein Skandal, dass dieser Fall in der Öffentlichkeit nie bekannt wurde. Finden Sie nicht?« Bendix war aufgebracht. Die Franzosen hatten zwar schon nach der Landung der alliierten Truppen 1944 begonnen, Kollaborateuren und deutschen Besatzern den Garaus zu machen, mit wilden Säuberungen und Lynchjustiz. Vor allem die Mitglieder der Résistance nahmen Vergeltung. Nach dem Krieg gewann die französische Justiz wieder allmählich die Oberhand über die Prozesse und setzte Wahrheitsfindungskommissionen ein.

Viele wurden der Kollaboration beschuldigt, einige zu lebenslanger Zwangsarbeit verurteilt, andere zum Tode. Aber es gab auch Freisprüche. Und die meisten Verfahren wurden abgeschmettert. Wer reich war, kaufte sich seine Anwälte, bestach Zeugen, reinigte sich so von seiner Schuld – und führte sein Leben ungestört fort.

Der Kommissar blätterte noch einmal in dem Büchlein, nach vorn und wieder zurück, und schlug es schließlich zu. »Nachdem Sie mich angerufen hatten, habe ich in alte Akten aus den vierziger und fünfziger Jahren geschaut. Auch diese Tat war bekannt.« Er zog die Augenbrauen hoch. »Auch Stauder, Reschenhauer und Servault wurden angeklagt. Doch man konnte ihnen nichts wirklich beweisen. Sie wurden wegen Kollaboration nur zu befristeter Zwangsarbeit verurteilt. Schon nach zwei Jahren kamen sie frei.« Der Kommissar klang aufgeräumt.

Bendix klappte seinen Mund wieder zu. »Der Mord an Josef-Jacob Armand steht also immer noch im Raum?«

»Sicher, aber ein Tagebucheintrag ist kein Beweis. Zumal jetzt auch noch alle Beschuldigten tot sind.«

»Es wäre doch möglich«, sagte Bendix, »dass jemand anders nun den Richter gespielt hat. Einer, der diese Ungerechtigkeit nicht ertragen konnte.«

Bendix dachte an den merkwürdigen Satz, den angeblich sein Bruder gesagt hatte: »Die Gerechtigkeit Gottes kann nicht ewig schlafen.« Was hatte André wohl damals gemeint? Oder besser gesagt, was hatte Eitan, der den Satz André in den Mund gelegt hatte, gemeint? Schließlich war er es, der gefordert hatte, dass alle diese »Schweine« sterben sollten.

»Warum konnten die drei Männer so unbehelligt weiterleben?«, fragte Bendix den Kommissar. »Es hätte doch schon viel früher zu so einer Racheaktion kommen können.«

»Die französischen Behörden spielten in der Zeit der deutschen Besatzung schon auch eine größere Rolle«, erklärte Kommissar Krug. »Auch sie waren an der Verfolgung von Juden, politisch Andersdenkenden, Homosexuellen oder Sinti und

Roma beteiligt. Und nach dem Krieg gab es viele offene Fragen. Doch niemand der Offiziellen hatte großes Interesse daran, alte Geschichten aufzuwärmen.« Der Kommissar drehte sich auf seinem Stuhl zur Minibar. »Möchten Sie einen Bourbon?« Ohne eine Antwort abzuwarten, schüttete er beiden ein Glas ein, holte aus dem Kühlfach des Kühlschranks die Eiswürfel, steckte in jedes Glas zwei und reichte Bendix seinen bernsteinfarbenen Drink.

Bendix nahm dankend an. Seine Gedanken waren bei Charline. Was wusste sie? Was verschwieg sie ihm und warum? Er nippte an seinem Glas. Er mochte den rauchig-torfigen Geschmack von Bourbon eigentlich nicht. Aber er brauchte jetzt irgendetwas, um seine Gedanken zu ordnen. Er führte das Glas an die Lippen und leerte es, ohne es abzusetzen. Dann lehnte er sich zurück und erklärte:

»Sollte das Verbrechen an Josef-Jacob Armand die Ursache für die heutigen Morde sein, dann wäre es doch naheliegend, dass der Täter nicht irgendein durch die Lande ziehender Psychopath ist, der ehemalige SS-Leute und ihre Angehörigen umbringt. Wir suchen doch wohl eher einen, der ein ganz normales Leben führt. Hier irgendwo unter uns, ein Nachbar, ein Freund, ein Familienmitglied der Armands. DNA-Spuren sind bisher nicht zuzuordnen. Aber dass es verknüpfende Elemente zwischen den drei Morden gibt, ist offensichtlich. Jetzt müssten wir also herausbekommen, wer ein solches detailliertes Wissen von der Ermordung von Josef-Jacob hatte. Dann wären wir einem möglichen Täter schon sehr viel näher.«

Der Kommissar sagte nichts, füllte Bendix gleich das Glas neu und steckte sich eine Zigarette an. Von Ermittlungsdruck war bei ihm nichts zu spüren. Die Medien hatten sich nun schon einige Zeit mit der Mordserie befasst und immer tollkühnere Thesen aufgeworfen. Von einem Racheengel war die Rede, der sich im Namen der Résistance wichtigmachen wollte. Alte Widerständler hatten sich bereits zu Wort gemeldet, sich von den Taten des gesuchten Killers distanziert, sie sogar verurteilt, denn beim Widerstand sei es nie um blutige Rache gegangen, sondern um die Erringung von Freiheit und Gerechtigkeit.

Kommissar Krug fing schließlich an, so breit zu grinsen, dass seine weißen Zähne zum Vorschein kamen. »Sie hätten Ermittler werden sollen.«

Bendix nahm das Kompliment mit einem leichten Nicken entgegen. »Ich lerne von den Besten.«

Kommissar Krug nahm noch einen Zug und drückte die Zigarette aus. »Wir haben die Familienmitglieder Armand alle schon befragt. Momentan gibt es da aber keine heiße Spur.«

»Und was ist mit Benoit?«, fragte Bendix unzufrieden. Er mochte Charlines Bruder. Aber vieles sprach aus seiner Sicht gegen ihn. »Er ist kräftig genug, um eine Person über einen Balkon in die Tiefe zu schmeißen, er kann mit dem Säbel umgehen, und er versteht etwas von Gift.«

»Sie verdächtigen ihn, ohne Beweise zu haben.«

»Sich für den grausamen Mord an seinem Großvater zu rächen ist ein guter Grund. Ich würde es wahrscheinlich auch tun.«

Der Kommissar schwenkte wieder sein Glas und nahm einen kräftigen Schluck. »Wer sagt denn, dass es sich nur um einen Mörder handelt?«

»Sie! Sie haben gesagt, dass Sie an allen Tatorten dieselben DNA-Spuren gefunden haben.«

»Aber auch noch andere. Und wir können sie bisher noch nicht wirklich zuordnen.« Kommissar Krug lächelte amüsiert. »Die Gruppe der möglichen Täter ist größer, als Sie denken. Viele ehemalige Mitglieder der Résistance waren sehr wütend auf Stauder, Reschenhauer und Servault. Sie hatten viele Feinde. Und haben sie heute noch.«

»Sie meinen, der Mortier ist immer noch zugange?«

»Das ist schwer zu sagen. Aber es ist möglich, dass unser Tintenfisch-Mörder aus seinem Umkreis stammt, ihn vielleicht persönlich gut kannte.«

Bendix überlegte, was den Mortier und den jetzt gesuchten Täter, den Tintenfisch-Mörder – wie Kommissar Krug ihn nannte –, miteinander verband. Natürlich die gebrochenen Finger, es hatte nie geklärt werden können, welche Bedeutung sie hatten. Für eine persönliche Unterschrift des Täters waren sie nicht auffällig genug. Sie richteten sich vermutlich als Akt der Folter gegen die Opfer selbst und galten nur ihnen und nicht den Ermittlern. Alle vier Männer wurden mit einem Neun-Millimeter-Kaliber erschossen. Der Mortier musste ein guter Schütze gewesen sein, dachte Bendix. Ein einziger Treffer genügte, ein Schuss, sauber und unspektakulär. Ganz im Gegensatz zum Tintenfisch-Mörder, der anscheinend den großen Auftritt und das Theatralische liebte. Dieser Tintenfisch-Mörder versuchte erst gar nicht, sich zu verstecken, sondern legte für alle sichtbar Spuren aus. Oder besser gesagt Symbole, die seine Opfer in gewisser Weise entlarven sollten. Es glich einer Inszenierung, war aber auch eine Verhöhnung.

Bendix erinnerte diese Art der Erniedrigung an den Umgang mit Tausenden von Frauen nach der Befreiung Frankreichs von den deutschen Besatzern. Allen Französinnen, denen nachgesagt wurde, ein Verhältnis mit dem Feind gehabt zu haben, und die damit dem Vorwurf der sogenannten horizontalen Kollaboration ausgesetzt waren, wurde der Kopf kahl geschoren und ein Hakenkreuz auf die Stirn gemalt. Dann trieb man sie unter dem Gejohle des Mobs halb nackt oder auch ganz nackt durch die Straßen.

Seine Mutter hatte ihm von dieser Rachejustiz nach dem Zweiten Weltkrieg in Frankreich erzählt. Die Frauen wurden bespuckt und verhöhnt. Die große Euphorie über das Glück der Befreiung war der Grund für diese Erniedrigungen gewesen, hatte seine Mutter damals gemeint. Bendix konnte sich genau an ihre Sätze erinnern, denn seine Mutter hatte ein sehr merkwürdiges Gesicht gemacht, als sie ihm die Geschichte erzählte. Er hatte es damals nicht deuten können – und erst später verstanden, dass sich seine Mutter für den schmachvollen Umgang mit den angeklagten Frauen schämte. »Ja«, sagte er schließlich zu Kommissar Krug, »vielleicht kannten die beiden sich. Und der eine scheint das Werk des anderen auf eine bestimmte Weise zu vollenden.«

»Alles ist möglich«, sagte der Kommissar und leerte sein Glas.

Die Gelassenheit des Kommissars irritierte Bendix nun noch stärker. Immerhin lief ein Mörder frei herum, der ganz offensichtlich einen festen Plan und möglicherweise noch weitere Opfer im Visier hatte.

»Was haben Sie nun vor?«, fragte er. »Wollen Sie warten, bis der Nächste stirbt?«

Kommissar Krug strich sich sanft über die roten Nadelstreifen seines Anzugs und entdeckte einen Fussel. Mit spitzen Fingern schnippte er ihn vom Sakko in den Papierkorb unter dem Schreibtisch. »Täter machen immer Fehler. Und unser Täter ist dafür besonders geeignet. Er fühlt sich als ein Held, der das Richtige tut. Und er möchte dafür gefeiert werden. Ich bin überzeugt, er wird sich früher oder später selbst entlarven. Denn er wird es nicht abwarten können, von seinen Heldentaten zu erzählen.«

Bendix wollte nicht weiter ausharren, bis ihnen der Mörder den nächsten Toten servierte, über den er dann wieder in aller Öffentlichkeit die Trauerrede halten würde. »Was machen wir jetzt?«

»Nur die Ruhe«, ächzte der Kommissar, streckte sich, dehnte den Nacken nach links und rechts, dass er knackte, und beugte sich schließlich nach vorn. »Die Lösung liegt manchmal am Wegesrand.« Er tippte mit der rechten Hand auf das Tagebuch, das vor ihm auf dem Schreibtisch lag. »Ich werde mir mal den Unfall der Kahnweiler-Brüder genauer ansehen. Vielleicht finde ich da etwas in den alten Akten, das uns weiterhelfen könnte.«

Bevor Bendix nach Hause fuhr, machte er noch einen Abstecher zum Nordfriedhof von Reims. Er suchte ihn oft auf, wenn er seine Gedanken ordnen wollte und musste. Wegen seines Berufes waren ihm Friedhöfe zwar mittlerweile so selbstverständlich geworden wie anderen ihr Großraumbüro in einem börsennotierten Konzern. Aber eben nicht so seelenlos. Für ihn waren Friedhöfe nicht Orte des Todes, sondern der Lebendigkeit, Inseln der Magie, die den Blick für das Wesentliche frei machten, das Leben. Er kannte kaum einen anderen Ort, der ihm so viel Kraft und Sicherheit gab, an dem er für sich sein konnte und wo ihm nie langweilig war. Denn die Grabsteine erzählten Tausende von Geschichten. Im Cimetière du Nord überkam ihn vor allem das Gefühl, Mitglied einer großen Gemeinschaft zu sein, der Heimat. Hier lagen eben nicht nur die Toten der ruhmreichen Champagnerdynastien, sondern alle großen Persönlichkeiten der Stadt Reims, Industrielle, Gelehrte, Wissenschaftler, Magistraten und Militärs. Und André.

Bendix parkte das Auto vor dem Friedhof, ging an der Schranke vorbei gleich auf die kleine Sainte-Croix zu. Dann folgte er dem Weg, gesäumt von alten und runzligen Bäumen, nach rechts und weiter entlang teils zerfallener Grüften, aus denen das Unkraut groß wie Stehlampen schoss. Er verließ den vorgegebenen Gehweg, nahm eine Abkürzung links über das ausgedörrte Gras und schlängelte sich zwischen mooszerfressenen Steinplatten und einigen sich katafalkartig auftürmenden Gräbern vorbei, deren Morbidität immer noch von einstiger Schönheit zeugte und die mehr Geheimnis in sich zu tragen schienen als jedes noch so versiegelte Tagebuch. Das gelegentliche Zwitschern der Vögel und das dumpfe Gurren einer Ringeltaube von ferne störten die Stille nicht, sondern verstärkten die Ruhe, die Bendix empfand, umso mehr.

Er fühlte sich in diesem Moment so entspannt und gelöst, dass er das Knacken hinter sich sofort hörte. Er drehte sich um und sah noch, wie sich eine Person etwa hundert Meter hinter ihm mit einem Sprung hinter einem Baum versteckte. Er schaute eine Weile zu dieser Stelle, aber er konnte nicht erkennen, wer es war. Es schien jedenfalls ein Mann gewesen zu sein. Er blickte nach links und nach rechts, ob irgendjemand an irgendeiner anderen Stelle auftauchen würde. Doch alles blieb ruhig. Nur die Taube ließ aus der Ferne ihr hohles Gurren wieder ertönen. Etwas unsicher ging er weiter und versuchte, seine Ohren wie ein Kaninchen nach hinten zu drehen. Er konnte jedoch kein weiteres Geräusch, das ihm verdächtig vorgekommen wäre, wahrnehmen. Nur wenige Meter fehlten, dann hatte er Andrés Grab erreicht. Es war ein Familiengrab, in dem bereits sein Vater lag. Auf der im Boden eingelegten Steinplatte, die schmucklos war und gerade deswegen elegant wirkte, befand sich noch genug Platz für Bendix' Mutter und ihn selbst.

Er setzte sich auf die kleine Bank daneben, schaute sich ein weiteres Mal um, bevor er seinen Blick ganz auf das Grab versenkte. In den frühen Morgenstunden hatte er damals einen Anruf von der Polizei erhalten. Sein Bruder sei am Ufer der Marne tot aufgefunden worden. Bendix hatte sich immer wieder vorgestellt, wie André ins Wasser gefallen, mit der Strömung weitergeschwemmt und sein Körper gegen die Uferböschung geschrappt war. Möglicherweise hatte ihn der Fluss ein Stück mitgenommen, bis er irgendwann am Ufer festhing und ihn jemand herausgezogen hatte.

Bendix war damals sofort zu der Stelle am Fluss in der Nähe von Reuil gefahren, um André zu identifizieren. Er erinnerte sich gut, wie er ihn mit seinen verheulten Augen erst gar nicht erkennen konnte. Die Polizei hatte ihn später einige Male über Andrés Arbeit, Freunde und Ausgehgewohnheiten ausgefragt. Er hatte nicht viel gewusst und sich geärgert, wie wenig André ihn an seinem Leben hatte teilnehmen lassen. Er wusste nur von seinem terroristischen Hintergrund. Die Zeitungen hatten damals viel über Links-Gruppierungen berichtet – und auch über André. Bei einer Schießerei in einem Wald sollte er Schüsse auf zwei Polizisten abgefeuert haben, sodass ein Beamter ums Leben kam. Der Ablauf der Tat war damals unklar, zumal auch noch zwei Rentner gleich nach dem Schusswechsel die Patronenhülsen eingesammelt hatten. Und die Attentäter waren verschwunden. André wurde auch erst Wochen später nach einem Autodiebstahl festgenommen und als möglicher Todesschütze vor Gericht geführt. Bei seiner Vernehmung machte er jedoch glaubhaft, dass er nie am Tatort gewesen war. Da die Schützen Oberlippenbärte trugen, André aber immer schon einen Vollbart, wurde er letztlich freigesprochen.

Bendix hatte seinem Bruder von Anfang an geglaubt. Das war selbstverständlich für ihn, schon aus Loyalität. Doch er merkte allmählich, dass der Heldenglanz seines Bruders, der sich in ihm aufgebaut hatte, heute nicht mehr ganz so hell leuchtete wie zu Anfang. Vor ein paar Tagen hatte er seine Mutter in Urville angerufen und ihr von seinem Traum erzählt, von einer Freundin, die André gehabt haben sollte. Seine Mutter konnte sich tatsächlich an eine junge Frau erinnern, von der André ihr einmal erzählt hatte. Aber sie hatte sie nie kennengelernt. Auch nicht bei der Beerdigung. Und nicht danach.

»Noch mal gehen Sie aber nicht so über die Gräber, hé?«, blaffte ihn eine dunkle Männerstimme an. Es war der Friedhofsgärtner, den Bendix vom Sehen kannte. Er hatte die Schubkarre vor sich abgestellt und stand mit den Händen in der Hüfte provokant vor ihm.

Bendix erhob sich leicht von seiner Bank, nuschelte ein »Oh, pardon« und setzte sich wieder. Dann grinste er den Friedhofswärter an. »Das war erste Mal«, log er.

»Das sagen sie alle«, schimpfte ihn der Mann an. »Was meinen Sie, warum wir hier Wege haben, hé? Für Bobbycars? Für E-Scooter? Erst gestern war einer hier, hat da auf der Bank gesessen und das Gleiche behauptet. Sie machen mir die Anlage kaputt.«

Bendix musste sich das Lachen verkneifen, denn angesichts der kleinen Ruinenstadt, in der sie sich hier befanden, war der Ausdruck »kaputt« wohl ziemlich deplatziert. Doch er wurde auch schnell wieder ernst. Denn er überlegte, wer auf dieser Bank gesessen haben konnte.

»Wer war denn gestern hier?«, fragte er. Doch er merkte sofort, dass er zu neugierig klang. »Das ist bestimmt mein Cousin gewesen, der hier gestern saß, stimmt's? So ein Typ mit einer Glatze.«

»Nein«, murrte der Friedhofsgärtner. »Der hatte keine Glatze. Schon die zwei Augenbrauen, die der hatte, sahen aus wie ein Schnurrbart.«

Bendix überlegte, wer das sein konnte. »Augenbrauen wie ein Schnurrbart?«, wiederholte er laut.

»Ja«, antwortete der Mann ihm ungeduldig. »Und die Augen waren komisch, irgendwie unterschiedlich groß.«

Der Einzige, den Bendix kannte und der in etwa so aussah, war Eitan. »Sehen Sie hier öfter Leute am Grab sitzen«, fragte Bendix. »Wissen Sie – das hier unten ist mein Bruder, und deswegen interessiert mich das.«

Der Mann zögerte. Er hatte schon seine Schubkarre gefasst. Da sagte er: »Manchmal kommt auch eine Frau.«

»Ah, wahrscheinlich unsere Mutter.«

Der Mann grinste ihn frech an. »Da haben Sie aber eine junge Mutter.« Dann nahm er endgültig die beiden Griffe seiner Schubkarre in die Hände. »Passen Sie gut auf sich auf«, sagte er noch und schob mit der Karre davon.

Bendix schaute ihm wortlos nach. Seine Mutter fuhr nie ohne ihn zu Andrés Grab. Die Strecke von Urville nach Reims war für sie zu weit, meistens übernachtete sie vorher bei ihm in Épernay. Wer war dann diese Frau, von der der Friedhofsgärtner gesprochen hatte? Bendix stand auf und folgte dem Weg wieder zurück zum Ausgang. Er stellte sich vor, dass er durch Zufall dieser Unbekannten begegnen würde. Er war sich sicher, sie würde ihm helfen können. Er kickte mit dem linken Fuß ein paar kleine Steine vom Gehweg, als er einige Meter vor sich einen Mann mit schnellen Schritten auf sich zukommen sah. Bendix konnte ihn nicht erkennen, da die Sonne blendete. Der Mann stürmte los, als ob er ihn schlagen wollte. Da sah er, dass es Benoit war. Er hatte Jeans und eine Kapuzenjacke an.

»Ah, da bist du ja«, sagte Benoit so laut, dass Bendix zurück-zuckte. Er hatte eine Zigarre in der Hand und blies Rauch-schwaden in die Luft. »Ich habe dich gesucht.«

»Wieso?«, fragte Bendix. Er traute ihm nicht. Wieso hatten er und Charline ihm nicht die Wahrheit über ihren Großvater gesagt? Warum durfte er es nicht wissen? Eines war jeden-falls klar, er würde Benoit nicht auf den Vorfall ansprechen. Er würde Charline zur Rede stellen.

»Ich hatte dich schon gesehen, als du mit deinem Auto vor dem Friedhof geparkt hast«, sagte Benoit.

»Und da bist du mir gefolgt?«

»Unter anderem. Ich besuche hier nämlich meinen Vater.«

»Warst du dann derjenige, der sich vorhin hinter dem Baum vor mir versteckt hat?«

Benoit schaute ihn mit großen Augen an. »Nein, ich war die ganze Zeit an unserem Grab. Und du? Was machst du hier?«

»Ich habe meinen Bruder besucht. Der liegt dort.« Er zeigte auf den Weg hinter sich. Benoit nickte nur kurz. »Es geht mir einfach nicht aus dem Kopf, wie er wirklich zu Tode ge-kommen ist, verstehst du? Es fällt mir schwer, mit der Ver-gangenheit abzuschließen. Zumal ich jetzt auch noch glaube, dass André damals eine Freundin hatte. Die könnte vielleicht helfen.«

Benoit schaute ihn lange an. Dann bewegte er unmerklich die Lippen, als ob er nach den richtigen Worten suchen würde. Schließlich fragte er: »Du weißt nicht, wer es sein könnte?«

»Nein. Wie sollte ich? André hat mir nichts von ihr erzählt.«

»Ich meinte eigentlich, wer ihn umgebracht haben könnte.«

»Was für eine Frage! Dann wäre ich doch schon längst bei der Staatsanwaltschaft!«

Benoit setzte ein tonloses Pfeifen an. Dann kräuselte er die Stirn. »Was ist mit Reschenhauer?«

»Der ist tot!«

Benoit zuckte mit den Achseln. »Vielleicht Morel?«

Bendix machte ein nicht zu definierendes Geräusch zwischen Räuspern und Grummeln. »Phantasien habe ich viele. Aber leider gibt es nicht den Ansatz eines Beweises.«

Sie gingen schweigend zum Grab der Armands. Bendix schaute sofort zu der Stelle, an der ihn Morel niedergeschlagen hatte. Er fasste sich unwillkürlich an seine Stirn. Jemand wie Morel, der nicht lange fackelte, wenn es um Schläge ging, war sicher auch zu mehr in der Lage, dachte Bendix.

Da tippte ihn Benoit von der Seite an und bat ihn, sein Mobiltelefon für einen Moment festzuhalten. Benoit wollte einen Kranz Blumen, der von der Grabplatte gerutscht war, zurechtlegen. Bendix nahm das Handy und blickte auf den Grabstein mit dem frisch eingemeißelten Namen von Henri. Darüber las er den Namen Josef-Jacob Armand und die Lebensdaten: 1. Juni 1897 bis 21. Oktober 1942. Bendix stutzte. Beim ersten Mal hatte er dem Todestag keine wirkliche Beachtung geschenkt. Doch jetzt fiel ihm auf, dass der Großvater am gleichen Tag wie die Kahnweiler-Brüder gestorben war.

»21. Oktober«, rief Bendix so laut, als ob er die richtige Antwort in einem Quiz erraten hätte. »An dem Tag starben auch Jules und Bruno Kahnweiler.« Er konnte es nicht fassen. »Benoit, wusstest du das?«

Benoit stand mit dem Rücken zu ihm, halb über den Blumenkranz gebeugt, und antwortete etwas Unverständliches.

Als Bendix nachfragte, brüllte Benoit schließlich: »Keine Ahnung!«

Bendix zuckte kurz auf. Eine so laute Reaktion hatte er nicht erwartet. Er überlegte, Madame Kahnweiler anzurufen. Oder Kommissar Krug. Da vibrierte Benoits Handy in seiner Hand. Benoit war zu beschäftigt, um es wahrzunehmen. Bendix schaute reflexartig auf die Kurznachricht, die aufleuchtete. Es war eine Nachricht von einem unbekannten Absender. Dort stand: »Morel will nicht verhandeln.« Bendix schluckte. Es musste um die Grundstücke gehen, die Reschenhauer den Armands in Notzeiten abgekauft hatte.

»So, jetzt sieht es gut aus«, meinte Benoit zufrieden. Er stand wieder neben Bendix und rieb sich die Hände sauber. »Was für ein schöner Tag, nicht wahr!«, rief er nun etwas zu gut gelaunt und wollte Bendix einen freundschaftlichen Knuff geben.

Doch Bendix wich zurück. »Für dich vielleicht«, antwortete er. Dann entschuldigte er sich, dass er gehen müsse, murmelte ein paar Abschiedsworte und verließ den Friedhof.

## Champagne, 21. Oktober 1942, 16.30 Uhr

Als Victor, Leo und Gernot das Weingut der Armands in Damery verlassen hatten, kamen ihnen nach wenigen Metern zwei Männer entgegen. Es war dunkel, doch sie konnten die Gewehre, die die beiden in den Händen hielten, gut erkennen. Sie gingen langsam aufeinander zu. Und sie sahen, dass die beiden Männer noch sehr jung waren.

»Wer seid ihr?«, rief einer der beiden ihnen zu. Sie entsicherten ihre Gewehre und gingen in Position.

Leo blieb stehen und hielt beschwichtigend die Hände in die Höhe. »Es ist alles gut. Wir sind Franzosen. Wir wollen nur nach Hause gehen.«

Die jungen Männer glaubten ihnen nicht. »Wir kennen euch nicht.« Sie sahen, dass das Tor zum Weingut noch offen stand. »Was habt ihr bei den Armands gemacht?«

Leo gab Victor unauffällig ein Zeichen. Victor verstand. Er führte seine Hand langsam zu seinem Rücken.

»Wir haben niemanden besucht«, antwortete Leo. Er konnte ihre Angst riechen. »Wir gehen nur nach Hause.«

Sekunden vergingen. Die Männer schauten sich gebannt an.

»Wo wohnt ihr?«, rief der junge Mann misstrauisch.

»Hinter den Hügeln«, sagte Leo. Er schaute kurz zu Victor hinüber.

»Und wie wollt ihr da ohne Auto hinkommen? Zu Fuß?«

»Nein«, sagte Leo. »Wir werden abgeholt. Schaut dahinten! Da kommt schon unser Auto. Seht ihr die Scheinwerfer?«

Da drehten sich die beiden jungen Männer um.

Es war nur ein kurzer Moment. Und es war ein Fehler. Sie waren jung und unerfahren.

»Los, Victor«, rief Leo in diesem Augenblick. »Schieß!«

## 24

Zur Mittagszeit war im Table Kobus besonders viel los. Bendix hatte für sich und Charline einen der hinteren Tische reserviert, um in Ruhe mit ihr sprechen zu können. Sie hatten Grand-Cru-Schnecken bestellt. Sie stammten von der Schneckenfarm bei Bouzy, zwanzig Kilometer westlich von Épernay, gleich an der Landstraße, die durch die Felder zum Château de Louvois, einer ehemaligen Burg aus dem 13. Jahrhundert, führte. In der kleinen, bescheidenen Boutique L'Escargot des Grands Crus, die am Fußweg zur Farm lag, konnte man fast das ganze Jahr über Schneckenprodukte kaufen.

Bendix pikste etwas lustlos in seinem Essen herum. Er interpretierte es als ein Zeichen fehlenden Vertrauens, dass Charline ihm die Hintergründe des Todes ihres Großvaters verschwiegen hatte.

»Ich verstehe, du bist enttäuscht«, sagte sie. »Aber ich dachte nicht, dass dich die Geschichte etwas angeht.« Sie versuchte seine Hand zu fassen.

Er zog sie zurück, vermied jede verbale Reaktion, griff nach seiner Gabel und schob sich die Blätterteigschnecke in den Mund.

»Unser Vater hat wenig mit uns über die Vergangenheit gesprochen. Er sagte, die Vergangenheit ist vergangen und ihr immer anzuhängen ist schlecht. Er wollte uns dadurch schützen.« Sie nahm ihre Besteckzange, hob mit ihr eines der Schneckengehäuse aus dem Pfännchen vor ihr hoch und zupfte mit der Gabel das Fleisch heraus.

»Euer Vater war Zeuge dieses Dramas. Ich kann mir nicht vorstellen, dass das spurlos an einem vorbeigeht«, erklärte Bendix aufgebracht.

Charline blieb gelassen. Es war nicht das erste Mal, dass sie darüber sprach, warum ihr Vater diese traumatische Situation so gut wegstecken konnte. »Erstens hatten die drei doch eine Strafe bekommen –«

»Eine lächerliche Strafe –«, unterbrach sie Bendix.

»Und zweitens setzte mein Vater stets auf Versöhnung. Er sagte, Vieh stirbt, Freunde sterben, und irgendwann stirbt man selbst. Was hilft da die Rache? Das Einzige, was einem hilft, ist Versöhnung.« Sie suchte Augenkontakt.

Bendix starrte auf seinen Teller und schob mit der Gabel die Schnecken hin und her, als ob er etwas suchte.

»Das sehen heute aber nicht alle so«, sagte er schließlich und schaute sie skeptisch an. »Sonst wären die drei Familien nicht mittlerweile komplett ausgelöscht. Und zwar durch Mord.«

So ein Vorgang musste eine Familie doch traumatisieren. Bendix konnte sich nichts anderes vorstellen. Wäre sein Großvater auf diese Weise umgekommen, wäre er jedenfalls auch als Enkel noch zornig gewesen. Es bedeutete großen Mut, sich dem Widerstand anzuschließen. Während Marschall Pétain, der damals berühmteste Soldat und Sieger von Verdun, sich im Juni 1940 Hitler ergab und damit nicht nur zwei Millionen französische Soldaten in Kriegsgefangenschaft schickte, sondern dem Land auch eine vierjährige deutsche Besatzung bescherte, kämpfte die Résistance von Anfang an für das, was ihr am meisten am Herzen lag und was das größte Gut von allen war – die Freiheit!

Bendix beobachtete Charline gespannt, wie sie in aller Ruhe ein zottliges kleines Fleischstück auf ihren Löffel schob, die heiße Kräuterbutter aus dem Schneckengehäuse träufelte und den Löffel in den Mund schob. »Letztlich war euer Großvater doch ein Held. Er ist für Frankreich gestorben. Zumindest das sollte man doch anerkennen.«

»Nein«, sagte Charline. Ihre Stimme klang klar und unbeirrbar. »Er ist vor allem für uns gestorben. Für seine Familie. Er ist unser Held. Das macht uns stolz. Aber für dieses Gefühl brauchen wir keine Öffentlichkeit.« Der Garçon räumte die

Schnecken ab und servierte kurz darauf beiden eine Tranche Steinbutt mit fermentiertem Spargel und gelb schimmerndem Maränenkaviar.

»Bon appétit«, sagte Charline. Sie schien sich ihrer Sache sehr sicher zu sein.

Bendix quälte ein Lächeln herbei. Natürlich galt es, die Privatsphäre der Familie Armand zu respektieren. Doch immerhin lagen jetzt drei Morde vor, die ihren Ausgangspunkt aller Wahrscheinlichkeit nach bei ihrem Großvater genommen hatten. »Er hat für die Résistance gearbeitet. Das ist doch keine private Angelegenheit mehr. Solche Geschichten werden heute öffentlich gemacht.«

Charline neigte freundlich ihren Kopf. Auf eine gewisse Weise schien sie seine Beharrlichkeit zu amüsieren. »Mein Großvater war ein bescheidener Mann. Er stammte aus Deutschland und kam erst in den zwanziger Jahren in die Champagne. Er wollte ein neues Leben beginnen, kaufte also diesen alten Hof in Damery und begann zu arbeiten. Er war fleißig und wollte vor allem Winzer sein. Und das war es. Er wollte höchstens dadurch auffallen, dass er gute Weine machte.«

»Aber ...«, Bendix ließ nicht ab, »wenn er doch nicht auffallen wollte, wieso hat er dann beim Widerstand mitgemacht? Es wäre doch viel unauffälliger gewesen, nicht mitzumachen. Er war ja noch nicht einmal Franzose.«

Charline lachte leise. Es hörte sich fast wie ein Kichern an. Sie beugte sich mit den Ellenbogen auf dem Tisch nach vorn, legte die Hände übereinander, stützte ihr Kinn darauf und schaute Bendix ein wenig keck, aber auch wohlwollend an. Dann lehnte sie sich langsam wieder zurück. »Es ging nicht um Patriotismus. Es ging ihm darum, zu helfen und vor allem seine Familie vor den Deutschen zu schützen. Denn auch mein Großvater war nicht das, was die Nazis ›arisch rein‹ nannten. Außerdem schien er für den Widerstand wie geboren. Er war intelligent, phantasievoll, pragmatisch und damit ein Meister im Nichtauffallen. Er konnte sich einfach sehr lange perfekt tarnen. Deswegen nannten sie ihn auch den Tintenfisch.«

Als Bendix am frühen Abend an der Tür vor seiner Wohnung stand, hörte er schon von drinnen Stimmen. Er öffnete und sah Madame Lacomblet, die sich lebhaft mit einer Frau, die mit dem Rücken zu ihm stand, unterhielt.

»Monsieur Bendix«, strahlte ihn Madame Lacomblet an. Auch die Frau drehte sich um, lief sofort auf ihn zu und umarmte ihn.

»Fabienne«, sagte er, »was machst du denn hier?«

Fabienne war nach Geraldines Beerdigung noch einige Tage in der Champagne geblieben. Sie hatte ihre Familie und Freunde besucht und wollte Bendix für seine Trauerrede noch einmal persönlich danken.

»Sie kommen genau zur richtigen Zeit, Monsieur Bendix«, freute sich Madame Lacomblet. »Ich bereite gerade Krabbentatar vor. Sie sollten es mit Madame Fabienne gemeinsam essen, d'accord?« Sie ging pfeifend in ihrem bunten Kleid, das sich etwas zu stramm um ihren fülligen Körper legte, in die Küche.

Bendix hatte nach dem Essen mit Charline zwar keinen Hunger mehr. Doch er ließ sich nichts anmerken. Weder wollte er Madame Lacomblet kränken, noch wollte er gegenüber Fabienne unhöflich sein. »Schön, dich zu sehen«, sagte er zu ihr. Sie setzten sich.

Noch bevor Fabienne ihm etwas antworten konnte, holte sie ein Taschentuch heraus und fing an zu weinen. »Sie war doch viel zu jung.« Sie schnaufte in das Tuch.

Bendix schaute sie betroffen an. Jetzt, da er Fabienne vor sich sah, erinnerte er sich sehr viel stärker an Geraldine. Er vermisste sie, und die Trauer über ihren Tod kam wieder in ihm hoch. Doch weinen konnte er nicht. Vielleicht hätte es ihm gutgetan, dachte er.

»Ich würde zu gerne wissen, wem sie an dem Tag ihres Todes

die Tür geöffnet hat«, sagte er schließlich. »Du hast wirklich keine Idee?«

»Nein«, erwiderte sie mit brüchiger Stimme. »Wenn ich doch nur eine Ahnung hätte! Du weißt ja gar nicht, wie lange mich die amerikanischen Ermittler verhört haben. Ich galt für sie zunächst als die Hauptverdächtige.«

»Und? Das bist du doch auch!« Sein Gesicht verriet, dass er es nicht ernst meinte.

Dennoch schaute Fabienne ihn empört an. »Natürlich nicht! Ich hatte Ferien. Ich war bei Freunden in Healdsburg oberhalb von San Francisco. Das ist weit weg. Wirklich, sehr weit weg. Und der Morgen nach dem schrecklichen Unglück war mein erster Arbeitstag –« Sie fing wieder an zu weinen.

Bendix überlegte. »Der Mörder wusste also, dass du freihattest und wann du zurückkommen würdest. Und er wollte, dass du die Flasche mit dem Gift findest.«

Fabienne schaute ihn schuldbewusst an. »Sprich doch bitte nicht über dieses scheußliche Detail.« Sie schniefte in ihr Taschentuch.

Madame Lacomblet kam herein und reichte ihnen das Krabbentatar. Sie hatte Avocado in winzige Würfel geschnitten, sie mit klein gehackten kernlosen Trauben, Limettensaft, Pfeffer und einem Klecks Crème fraîche vermengt und schließlich in eine ausgehöhlte Pampelmuse gefüllt. »Es wird Ihnen guttun«, sagte sie. »Mit leerem Bauch kann man nicht gut sprechen und nicht gut zuhören. Bon appétit!«

Fabienne schaute Madame Lacomblet dankbar hinterher. Als sie die ersten Löffel gegessen hatte, sagte sie: »Geraldine hat oft über dich gesprochen.« Bendix machte große Augen. Er freute sich darüber. »Sie sagte immer, du seist der Einzige, dem man vertrauen könnte.«

»Ich?«, rief Bendix . »Und was war mit Gernot?«

Fabienne seufzte. »Irgendwann hatte Geraldine herausgefunden, was er früher alles getrieben hat. Dieser ganze SS-Mist.«

Bendix wunderte sich, dass Geraldine mit ihm nie über Gernots Vergangenheit gesprochen hatte. War es ihr peinlich gewesen? Vielleicht wollte sie aber auch ihre Beziehung zu ihm nicht belasten. Oder das Ganze wog so schwer, dass sie nicht darüber sprechen konnte. »Warum ist Gernot eigentlich damals in die USA ausgewandert?«

»Das weißt du nicht?« Fabienne kratzte ihre Pampelmuse leer. »Es gab doch diesen Vorwurf, er hätte die Kahnweiler-Brüder umgebracht.«

Bendix fiel vor Schreck die Kinnlade herunter. Er hatte mit vielem gerechnet, Steuerhinterziehung, Überschuldung, Konkurs, Betrug, Zahlungsunfähigkeit, aber nicht mit Mord. »Also hör mal, Fabienne –«

Doch sie unterbrach ihn. »Hat er aber nicht«, murmelte sie mit vollem Mund.

»Wer war es denn dann?«, rief Bendix angespannt.

»Na, der Stauder natürlich.«

Bendix traute seine Ohren nicht. Wenn sie sich dessen so sicher war, wieso hatte Geraldine nicht mit Madame Kahnweiler darüber gesprochen? Die beiden kannten sich gut. Wieso hatte sie es als ihr Geheimnis bewahrt?

»Gibt es dafür noch weitere Zeugen?«

»Heute nicht mehr. Die drei Männer sind tot. Gernot hat es irgendwann einmal Geraldine erzählt. Und sie dann mir. Aber nur mir und sonst keinem. Sie sagte, wenn das herauskäme, wäre sie in Gefahr.« Sie zögerte. »Sie musste es wohl jemandem sagen. Es war für sie eine zu große Last.« Dann holte sie aus ihrer Tasche einen kleinen Gegenstand. Er war flach und rund und hing an einem kornblumenblauen Band. »Hast du das schon mal gesehen?«

Bendix erkannte die Medaille sofort. Es war die gleiche, wie er sie in der Fossiliensammlung auf Reschenhauers Weingut gesehen hatte. »Ja, woher hast du sie?«

»Sie gehörte Gernot. Er hatte in seinem Keller eine merkwürdige Sammlung von SS-Requisiten und -Gemälden. Eine richtige Gruselkammer. An dem Tag, als ich Madame Geraldine tot vorfand, war sie völlig verwüstet.«

»Du meinst, jemand hat sie mit Absicht verwüstet? Möglicherweise der Mörder? Was könnte er gesucht haben?«

Fabienne zuckte unentschlossen mit den Achseln. »Bevor ich nach Frankreich flog, hatte mich Morel angerufen und gebeten, ihm diese Medaille mitzubringen. Er sagte mir, er hätte schon zwei, und die dritte würde seine Sammlung komplettieren. Ich fand sie schließlich in einer Schublade in Madame Geraldines Schreibtisch. Das Ding ist so scheußlich – ich bin froh, wenn es weg ist.«

»Morel?«, fragte Bendix. »Was will der denn damit?«

»Ach, Bendix, das ist doch nur Plunder. Außerdem gehört ihm doch sowieso jetzt alles.«

»Wie? Was gehört ihm jetzt?«

»Na, alles«, erwiderte Fabienne. »Das Haus, das Inventar, die Weinberge – alles eben.«

»Was?«, rief Bendix laut aus. »Wieso ihm?«

»Das war von Anfang an klar. Die Stauders und die Reschenhauers hatten eine Vereinbarung. Sollte es so weit kommen, dass ein Clan ganz ausstarb, würde automatisch alles der anderen Familie zufallen. Das war sogar testamentarisch geregelt.«

Bendix stutzte. »Ja, aber warum erbt ausgerechnet Morel? Der war doch nur so etwas wie Reschenhauers Hausmeister oder Leibwächter.«

Fabienne musste laut loslachen »Leibwächter? Wie kommst du denn darauf? Obwohl das mit dem Leib …« Sie zögerte und lachte wieder. »Jedenfalls ist René Morel Reschenhauers Lebenspartner gewesen. Sie hatten seit vielen Jahren eine Beziehung.«

Als Fabienne gegangen war, fiel Bendix auf, dass Eitans Wohnungstür offen stand. Das kam so gut wie nie vor. Es konnte höchstens sein, dass Eitan zu den Mülltonnen hinuntergegangen war. Bendix wartete einen Moment. Als nichts geschah, ging er zur Tür und rief nach ihm. Niemand antwortete. Er überlegte, ob er einfach die Tür von außen schließen sollte. Doch irgendetwas kam ihm verdächtig vor. War eingebrochen worden? Vorsichtig trat er ein. Er lief durch den kleinen Flur in die Küche und dann ins Schlafzimmer. Es war unaufgeräumt, die Decke lag zerknüllt über dem großen Bett. Die Vorhänge waren noch zugezogen, auf dem Boden verstreut befanden sich Hemden und Hosen neben abgewetzten Lederpantoffeln.

Auf dem Nachttisch neben der Messinglampe fielen ihm zwei Bücher auf. Sie lagen aufgeschlagen mit dem Buchrücken zur Zimmerdecke. Das eine hatte den Titel »Rendezvous mit einem Tintenfisch«. Es war von einer amerikanischen Naturforscherin und handelte vom Seelenleben der Kraken. Auf dem anderen stand »Vampyroteuthis infernalis«. Bendix nahm es in die Hand. Es war eine Abhandlung über die Eigenheiten des Vampirtintenfischs. Bendix blätterte weiter. Die Ränder der Seiten waren mit Bleistift bekritzelt. Die meisten Bemerkungen konnte er nicht entziffern. Aber ein Satz im Text war mit einem farbigen Stift markiert. »Die höher entwickelten Arten leben im Abgrund. Sie paralysieren ihre Feinde mittels ihrer Giftdrüse. Sie halten sie mit den Saugorganen ihrer Arme fest und zerknacken sie mit ihren gewaltigen Kiefern.«

Bendix überlegte. Es klang für ihn wie eine Anleitung zu einem Verbrechen. Warum interessierte sich Eitan für Tintenfische?

Plötzlich hörte er hinter sich ein Geräusch, ein Rascheln. Er hielt den Atem an. Das Geräusch kam aus dem Bad. Es mussten die Tauben sein. Vorsichtig legte er das Buch zurück und bewegte sich langsam auf die Tür zu. Das Rascheln wurde immer lauter. Er machte die Tür einen Spalt breit auf. Die Tauben waren unruhig. Nervös liefen sie hin und her. Bendix konnte nicht erkennen, was ihre Unruhe ausgelöst hatte. Dann sah er, dass die Futtertröge leer waren. Wie lange war Eitan wohl schon weg?

Die Vögel schienen hungrig zu sein. Er öffnete die Gittertür, schlüpfte hindurch und füllte die Näpfe mit Körnern und
Wasser. Die Tauben fingen sofort zu picken an. Es klackerte
unaufhörlich. Nur eine Taube schien unzufrieden. Es war
Eitans Lieblingstaube, Pascal Doquet, der große Tauberich
mit dem bläulich grün schimmernden Hals. Er plusterte sich
immer wieder auf. Erst allmählich begriff Bendix, dass sich
Pascal anscheinend mit einer anderen Taube balgte. Sie trug
etwas auf ihrem Rücken. Es war ein Gefäß, höchstens so groß
wie eine Parfumprobe.

»Taubenpost«, rief Bendix so laut, dass es im Badezimmer
schallte. Er lachte.

Er erinnerte sich an Eitans Bemerkung: das sicherste Kommunikationsmittel, vor allem in Kriegszeiten. Er griff nach der
Taube, zögerte nicht, den kleinen Behälter von ihrem Rücken
zu lösen, und zog einen Zettel heraus. Eine kurze Botschaft war
dort handschriftlich notiert: »Grüße aus der Mühle von V.«.
Bendix kannte die alte Mühle von vielen Ausflügen, die er als
Kind dorthin gemacht hatte. Sie war eines der Wahrzeichen des
Dorfes Verzenay auf dem Nordhang der Montagne de Reims,
keine halbe Autostunde von Épernay entfernt. Dort schien es
also einen Taubenschlag zu geben. Nur wer war der Absender
dieser Botschaft?

Er steckte das Zettelchen wieder in den Behälter, schlüpfte
durch das Gittergehege und schloss die kleine Tür. Da fiel sein
Blick auf die Ablage unter dem Badezimmerspiegel. Neben
dem Rasierschaum und einigen Shampoo- und Kosmetikfläsch-
chen fielen ihm zwei kleine Ampullen auf. Auf den weißen Etiketten prangte in großen schwarzen Lettern »Danger«. Bendix
nahm eines der beiden schmalen Glasgefäße in die Hand und
las unter dem Etikett klein gedruckt das Wort »Tetrodotoxin«.

## 25

Kommissar Krug saß auf einer der grünen Bänke im Parc de la Patte d'Oie unter den großen Kastanien, nur wenige Meter vom Kommissariat entfernt. Er betrachtete den kleinen Pavillon, den Kiosque à Musique, der mit seinen roten, schmiedeeisernen Verzierungen und Stützpfeilern hell im Sonnenlicht leuchtete. Hier trafen sich die Reimser schon vor über hundert Jahren, um sich bei Konzerten zu amüsieren. Heute war der Pavillon leer. Doch es war genug Leben im Park. Junge Leute mit Elektrotretrollern sausten an Kommissar Krug vorbei, Mütter schoben ihre Kinderwagen, Hundebesitzer führten ihren Vierbeiner an der Leine durch den Park, an dem Teich weiter hinten fütterten einige Kinder unerlaubterweise die heranschwimmenden Enten mit Brotkrumen. Kommissar Krug hatte Mittagspause.

Endlich kam Bendix von Weitem angelaufen. Er war fast pünktlich. Das Haar stand ihm wild vom Kopf ab, sein Hemdkragen war einen Knopf zu weit offen, er schien außer Atem. Sie begrüßten sich, und Bendix setzte sich neben ihn auf die Bank. Dankend nahm er den mittlerweile nur noch lauwarmen Kaffee, den der Kommissar ihm in einem Plastikbecher von der Polizeistation mitgebracht hatte, entgegen. Er trank und atmete tief durch.

Kommissar Krugs Augen ruhten prüfend auf Bendix. Schon am Telefon hatte er ihm von seinem Gespräch mit Fabienne erzählt. »Es ist immer noch eine Behauptung und kein Beweis.« Er hatte mittlerweile selbst Erkundigungen im Fall Kahnweiler eingezogen und Einträge in alten Akten gefunden. »Am 21. Oktober 1942 wurden tatsächlich zwei junge Männer auf der Straße von Damery erschossen aufgefunden. In der Akte steht, dass es damals auch einen Zeugen gegeben haben soll, ein Junge, zehn Jahre alt, der aus einem Fenster alles beobachtet hatte. Er hieß George Perrin. Doch seine Beschreibungen waren zu unpräzise, um die Täter identifizieren zu können.« Er hielt inne. »Ich schätze auch, er hat Angst gehabt.«

»Hat man ihn nach dem Ende der Besatzung noch einmal befragen können?«

»Die Behörden haben es versucht, aber der Junge scheint mit seiner Familie gleich nach Ende des Krieges weggezogen zu sein.« Wie fast in ganz Europa bestimmten in den Nachkriegsmonaten auch in Frankreich Existenzunsicherheit, Arbeitslosigkeit und soziale Not den Alltag. Viele Kinder litten an Wachstumsstörungen, und durch das Untergewicht waren sie anfällig für Krankheiten und Seuchen.

»Vielleicht lebt dieser Junge ja noch?«, fragte Bendix hoffnungsvoll. »Wie alt würde er heute sein? Irgendetwas zwischen achtzig und neunzig?«

Doch der Kommissar schaute nur mit einem gelangweilten Blick zurück.

Bendix fuhr sich mit beiden Händen durch die Haare und kratzte sich leicht massierend über die Kopfhaut. »Wenn Sie so problemlos in Archiven suchen dürfen, wäre es möglich, dass Sie mir doch noch einmal einen Gefallen tun?«

Kommissar Krugs Gesichtszüge fielen nun ganz nach unten.

»Es geht um meinen Bruder André. Er wurde 1992 tot aus der Marne geborgen. Bis heute ist nicht klar, was passiert ist. Die Polizei hat den Fall damals zwar aufgenommen. Aber nichts weiter unternommen. Vielleicht würde ein Blick in seine Akten helfen!«

Der Kommissar kniff die Augen zusammen. »Was erhoffen Sie sich denn davon?«

»Er soll ertrunken sein. Das glaube ich aber nicht. Vielleicht lässt sich in den Akten irgendein Anhaltspunkt finden, der mir weiterhelfen könnte.«

»Und was glauben Sie, was passiert ist?«

»Er wurde umgebracht. Ich weiß nicht warum und nicht von wem. Ich weiß nur, dass der alte Reschenhauer dabei irgendeine

Rolle gespielt hat. Möglicherweise hat er einen Auftragskiller bestellt.«

»Einen Auftragskiller? Wie kommen Sie darauf?«

»Ich weiß es nicht. Auf jeden Fall war es ein Profi. Sonst hätte man doch schon damals Verdacht geschöpft. Angeblich gab es so gut wie keine Spuren.« Eine gewisse Verzweiflung stand Bendix ins Gesicht geschrieben.

Kommissar Krug holte eine Zigarette heraus und steckte sie sich in aller Ruhe an. Er nahm zwei, drei kräftige Züge und überlegte. »Im besten Fall finden wir ein wenig DNS-Material. Das Problem ist halt nur, dass damals die Spuren mit anderen Untersuchungsmethoden gewonnen wurden als heute. Die Abgleiche heute sind schwierig. Und oft wenig aussagekräftig. Aber …«, er nahm wieder einen Zug, »um den Fall neu aufzurollen, bräuchten wir neue Hinweise, Verdächtige …« Er machte eine gleichgültige Bewegung.

Bendix schaute ihn enttäuscht an. »Es würde mir dennoch viel bedeuten, wenn Sie einmal nachschauen könnten, verstehen Sie? Vielleicht wurde damals ein Hinweis übersehen.«

Kommissar Krug drückte die noch nicht aufgerauchte Zigarette wieder aus und nahm einen letzten Schluck Café noir, der mittlerweile kalt war. Dann nickte er. »Also gut, einverstanden. Ich schaue mal nach. Aber Sie müssen mir auch einen Gefallen tun.«

Bendix riss die Augen auf. *Donnant, donnant* – eine Hand wäscht die andere, dachte er. »Bei Ihnen gibt's wohl auch nichts umsonst, oder?«

Der Kommissar lächelte. Dann erzählte er ihm das, was Bendix längst wusste – dass es eine testamentarische Regelung gab, die vorsah, dass sich die Familien Stauder, Reschenhauer und Servault gegenseitig zu ihren Erben gemacht hatten. »Doch das ist noch nicht alles. Als Symbol dieser erblichen Übertragung hatten die Familien vereinbart, im Fall der Fälle eine Medaille, die alle drei besaßen, in den Besitz der anderen übergehen zu lassen, eine Medaille aus ihrer SS-Zeit.«

Jetzt sprang Bendix auf. Die SS-Medaillen aus der Fossiliensammlung! Deswegen wollte Morel unbedingt die Medaille von Fabienne haben, die für ihn einen hohen symbolischen Wert haben musste.

»Morel!«, rief er. »Sie haben Morel in Verdacht!«

Der Kommissar schaute ihn ungerührt an. »Was meinen Sie mit Verdacht – dass er der Mörder ist oder das nächste Opfer?«

Bendix brummte der Kopf. Kommissar Krug hatte vermutlich recht. Warum sollte Morel seinen Lebenspartner ermordet haben? Er hätte doch ohnehin alles geerbt. Oder hatten sie unterschiedliche geschäftliche Vorstellungen? Hatte ihm Reschenhauer möglicherweise mit Enterbung gedroht? Und was würde noch geschehen, wenn Morel nicht der Täter war? Dann könnte er als letzter Verwandter des SS-Trios tatsächlich das nächste Opfer des Serienmörders werden.

»Monsieur le Commissaire, Sie baten mich, Ihnen einen Gefallen zu tun. Um was geht es?«

Der Kommissar richtete seinen Oberkörper auf und wendete sich ihm frontal zu. »Sie sind ja mittlerweile – wie soll ich sagen – sehr intim mit der Familie Armand, nicht wahr?« Er grinste und schlug Bendix seitlich mit einem hörbaren Klaps auf die Schulter. »Ich möchte, dass Sie sich mal mit Benoit Armand unterhalten. Wenn ich das mache, ist das viel zu offiziell. Bei Ihnen aber, so *en famille*, ist das sicher unauffälliger.«

Bendix nickte. »Sonst noch etwas?«

Kommissar Krug überlegte. »Nein«, sagte er und stand nun auch auf. »Nur vielleicht eine Sache noch – diesem Morel ist nicht unbedingt zu trauen. Vielleicht sollten Sie ihm nicht zu nah kommen, d'accord?«

Als Bendix nach Hause kam, setzte er sich gleich an seinen Laptop. Modefine schnurrte um seine Beine herum, doch er hatte jetzt keine Zeit. Er wollte mehr über George Perrin erfahren und googelte den Namen. Es gab zahllose Personen, die so hießen. Bendix suchte nach einem älteren Gesicht. Sollte der gesuchte Perrin noch leben, musste er weit über achtzig Jahre alt sein. Doch hinter den Suchmaschinen-Fotos verbargen sich entweder Remembering-Seiten von toten Amerikanern und kanadischen Geschäftsleuten oder Schwarz-Weiß-Fotografien von Personen, die Ende des 19. Jahrhunderts geboren wurden. Oder es waren Perrins, von denen keiner seine Kindheit im Frankreich der dreißiger Jahre verbracht hatte. Es war die Suche nach der Nadel im Heuhaufen.

Der einzige Eintrag über einen George Perrin, der wenigstens zwei seiner Suchkriterien entsprach, war ein Mann, den Bendix auf einer Liste des Abschlussjahrgangs der Juristen an der Sorbonne von 1961 gefunden hatte. Dieser George Perrin hatte als Geburtsdatum den 3. Mai 1932 und als Geburtsort Épernay. Ein enttäuschendes Ergebnis, dachte Bendix.

Schließlich holte er noch einmal die Briefe seines Großvaters Hugo an André aus dem Schreibtisch und begann sie durchzulesen. Es war ein dicker Stapel. Er blätterte Seite um Seite durch, überflog die Zeilen und fixierte sich ganz auf den Namen, den er suchte. Es dauerte fast dreißig Minuten, bis er die Papiere durchforstet hatte. Doch ein Hinweis auf einen George Perrin war nicht zu finden. Auch sämtliche Briefe, die André ihm geschickt hatte, holte er aus der Schublade, ein kleiner Schuhkarton voll. Er kannte sie gut und hatte wenig Hoffnung, auf etwas Neues zu stoßen. Doch dieses Mal achtete er auf das Datum. Und der einzige Brief, den er von André in seinem Todesjahr 1992 bekommen hatte, war eine Postkarte aus der Schweiz. Wenige Tage vor Andrés Tod hatte sie ihn erreicht.

Bendix ließ sie sacht durch die Hände gleiten und drehte sie hin und her. André liebte Zitate. Während sie für Bendix teure Dekoration fürs Toilettenpapier darstellten, konnten sie für seinen Bruder eine ganze Welt ausmachen. Aus Zürich, der Stadt der tausend Tresore, hatte er ihm Rousseau geschickt: »Der Reiche hält das Gesetz in seiner Geldbörse, und der Arme liebt das Brot mehr als die Freiheit.« Das Zitat war in dicker roter Handschrift geschrieben, mit dreifachem Ausrufezeichen versehen und einem kleinen nackten Arsch verziert. Bendix hatte die Karte damals für einen von Andrés kuriosen Witzen gehalten und nicht besonders ernst genommen. Heute war ihm klar, dass der Satz immer schon Gültigkeit hatte. Nur was hatte André damals in die Schweiz gezogen?

Er legte die Briefe zur Seite, hob den Kopf und stierte durch das Fenster auf die Rue Porte Lucas. Nach einiger Zeit gab er grunzende Geräusche von sich, schlug den Laptop zu, ging in die Küche, stellte Modefine eine Büchse Geflügelhäppchen in Gelee hin, die ihn aber, statt loszufressen, nur beleidigt anschaute, als ob sie eine Magnum-Dose Foie gras erwartet hätte, öffnete sich eine Büchse Bier, ging zurück ins Wohnzimmer und legte »Les Passants« von Zaz auf. Er liebte ihre freche Stimme und die Ungezwungenheit ihrer Nouvelle Chansons. Sie halfen ihm, in seine Leichtigkeit zurückzufinden.

Gerade hatte er sich einige Minuten in den Sessel gekauert, da hörte er im Flur laute Stimmen. Es war offensichtlich Eitan, der zurückgekommen war. Seitdem Bendix gestern Abend in seiner unverschlossenen Wohnung gewesen war, hatte er Eitan nicht gesehen und konnte ihm auch nicht von seinem halb freiwilligen Einbruch berichten. Jetzt fiel Bendix auch wieder das Gift im Badezimmer ein. Wozu brauchte Eitan Tetrodotoxin? Er kratzte sich unentschlossen am Nacken. Am besten war es, dachte er, Eitan gleich zu fragen.

Er leerte die Büchse Bier in einem Zug, schwang sich aus seinem Sessel und ging in den Flur. Niemand war zu sehen. Er stellte sich vor Eitans Wohnungstür und hörte nun von drinnen dieselben aufgeregten Stimmen. Bendix erkannte Eitans dunkles Timbre sofort, aber auch eine Frau war dabei. Die Stimme kam ihm bekannt vor. Er klopfte an die Tür. Für einen Moment war es still, als ob das ganze Haus nun mitlauschte.

Endlich hörte Bendix Schritte. Jemand kam zur Tür und öffnete. Es war Eitan.

»Ah, Bendix«, rief er. Er schien überrascht zu sein und bemühte sich zu lächeln. »So spät noch auf? Fehlt dir etwas? Eier, Champagner, Klopapier?« Er blieb im Türrahmen stehen, ohne ihn hereinzubitten.

»Nein, nein«, erwiderte Bendix. Eitan wirkte so distanziert, dass Bendix für einen Moment nicht mehr wusste, was er von ihm wollte. »Äh, nein. Bei mir ist alles in Ordnung. Ich hatte nur deine Tür gestern Nacht offen gesehen und mir Sorgen gemacht. Ich dachte, es sei etwas passiert.«

Eitan schaute ihn erstaunt an. »Ach, dann warst du in meiner Wohnung?«

Bendix nickte ein bisschen verlegen.

Eitan lachte. Es war ein erleichtertes Lachen. »Ich hatte mich schon gewundert, warum meine Tauben so ruhig waren. Du hast sie also gefüttert? Superbe! Merci beaucoup!«

»Ja, äh, gerne«, antwortete Bendix, »dann ist ja alles in Ordnung, oder?« Er war unschlüssig, was er tun sollte. Eitans Gift – was ging es ihn eigentlich an, dachte er. Soll doch jeder schlucken, was er will. Er war müde von allem und wollte wieder gehen.

»Warte«, sagte Eitan und machte die Tür einen Spalt weiter auf, sodass Bendix bis ins Wohnzimmer hineinsehen konnte. Auf dem Sofa saß mit angewinkelten Beinen eine junge Dame. Sie trug eine schwarze Leggings und darüber einen schwarzen Männerpullover, dessen Ärmel so lang waren, dass man ihre Hände kaum sehen konnte, und kaute Kaugummi. Es war Maude. »Wir haben uns vor ein paar Tagen kennengelernt«, sagte Eitan fast entschuldigend.

Bendix blieb der Mund leicht offen stehen. Das hätte er weder ihm noch Maude zugetraut. Sie hätte seine Tochter sein können. Na ja, dachte Bendix, was spielt das Alter schon für eine Rolle. Lieber alt als tot. Er hustete, um wieder zu Stimme zu kommen.

»Ah, salut, Maude.« Er winkte und grinste ihr etwas unbeholfen zu.

Maude schaute nur kurz auf, krächzte ein »Salut« herüber

und blätterte weiter in dem Magazin, das sie neben sich liegen hatte.

»Ah«, sagte Bendix, »sie liest wohl gerade in deinen Tintenfischbüchern?«

Eitan schob den Kopf nach vorn und glotzte ihn fragend an.

»Ich meine, diese Bücher, die du hast. Über den Tintenfisch.«

»Ach, die!«, rief Eitan. »Das ist für meine Recherche. Ich will mir ein Tattoo stechen lassen. Ich dachte, hier.« Er zeigte auf den linken Oberarm und die Schulter. »Über Trizeps und Bizeps. Da kann er sich mit seinen Saugnäpfen gut bewegen.« Dann lachte er glucksend. Sein Adamsapfel trat heraus und hüpfte bei jedem Glucksen leicht mit.

Bendix hatte Eitan schon oft lachen hören. Das war nicht sein eigenes Lachen. Es klang fremd, als ob ein anderer es verloren und Eitan es aufgelesen hätte. Bendix war irritiert. Ungläubig starrte er auf Eitans Arm. »Warum ausgerechnet der linke?«, fragte er endlich.

»Warum nicht? Es gefällt mir halt.« Eitan strahlte.

»Ah bon«, sagte Bendix. »Und dieses Tetrodotoxin ist sicher dafür da, um die Schmerzen nach der Tätowierung zu lindern, oder?«

Aus Eitans Gesicht wich schlagartig die Begeisterung. »Du hast dich bei deinem Besuch ja gut umgesehen«, sagte er. Sein Körper nahm Spannung an.

Die Haltung erinnerte Bendix an Modefine, wenn sie auf Verteidigungskurs ging. »Wozu brauchst du denn Tetrodotoxin?«

»Gelenkschmerzen«, antwortete Eitan etwas gereizt. »Ich habe oft Gelenkschmerzen. Das ist für mich ein gutes Opioid.«

Bendix wusste nicht, ob er ihm das abnehmen sollte. Seit wann hatte Eitan Schmerzen in den Gelenken? Der Gedanke, dass auch Eitan mit ihm ein Spielchen spielte, ging ihm nicht aus dem Kopf. Nur war er jetzt tatsächlich zu müde, um genauer darüber nachzudenken. »Okay, ich glaube, ich gehe jetzt ins Bett.«

Sie verabschiedeten sich mit einem kurzen Nicken. Doch noch bevor Eitan die Wohnungstür geschlossen hatte, rief Bendix ihm noch einmal zu: »Übrigens, wusstest du, dass Reschenhauer einen Lebenspartner hatte?«

Die Tür ging langsam wieder auf. Eitan schob seinen Kopf heraus und schaute ihn verwundert an.

Bendix zögerte, als er seinen erstaunten Gesichtsausdruck sah. »Monsieur Morel«, sagte er schließlich.

Eitan schwieg. Dann nickte er langsam. »Bendix, pass gut auf dich auf.« Er wünschte ihm eine gute Nacht und schloss die Tür.

Als Bendix in seiner Wohnung war, konnte er doch nicht wie erhofft schlafen. Er setzte sich wieder in seinen Sessel, öffnete eine neue Büchse Bier und grübelte, warum er auf sich aufpassen sollte. Allmählich überkam ihn der paranoide Gedanke, dass nicht Morel, sondern er das nächste Opfer war. Er bekam Angst. Er schüttelte sich, als ob er diese Gedanken wie ein lästiges Insekt loswerden wollte. Haut les cœurs, dachte er. Kopf hoch! Außerdem war es sinnlos, sich nachts mit Problemen zu beschäftigen, die man am folgenden Tag schon deswegen nicht lösen konnte, weil man zu müde war, und er schlief ein.

## 26

Kaum war die Beerdigung von Jean Schyler am späten Vormittag vorbei, eilte Bendix zu seinem Renault und ließ den Motor an. Bart konnte gerade noch einsteigen, da drückte Bendix auch schon aufs Gas. Der Motor röhrte kurz auf, und sie sausten den Boulevard Léon Blum am Westfriedhof von Châlons-en-Champagne hinab Richtung Marne. Der Boulevard glich eher einer unauffälligen Seitenstraße. Für einen eindrucksvollen Mann wie Léon Blum, den Schriftsteller, Sozialisten und Juden, der aus Pflichtgefühl gleich mehrmals den Posten des Premierministers von Frankreich übernommen hatte, war das nicht unbedingt repräsentativ, dachte Bendix. Alle hatten sie schönere Straßen und Plätze, überall in Frankreich, Hugo, de Gaulle, Jaurès und natürlich Jean Moulin, der Widerstandskämpfer. Na ja, dachte Bendix, tant pis! Sei's drum! Sein Traum jedenfalls war es nicht, als Straßenname zu enden, und er fuhr mit hohem Tempo weiter durch die Stadt. Er hatte Bart gebeten, ihm beim Transport einiger Bambuspflanzen, die sie in einer Gärtnerei in Ay abholen sollten, zu helfen, um sie dann zu einem Supermarkt nach Tours-sur-Marne zu bringen.

Bendix fädelte sich in den Verkehr ein und fuhr etwa vierzig Minuten auf der Schnellstraße, der er auf dem Hinweg gefolgt war, zurück in Richtung Épernay und dem gleißenden Blau entgegen, das sich am Himmel über die sanft daliegenden Felder und Weinberge verteilte. Einhändig versuchte er, sich von seiner Krawatte zu befreien. Als er sie endlich entknotet hatte, hielt er sie Bart vor die Nase und warf sie lässig auf die Rückbank. Dann zog er sich umständlich das Jackett aus. Bart machte keine Anstalten, ihm zu helfen, sondern amüsierte sich über Bendix' Verrenkungen.

»Merci«, hauchte Bendix ironisch, als er es allein geschafft hatte, und warf die Jacke auf die Rückbank. Er fluchte leise über das »dämliche Riesengras«, das seine Kunden als Dekoration und Sichtschutz für ihre Gemüseabteilung bestellt hatten. Manchmal waren die schweren Pflanzen bis zu zwei Meter lang, und Bendix konnte sie in seinem Renault überhaupt nur mit offener Heckklappe transportieren, was ihn bereits mehrmals zu einem Stopp durch die Polizei gezwungen hatte.

Während der Beerdigung hatte sich Bendix gefragt, warum der alte Jean nie über die Todesnacht, in der Josef-Jacob Armand umgebracht worden war, gesprochen hatte. Entweder war das Erlebnis so traumatisch gewesen, dass er nicht darüber sprechen konnte, oder er hatte für Henri Armand geschwiegen. Nur wie stand es um Charline? Wie um Lara und Benoit? Was war, wenn sie oder einer von ihnen das Trauma ihres Vaters übernommen hatte?

»Gift ist überall«, sagte Bendix unversehens.

Bart war zu beschäftigt, um zu reagieren. Er hatte sich nun ebenfalls Krawatte und Jackett ausgezogen und sich die Ärmel seines weißen Hemdes hochgekrempelt.

»Es lauert stets da, wo man es nicht erwartet«, erklärte Bendix weiter. Beiläufig schaute er in seinen Rückspiegel und sah einen schwarzen Mercedes neueren Baujahrs, der dicht an ihn heranfuhr.

Bart kratzte sich am Hals. »Jean Schyler ist nicht vergiftet worden. Er war einfach alt.«

Bendix schaute nun abwechselnd auf die Straße vor ihm und in den Rückspiegel. »Zum Beispiel Tomaten«, sagte er. »Wir essen sie jeden Tag. Aber sie enthalten giftiges Solanin. Und wenn du mal eine Tomate zu viel erwischst – schwupp …« Er drückte aufs Gas und überholte den Lastwagen vor ihm. Der Mercedes folgte ihm. Bendix sah, wie er sich gerade noch hinter seinem Renault einfädeln konnte, sonst hätte er ein entgegenkommendes Fahrzeug mindestens touchiert.

»Oder Apfelkerne«, fuhr Bendix fort. »Sie enthalten Amygdalin. Das wandelt der Körper in Blausäure um.« Er fixierte den Rückspiegel. »Und wenn du dann – sagen wir mal – viertausend Apfelkerne aufbeißt und isst, dann ist's auch vorbei.«

Er drosselte nun mit Absicht die Geschwindigkeit, um zu prüfen, wie der Mercedes hinter ihm reagieren würde. Der Verfolger machte keine Anstalten, ihn zu überholen. Die Sonne stand so ungünstig, dass er den Fahrer nicht erkennen konnte.

»Was redest du?«, fragte Bart. »Wie soll man denn viertausend Apfelkerne essen? Da müsste ich ja mindestens, äh, also mindestens hundertfünfzig bis zweihundert Äpfel verzehren!«

Bendix' Blick wanderte immer wieder in den Rückspiegel. »Siehst du den Wagen hinter uns? Der verfolgt uns schon die ganze Zeit.«

Bart drehte sich um. »Na und? Das ist die Landstraße nach Épernay, eine Hauptschlagader. Da bleibt man oft dicht an dicht.«

Bendix kräuselte die Stirn. »Oder Bananen … die Pestizide, also die Anti-Schimmel-Mittel, damit die Bananen die lange Reise über, die sie machen müssen, frisch bleiben, sogenannte Fungizide, die kleben an den Händen, und wenn du die dann ableckst –«

»Pass auf!«, schrie Bart plötzlich und hielt sich am Gurt fest. Dann wurden sie unter gewaltigem Quietschen kurz nach vorn geschleudert und wieder nach hinten gedrückt. Bendix konnte gerade noch rechtzeitig bremsen, bevor er einem Lastwagen aufgefahren wäre. Sie standen nun fast still. »Was ist denn mit dir los, Mann!«, schnauzte Bart ihn an.

Bendix hielt das Lenkrad mit beiden Händen verkrampft fest. Schweiß stand ihm auf der Stirn. Er atmete schwer.

»André war ein hervorragender Schwimmer«, sagte er schließlich. »Er ist nicht ertrunken. Man hatte ihm schon vorher etwas angetan. Er wurde betäubt oder vergiftet.« Langsam gab er wieder Gas.

Sie schwiegen. Der Mercedes hinter ihnen war verschwunden.

Dann bogen sie rechts ab nach Mareuil-sur-Ay. Schließlich

wies ein Schild den Weg ins Zentrum von Ay. In der Gärtnerei holten sie vier Bambuspflanzen, die tatsächlich so groß waren, dass Bendix sie nur mit offener Heckklappe transportieren konnte. Sie fuhren zum Supermarkt, ein Carrefour, luden die Ware aus und trugen sie in die Gemüseabteilung. Bendix dirigierte Bart mit den schweren Pflanzen von links nach rechts, bis sie endlich standen, wie er es haben wollte.

Als sie fertig waren, sagte er zu Bart: »Ich muss Benoit Armand besuchen. Kommissar Krug hatte mich darum gebeten. Ich kann es aber nicht allein. Ich bräuchte deine Unterstützung. Es ist sicherer, wenn du mitkommst.«

Kommissar Krug saß an seinem Schreibtisch im Büro. Vor ihm lag der schmale Aktenordner beschriftet mit den Buchstaben »A. Kaldevin«. Das Fenster stand einen Spaltbreit offen. Die Vögel zwitscherten von der Straße und dem Parc de la Patte d'Oie herüber. Behutsam blätterte er in den wenigen Seiten. André war am Morgen des 23. August 1992 tot am Ufer der Marne bei Reuil aufgefunden worden. Bekleidung, Schuhe und Schmuck, die er trug, waren akribisch vermerkt. Der gerichtsmedizinische Obduktionsbericht war kurz, und ihm war kein Hinweis auf Fremdeinwirkung zu entnehmen. Nur eines war merkwürdig. Der Obduktionsbericht war nicht wie sonst üblich von den ausführenden Ärzten unterschrieben worden. Kommissar Krug war irritiert. Die Unterschriften fehlten.

Er steckte sich eine Zigarette an, ging zum Fenster, öffnete es ganz, setzte sich zurück an seinen Platz und durchsuchte die Papiere noch einmal genau. Die medizinische Untersuchung war von einem Staatsanwalt namens George Seroll in Auftrag gegeben worden. Der Kommissar hatte noch nie von ihm gehört. Der Fall lag weit vor seiner Zeit.

Kommissar Krug schaute im Internet nach. Im aktuellen Register des Reimser Gerichtshofs konnte er keine Person mit diesem Namen finden. Der einzige Seroll, den es in der Region gab, war ein Mann in Ambonnay. Er notierte sich die Adresse und rief Bendix an.

Hinter Fontaine-sur-Ay fuhr Bendix die kleine Landstraße
Richtung Château de Louvois und dann bei Mutry rechts
nach Ambonnay. Nach zehn Minuten sah er das Schild, das
zum Anwesen von George Seroll zeigte. Bendix hatte sich
für den späten Nachmittag bei dem Anwalt angekündigt.
Das Grundstück umgab eine kleine Mauer aus beigefarbenem, etwas angegrautem Stein, die leicht zu überwinden war.
Das große Gittertor öffnete nach dem Klingeln automatisch,
und Bendix fuhr einen etwa fünfzig Meter langen kopfstein-
gepflasterten Weg bis zum Haus. Es war ein kleines, aber
elegantes Château-ähnliches Gebäude, ockerfarben, aus dem
17. Jahrhundert, mit zwei kleinen Säulen vor dem Eingang.
Über dem Wohntrakt im Erdgeschoss und im ersten Stock
wölbte sich ein relativ hohes Dach mit kleinen weißen Bogen-
fenstern und zwei Erkern. Bendix parkte, warf mit Schwung
die Tür seines Autos zu, klackte bei jedem Schritt mit seinen
Lederabsätzen auf dem Pflaster, stürmte auf die Haustür zu
und klingelte.

Lange tat sich nichts, erst nach einer Weile öffnete ihm ein
alter Mann mit fahlem Gesicht, kräftigen grauen Augenbrauen
und einem wässrigen Blick die Tür. Seine Ohren standen etwas
ab, und er besaß noch genügend Haare, um mit einer geschickten Frisur über den eigentlichen Mangel hinwegtäuschen zu
können. Er trug einen grün gemusterten Kamelhaarmorgen-
rock und beigefarbene Pantoffeln. Der Mann nickte Bendix
nur kurz zu und ließ ihn herein.

Erst als er im Foyer stand, das für das kleine Haus viel zu
groß wirkte, fiel Bendix auf, wie klein und kahl der Mann vor
ihm war, ein buckliges Männchen, ein karierter Zwerg. Er
reichte Bendix die Hand und schüttelte sie, als ob er einen
etwas rostigen Pumpenschwengel auf und nieder bewegen

wollte. Ohne weitere Worte forderte er ihn schließlich mit einem leicht royalen Winken auf, ihm in den Wohnsalon zu folgen. Es war ein gemütlicher Raum, der nichts von der manchmal unnahbaren Noblesse eines Hauses aus dem 17. Jahrhundert besaß. Es war eher ein kleines sympathisches Durcheinander von modernen Designerstühlen aus Holz, einem Glastisch mit Stahlbeinen, einem Samtsofa vor blauen Samtvorhängen, kleinen antiken Anrichten, beladen mit Keramiktellern und Porzellanfiguren, und jeder Menge kleiner Kunstwerke, die an der Wand hingen, an der vor allem die laute Comtoise-Uhr auffiel, deren Pendel bis kurz über den Boden reichte.

Seroll wies Bendix an, auf dem Sofa Platz zu nehmen. Auf dem Tisch standen eine Kanne Tee auf einem Stövchen und Reimser Biscuits in einem kleinen Silberschälchen.

»Sind Sie allein?«, fragte Bendix.

»Meine Frau ist gerade in Reims«, antwortete Seroll. »Sie kommt heute Abend wieder.«

Bendix schaute auf die großen naturalistischen Ölporträts eines Mannes und einer Frau, die recht opulent an der Wand hinter Seroll hingen. Sie mussten in den fünfziger oder sechziger Jahren entstanden sein, denn die beiden Porträtierten sahen modern aus und trugen die für die Zeit typische Kleidung. Vielleicht waren es die Eltern seiner Frau, dachte Bendix. Seinem Gastgeber jedenfalls ähnelten sie überhaupt nicht.

Seroll goss beiden eine Tasse Tee ein.

»Es ist nett, dass Sie sich so schnell Zeit für mich genommen haben.« Bendix nickte dem Anwalt freundlich zu.

»Sie haben ein Recht zu wissen, was damals passiert ist«, sagte Seroll und schlürfte mit den dünnen Lippen den offensichtlich immer noch heißen Tee aus seiner Tasse. »Was wollen Sie wissen?«, fragte er schließlich.

»Als mein Bruder starb, war ich zwar erst zwanzig, aber bei vollem Bewusstsein. Dass man ihn obduziert hat, hat man uns nie gesagt. Und uns nie gefragt.«

»Eine behördlich angeordnete Untersuchung braucht Ihre Zustimmung auch nicht.«

»Aber warum hat man ihn denn obduziert?«

»Soweit ich mich erinnern kann, ging man damals auch der Vermutung nach, dass es sich um einen nicht natürlichen Tod handeln könnte.«

»Davon gehe ich heute noch aus. Aber laut Obduktionsbericht gab es keine Fremdeinwirkung.«

Seroll schaute ihn mit dem Selbstverständnis eines Mannes an, der wusste, dass es in bestimmten Situationen keiner weiteren Erklärung bedurfte und das Thema im Grunde nun beendet war. Doch Bendix war nicht gekommen, um Kekse in warmem Tee zu ertränken. »Ist es denn normal, dass die obduzierenden Ärzte ihren Bericht nicht unterschreiben?«

»Er muss unterschrieben sein.«

»Aber er war nicht unterschrieben.«

»Das kann nicht sein.«

»Doch. Fragen Sie Kommissar Krug.« Bendix war angespannt. Er rutschte nun auf dem Sofa nach vorn. »Kann es sein, dass der Bericht gefälscht ist?«

»Das kann ich Ihnen so nicht sagen. Vergessen Sie nicht, das ist über fünfundzwanzig Jahre her. Aber eigentlich ist das unmöglich.«

»Kann es sein, dass jemand versucht hat, etwas zu vertuschen? Vielleicht hat jemand seine Beziehungen spielen lassen, um den Fall unterm Deckel zu halten.«

»Warum sollte das jemand getan haben?«

»Na ja, Sie wissen vielleicht von der Vergangenheit meines Bruders. Er war eine kurze Zeit lang im linksradikalen Milieu. Vielleicht waren damals einige Anwälte froh, ihn los zu sein.«

Der Alte schaute ihn nun scharf an. »Wollen Sie mir etwas vorwerfen?«

Bendix' angespannte Körperhaltung ließ für einen Moment nach. »Nein«, sagte er lächelnd, »nicht Ihnen, aber vielleicht Ihren Kollegen.«

Seroll stellte seine Tasse Tee, die er die ganze Zeit in der Hand gehalten hatte, ab. »Wissen Sie, ich kannte Ihren Bruder.«

Bendix sah ihn ungläubig an. »Woher?«

»Er hat mich einmal besucht, ein wirklich intelligenter und aufgeweckter junger Mann. Vielleicht ein bisschen zu aufgeweckt.«

»Was wollte er von Ihnen?«

»Ich glaube, es war Ende 1991. Er hat mich hier besucht und saß da, wo Sie jetzt sitzen. Er sagte mir damals, er sei Journalist und an einer Geschichte dran. Es ging um Steuerbetrug – oder sagen wir mal Steuervermeidungslösungen. Zwischen beidem sind die Grenzen oft fließend und sicher nicht breiter als eine Gefängnismauer. Er hatte damals eine Familie aus Brouillet im Verdacht –«

»Reschenhauer?«, unterbrach ihn Bendix.

»Ja«, antwortete Seroll und fixierte ihn mit zusammengekniffenen Augen. Dann verschränkte er langsam die Arme. »Jedenfalls fragte er mich, ob ich etwas damit zu tun hatte.«

Bendix war außerstande, eine Reaktion zu zeigen. Er schaute ihn mit großen Augen an und wartete, dass Monsieur Seroll weitersprach.

»Das ist ja nicht schwer, ein bisschen Geld zu verlagern. Man eröffnet für den Mandanten ein Konto in der Schweiz. Der Mandant bleibt anonym, und über eine Treuhandgesellschaft fließt dann Geld auf dieses Konto.« Seroll schlug zwei Mal die Hände zusammen, als ob er sich Dreck von den Fingern schlagen wollte.

»Und das haben Sie für Reschenhauer gemacht?«

»Um Gottes willen«, rief Seroll, »natürlich nicht.«

Das war es also, dachte Bendix. Der Reiche hat das Gesetz in seiner Geldbörse. Der alte Henri Armand hatte André beauftragt, Reschenhauers Finanzimperium zu durchleuchten. Er wollte ihn nicht für Mord hängen sehen, sondern ihn dort packen, wo er Reschenhauer am empfindlichsten treffen konnte – bei seiner Habgier. Henri Armand wollte ihn ruinieren. Bendix rieb sich über die Stirn. Er war aufgeregt, flatterig wie eine nervöse Motte. Er musste drei Mal langsam ausatmen.

»Aber wie kam mein Bruder dann darauf, ausgerechnet Sie zu fragen.«

Seroll zögerte. Er griff wieder zu seiner Tasse Tee und nahm noch einen Schluck. Etwas schien ihn zu bedrücken. »Er hat meinen Namen in einem anderen Zusammenhang mit dieser Familie Reschenhauer gefunden.«

Bendix sagte nichts, sondern wartete.

»Ich war noch ein Junge, als die Deutschen unser Land besetzten. Die Zeit war hart, und wir hatten nicht viel Geld. Wir wohnten damals in Damery. Mein Zimmer lag im zweiten Stock zur Straße, und so konnte ich immer alles beobachten. Eines Tages, es war später Nachmittag, sah ich, wie eine Gruppe von Männern unten vor unserem Haus in einen Streit geriet. Es sah bedrohlich aus. Ich konnte nicht verstehen, um was es ging. Plötzlich zog ein älterer Mann eine Waffe und schoss auf die zwei jüngeren. Sie fielen sofort um. Die anderen liefen davon. Ich war so geschockt, dass ich mich erst mal gar nicht rühren konnte. Dann erzählte ich es meinem Vater. Zwei Tage später gingen wir zur Polizei. Doch auf dem Weg dorthin bat er mich eindringlich, nicht genau zu sagen, wen ich da gesehen hätte. Sonst sei ich selbst und die ganze Familie in Gefahr. Erst Jahre später erfuhr ich, dass wir von Reschenhauer Schweigegeld bekommen hatten. Für mich war das ein Schock. In der Besatzungszeit wurde viel mit Bestechungen, getürkten Geständnissen und manipulierten Indizien gearbeitet. Doch heute ist das für mich keine Entschuldigung. Es war ein schreiendes Unrecht. Und meine Familie hat sich schuldig gemacht.«

Bendix schaute ihn entgeistert an. »Sind Sie also George Perrin?«

Seroll schien ihn nicht gehört zu haben. »Es nagt immer noch an mir. Und doch versuche ich mir zu sagen: Wer ist schon ohne Schuld? Alle haben sich damals schuldig gemacht.«

Bendix ließ nicht locker. »Sind Sie George Perrin?«

Der alte Mann schaute ihm fest in die Augen. Dann nickte er ihm auf eine Weise zu, die nur als ein Ja zu verstehen war, und sagte: »Mein Name ist Seroll, so wie der meiner Frau. Ich bin George Seroll. George Perrin ist schon lange tot.«

## 29

Bendix hatte Billiot noch nie ohne seinen weißen Kittel gesehen. Es war heute auch das erste Mal, dass er ihn privat traf. Mit seinem Hut über dem kahlen Schädel wirkte Billiot plötzlich viel jünger. Selbst der dicke Bauch war unter dem losen Hemd nicht zu erkennen. Sie saßen am Tresen des Parisien und tranken Espresso. Billiot tauchte eine fett mit Butter bestrichene schmale Tartine in seine Espressotasse und steckte sie anschließend genüsslich in den Mund. Kauend betrachtete er Bendix, der ungeduldig auf eine Antwort wartete. Da Billiot sich ganz genau an jeden Toten, der jemals durch seine Hände ging, erinnern konnte, wusste er genau, dass André nicht dabei gewesen war. Daher hatte Bendix ihn gebeten, seine Kontakte zur Rechtsmedizin in Reims spielen zu lassen. Billiots Bekanntenkreis bestand fast nur aus Menschen, die sich beruflich für Leichen interessierten. Diese Gruppe kannte sich gut und pflegte einen vertrauensvollen Austausch. Billiot hatte sich erst gesträubt, sein Netzwerk anzuzapfen. Doch Bendix hatte ihm die Dringlichkeit eindrücklich beschrieben, sodass sich Billiot doch an sein Telefon setzte. Schon nach wenigen Gesprächen hatte er den Mediziner, der André 1992 obduziert hatte, herausgefunden und anschließend gleich besucht.

Bendix schaute ihn immer noch gebannt an. Die Stille, in der nur das leichte Kauen seines Gegenübers zu hören war, quälte ihn.

Da wischte sich Billiot den Mund mit der Serviette ab und sagte: »Dr. Marsaud konnte sich nicht erklären, wie ein falscher Bericht in die Akten gelangt war.« Er schob Bendix mit dem Ellenbogen den gelben DIN-A4-Umschlag, der vor ihm auf dem Tresen lag, langsam zu. »Diskretion bitte«, murmelte er. Dann drehte er sich zur Wirtin und bestellte noch eine Tartine.

Gespannt öffnete Bendix den Umschlag. Gierig flog er mit

den Augen über die Zeilen. Bei der gerichtlich angeordneten Obduktion hatte man keine Anzeichen von äußerer Gewalt gefunden. Auch im Inneren, Gewebeschichten, Muskeln, Herz, Darm, Niere, Harnblase, gab es keine Deformierungen oder krankhaften Veränderungen. Selbst den Schädel hatte man geöffnet und auf Brüche oder Tumoren untersucht. Und dann kam ein Satz, bei dem Bendix stockte. Er las: »Charakteristische Erkennungszeichen, die beim Ertrinken bei vollem Bewusstsein normalerweise vorliegen, sind nicht vorhanden.« Es war vielmehr die Rede von einem »atypischen Ertrinken«.

»Was ist das?«, fragte Bendix Billiot. Er zeigte auf die Stelle im Text.

Billiot beugte sich über die Papiere. Es vergingen einige Sekunden. Dann erklärte er ruhig: »Wer normal ertrinkt, schnappt vorher immer wieder nach Luft. Wer atypisch ertrinkt, erstickt zügig unter der Wasseroberfläche.«

»Weil er vorher schon bewusstlos war?«, hakte Bendix nach.

Billiot konnte ein so unbewegliches Gesicht machen, wie es normalerweise nur Wachsfiguren möglich war.

Bendix wurde immer nervöser. Sein Herz schlug schneller. Er ahnte, dass hinter Billiots Schweigen etwas steckte, das ihm nicht gefallen würde. Langsam führte er seinen leicht zittrigen Zeigefinger zu der Stelle, die ihm gleich die entscheidende Antwort geben würde. »Chemisch-toxikologische Untersuchung«, las er. Er schaute noch einmal kurz auf Billiot, dann senkte er wieder den Kopf und begann laut zu lesen: »Lunge, Niere, Leber und Gehirn weisen eine hohe Konzentration von Chloroform auf.« Er starrte auf die Zeilen, las sie noch einmal und noch einmal. Dann blickte er sehr langsam wieder auf. Er wusste nicht, ob er schreien, weinen, fluchen oder lachen sollte. Dieser kleine Satz bestätigte alle seine Vermutungen. All die Jahre hatte er auf einen solchen Beweis gewartet. Endlich hatte er ihn. Endlich würde er den Fall neu aufrollen lassen können. »Man hat André mit Chloroform betäubt oder vergiftet und dann ins Wasser geworfen«, sagte er mit bebender Stimme.

Billiot zuckte mit den Achseln. »Das ist ein schlechter Tag für Sie«, sagte er und biss in seine zweite Tartine.

Billiots Nüchternheit war sicher keine böse Absicht, dachte Bendix. Es war einfach die Art, wie er das Leben betrachtete. Sterben und Tod waren für ihn so normal wie eine *ménage à trois* im Élysée-Palast oder ein Staatspräsident, der nachts auf dem Motorroller seine Geliebte besucht oder seine Lehrerin heiratet. Auf eine gewisse Weise bewunderte Bendix Billiot für seine Haltung. Vor allem, dass er überhaupt keine Angst vor dem Tod zu haben schien. »Monsieur Billiot«, platzte es aus ihm heraus, »darf ich Sie noch etwas fragen?«

Billiot kaute und nickte zugleich.

»Wenn Sie wüssten, dass Sie morgen sterben, was würden Sie sich dann wünschen?«

Billiot schaute ihn schräg von unten nach oben an und ließ schließlich seinen Blick unangenehm lang auf ihm ruhen.

Bendix fühlte sich ertappt. Spürte er seine Angst?

Billiot drehte den Kopf wieder den Resten seiner Tartine zu, musterte sie genüsslich und steckte sie schließlich in den Mund. Es dauerte eine Weile, bis er sagte: »Wenn ich sterbe, möchte ich tot sein.«

Über Bendix' Gesicht huschte ein kleines Lächeln. Der Meister der Leichenästhetik hatte recht, dachte er: Es war kein guter Tag für ihn. Bendix fühlte sich heute mehr als je zuvor vom Leben betrogen.

Als Bendix einen Tag später in Reims vor dem Haus von Claude Wassermann ankam, sah er bereits Maude, die vor der Haustür Nummer 50 an der Rue Buirette in ihrem Auto saß. Er wusste, dass sie Madame Kahnweiler zu Wassermann gebracht hatte und nun auf sie wartete.

»Salut, Bendix«, rief sie ihm aus dem offenen Fenster zu. Bendix hatte sie seit der Nacht mit Eitan nicht mehr gesehen.

»Wie geht es Eitan?«, fragte er und grinste.

Maude machte einen Schmollmund, zog gleichzeitig die

Augenbrauen hoch und gab ihm mit einer eindeutigen Handbewegung zu verstehen, dass er sie mal konnte.

Er lachte. »Ruf mich an, wenn du Ärger mit ihm hast.«

Dann ging er zur Haustür und klingelte. Kurz darauf öffnete sich die Pforte automatisch. Madame Kahnweiler kam ihm im eleganten Foyer bereits entgegen. Sie umarmte ihn. »Ich wusste, dass Sie etwas herausfinden würden.« Sie streichelte ihm wie einem kleinen Jungen über die Wangen und strahlte ihn an, als ob er den Stein der Weisen gefunden hätte. »Monsieur Seroll hat mich angerufen. Wir werden uns bald sehen.« Natürlich ging es für Madame Kahnweiler nicht mehr um Gerechtigkeit. Dazu war es für immer zu spät. Doch es ging um Gewissheit. Und um Klarheit.

»Ich kann mir vorstellen, wie Sie sich fühlen«, sagte Bendix. Er beneidete sie ein wenig um ihre Erleichterung. »Auf diesen Moment warte ich auch noch.«

Madame Kahnweiler schaute ihn verständnisvoll an. Dann nahm sie ihn bei der Hand und führte ihn ins Wohnzimmer, wo Wassermann in einem der Chesterfield-Sessel saß. Als er Bendix sah, erhob er sich. »Bonjour, Monsieur Kaldevin, schön, dass Sie meiner Einladung gefolgt sind.« Er schaute zu Madame Kahnweiler und wieder zu Bendix. »Ich hatte Ihnen ja von Lily und mir erzählt …« Er lächelte. Dann zeigte er auf die Sessel. »Bitte nehmen Sie doch Platz.«

Bendix setzte sich, und sogleich fiel sein Blick wieder auf das Judas-Gemälde am Durchgang zum Esszimmer. Dieses Mal sagte er nichts.

Wassermann kam direkt zur Sache. »Der Skandal um den Tod Ihres Bruders ist empörend«, polterte er los. »Lily hat mir davon erzählt. Ich gehe davon aus, dass der Mörder noch frei herumläuft. Er muss gefasst werden.« Er schlug nun so stark mit der Faust auf die Armlehne, dass in der Ecke des Salons Giacomettis schmale Bronzeskulptur wackelte. Madame Kahnweiler bedeutete ihm mit einer beschwichtigenden Geste, sich zu beruhigen.

»Ich habe Kommissar Krug bereits verständigt«, sagte Bendix.

Wassermanns Gesicht war vor Erregung rot angelaufen, seine Augen funkelten immer noch. Welche Energie in diesem Mann steckte, dachte Bendix. Wassermann brauchte einen Moment, um die Wut verpuffen zu lassen.

»Gut, gut«, antwortete Wassermann schließlich. »Sie werden es schon richtig machen.« Dann stand er auf. »Der Grund, warum ich Sie hergebeten habe, ist aber ein anderer.« Er ging zu seinem Schreibtisch und kam mit einer Mappe in der Hand zurück. »Das ist eine Liste derjenigen, die während der Besatzung mit den Deutschen zusammengearbeitet haben.« Er reichte die Mappe Bendix und setzte sich wieder.

Bendix nahm sie entgegen. Auf das Deckblatt hatte jemand mit der Hand »Le Carnet de Vendanges, 1940 à 1945« geschrieben, ein Ernteheft aus den vierziger Jahren? Er öffnete die Mappe und fand eine lange, mit Schreibmaschine geschriebene Liste von Namen vor. Auf der ersten Seite prangte in deutscher Sprache »Nationalsozialistische Deutsche Arbeiterpartei, Landesgruppe Frankreich-Champagne«.

Er kräuselte die Stirn. »Die Deutschen haben diese Namen zusammengestellt?«

Wassermann nickte. »Wir haben sie damals über Beziehungen bekommen. Es gab mehrere Kopien. Eine habe ich behalten.«

Bendix ging die Namen durch, Seite für Seite. Schnell fand er Reschenhauer, Servault und Stauder. Er blickte Madame Kahnweiler und Wassermann vielsagend an. Dann suchte er weiter, bis er abrupt stockte.

»Es tut mir leid für Sie«, sagte Wassermann. »Aber wir dachten, Sie sollten wissen, dass es auch offiziell bekannt war.«

Unter dem Buchstaben »K« hatte er seinen Großvater gefunden. »Kaldevin, Hugo, Lieferant«, stand dort. Dass die französische Justiz nach dem Krieg seinen Großvater beschuldigt hatte, für die Deutschen gearbeitet zu haben, wusste er. Es aber so schwarz auf weiß zu lesen tat ihm weh.

»Seien Sie nicht traurig«, sagte Madame Kahnweiler. »Das hat nichts mit Ihnen zu tun. Zumindest nicht das, was damals passiert ist.«

Er schaute sie irritiert an. »Was meinen Sie?«

»Nun«, erklärte Wassermann, »es könnte sein, dass jemand auch Ihrem Großvater seine Vergangenheit heute noch übel nimmt.«

Bendix' Augen weiteten sich. »Und sich dafür an mir rächen will?«

Wassermann schwieg. Bendix fiel der Stein ein, der bei seinem ersten Besuch durch die Fensterscheibe geflogen war. Hatte die Botschaft »Verräter« also tatsächlich ihm gegolten? »Ich könnte der Nächste sein?«, fragte er noch einmal. »Aber warum? Was hat mein Großvater denn gemacht? Er war höchstens ein kleiner Mitläufer.«

Die beiden schauten ihn schweigend an.

Dann sagte Madame Kahnweiler: »Sie sollten das am besten mit Kommissar Krug besprechen.«

Bendix schenkte ihrem Vorschlag keine große Beachtung. Seine Gedanken gingen in eine andere Richtung. »Sie sagten, diese Liste ist eine Kopie. Wer besitzt sie noch?«

»Das weiß ich nicht«, erklärte Wassermann. »Ich weiß nur, dass auch Henri diese Liste kannte. Wir haben sie uns damals zusammen angeschaut.«

Bendix überlegte. Wenn Henri Armand die Liste kannte, dann war sie sicher auch seinen Kindern bekannt. »Es hatten bestimmt schon mehr Leute Zugriff auf diese Liste. Zum Beispiel ...«, er zögerte, »zum Beispiel der Mortier.«

Wieder schauten ihn beide schweigend an.

»Das könnte sein«, sagte Wassermann schließlich. »Zumindest stehen die Namen der Opfer auch auf dieser Liste. Es waren SS-Männer.«

Bendix betrachtete noch einmal eingehend die Liste. Er suchte nach den Namen der vier Opfer. Schließlich fand er sie. Allerdings war in der Spalte rechts daneben keine Information über eine SS-Zugehörigkeit. »Woher wissen Sie, dass das SS-Männer waren?«

»Das hat damals die Presse berichtet«, sagte Wassermann. »Man sagte, es sei ein Racheakt gewesen.«

Der Alte wusste Bescheid, dachte Bendix. Vielleicht hatte er damals auch den Mortier kennengelernt und wusste, wer es war. Möglicherweise war es Henri Armand, den er so verehrt und immer unterstützt und wahrscheinlich auch gedeckt hatte.

»Wir wollten Sie nicht irritieren, Bendix«, sagte Madame Kahnweiler nun in einem sehr fürsorglichen Ton, »aber wir wollten noch mal Ihre Aufmerksamkeit schärfen. Passen Sie einfach gut auf sich auf.«

Als Bendix nach Hause fuhr, war er verwirrt. Warum wollten alle ihn warnen? Die einzige Person, mit der er jetzt gerne gesprochen hätte, wäre Charline gewesen. Doch er würde sie erst morgen sehen. Er sehnte sich nach Rückhalt, nach Geborgenheit. Als er seine Wohnungstür aufschloss, lag ein Zettel auf dem Küchentisch. Es war eine Nachricht von Madame Lacomblet: »Cher Monsieur Bendix, ich hoffe, Sie hatten einen guten Tag. Modefine habe ich bereits gefüttert. Für Sie steht eine vegetarische Sauce Bolognese mit Linsen und Zucchini auf dem Herd. Bitte nur noch mal kurz und, wenn Sie wollen, scharf anbraten. Und vergessen Sie die Petersilie nicht! Bon appétit!«

## 30

Am nächsten Morgen verließen Charline und Bendix gegen zehn Uhr Épernay. Charline hatte ihn in ihrem beigefarbenen Mercedes SL 280 Automatic abgeholt. Sie hatten Schwierigkeiten loszufahren, denn einige Passanten blieben vor dem parkenden Wagen stehen und wollten unbedingt Fotos von dem hübschen Oldie machen. Bendix kam sich mit Charline vor wie ein Brautpaar, das in einem Cabrio auf Hochzeitsreise ging. Sie winkten, als sie losfuhren, den Leuten noch zu und verschwanden hupend in der nächsten Straße. Charline lenkte den offenen Wagen durch die Innenstadt Richtung Verzy, und schon bald durchquerten sie die anliegenden Dörfer. Allmählich bauten sich auch die lieblichen Hügel der Montagne de Reims mit ihren Blumen, Feldern und Weinbergen auf. Nach einer Viertelstunde kamen sie durch den Wald von Verzy, den Faux de Verzy. Der Ruf seiner uralten Buchen mit ihren knorrigen Verästelungen ging weit über die Grenzen der Champagne hinaus. Seit Jahrhunderten glaubten die Menschen, dass in dieser verwunschenen Einsamkeit Trolle ihr Unwesen trieben. Die Baumreihen wurden immer dichter. Das Cabrio war so gut wie der einzige Wagen auf dieser Landstraße, und je länger sie der Route folgten, desto mehr glaubte Bendix, dass die Leute mit ihrem Aberglauben recht haben könnten.

Als die Sonnenstrahlen immer stärker durch das Dickicht der Bäume glitzerten und schließlich der wolkenlose Himmel wieder offen über ihnen lag, fuhren sie die letzte Anhebung nach Verzy hinauf und bogen in die Straße nach Verzenay ein. Sie führte bis zum kleinen Mont Rizan. Schon bald sahen sie ihr Ausflugsziel, den Phare de Verzenay, den alten Leuchtturm, der sich so ganz ohne Küste und Wasser recht unwirklich über den Weinbergen erhob. Der Winzer Joseph Goulet hatte ihn Anfang des 20. Jahrhunderts in seine Weinberge gesetzt, um für seinen Champagner zu werben. Am Parkplatz vor dem Turm hielten sie an, stiegen aus und gingen unter viel Schnauben, aber auch Gelächter die schmale Wendeltreppe hinauf. Es waren genau hunderteins Stufen bis zur Aussichtsplattform.

Als sie oben angekommen waren und Atem holten, strahlte ihnen grell das Sonnenlicht entgegen. In dem alten gläsernen Wärterhäuschen war es ruhig. Die Laterne, die nur an besonderen Tagen rotierte und ihren Lichtkegel über das weite Grün des Rebenmeeres streifen ließ, stand still. Sie blickten nach draußen auf die Felder und Weinberge der Champagne. Von hier oben konnte man alles sehen. Schon während des Krieges hatten die französischen Soldaten den Turm als Beobachtungsposten genutzt. Sie standen beieinander, staunten über die Schönheit der Natur und schwiegen.

Nach einer Weile merkte Bendix, wie Charline herumdruckste und etwas sagen wollte. Sie wendete sich ihm zu, schaute ihn an und drehte sich doch wieder weg.

Er war überrascht, wie nervös sie auf einmal war. So einen Stimmungswechsel hatte er nicht erwartet. »Was ist los?«, fragte er und versuchte ihre Hände zu greifen.

Doch sie trat einen Schritt zurück, lächelte etwas verkrampft, wich seinen Blicken aus, ging schließlich durch das Rund der Aussichtsplattform auf die andere Seite, hielt an und starrte nach draußen. Bendix sah, wie sie auf ihrer Unterlippe kaute. Erst nach einiger Zeit kehrte sie zurück, holte tief Luft und sagte: »Es gibt einen Grund, warum ich heute mit dir hierherfahren wollte.«

Sie standen etwa einen Meter entfernt mit dem Gesicht zueinander. Bendix ahnte nichts Gutes. Er sah es ihr genau an. Er schluckte und hatte nur einen Gedanken – ruhig zu bleiben.

»Ich habe mich hier immer mit deinem Bruder getroffen.«

Bendix fasste nach dem Geländer am Fenster. »Wie … wie bitte?«, stammelte er. Ihm wurde schwindelig.

Charline senkte ihren Kopf. »Ich weiß, dass das für dich unglaublich klingt. Aber es ist wahr.« Sie stockte. Dann fuhr sie mit zittriger Stimme fort: »Es tut mir leid, dass ich es dir erst jetzt sage. Aber ich konnte es nicht früher.«

Bendix stand regungslos und starrte sie an. Er fühlte sein Blut durch den Körper rasen. Was für eine Geschichte war das, dachte er. Und was für ein Dummkopf war er. Es fiel ihm schwer, nicht die Fassung zu verlieren. »Das ... das musst du mir wohl mal erklären.«

»Mein Vater hatte deinen Bruder ja engagiert«, erklärte Charline. »Immer wieder trafen sie sich bei uns im Haus. Da habe ich André kennengelernt. Ich war jung, noch keine siebzehn Jahre alt. Es war meine erste große Liebe.« Sie wich Bendix' Blicken aus und schaute verlegen zur Seite. Mit den Fingern versuchte sie, ein paar Tränen, die ihr über die Wangen rollten, wegzuwischen.

Bendix bekam einen trockenen Hals. Er drehte sich zu den Fenstern des Wärterhäuschens und schaute in die Weite. Er musste nicht nachfragen, um zu verstehen, dass André mit Charline eine innige Affäre gehabt hatte. Es ging ihn nichts an. Es war vergangen. Und doch überkam ihn ein eifersüchtiges Gefühl. Wie töricht, dachte er sofort. Aber er konnte nicht anders, als sich gekränkt zu fühlen. Verdammte Liebe! »Liebe ist so ungefährlich wie ein Löffel Salzsäure auf nüchternen Magen.« Verdammter Baudelaire! Bendix atmete mehrere Male hörbar durch die Nase ein und aus. Er hätte am liebsten gebrüllt und das Fenster vor ihm eingeschlagen. Doch er wollte sich auch nicht zum Affen machen.

»Das heißt«, fuhr er zögerlich fort, »du wusstest doch, an welcher Geschichte André damals dran war?«

Charline wich seinem Blick aus. »Nein«, sagte sie schließlich. »Er erklärte mir, dass er über seine Arbeit nicht sprechen dürfe. Das sei eine Abmachung zwischen ihm und meinem Vater. Ich wusste nur, dass es um Reschenhauer ging. Aber nicht, um was.«

»Wusste dein Vater von eurer Beziehung?«

Charline schüttelte den Kopf, unfähig, den Blick vom Boden

abzuwenden. Aus ihrer Umhängetasche hatte sie sich mittlerweile ein Taschentuch herausgeholt und tupfte sich die Tränen aus den Augen.

Bendix war immer noch so voller Spannung, dass er nicht anders konnte, als auf der Aussichtsplattform auf und ab zu laufen. Sein Mund war verzerrt. Er musste sich beruhigen und seine Gedanken sortieren. Ihre Gefühle zu ihm hatte er bisher als echt empfunden. Wie hatte sie ihn nur so anlügen können? Aus Scham? Wen wollte sie schützen? Sich selbst? Ihn? Ihre Beziehung? Ach, es stank zum Himmel. Und doch war es ihm bewusst, dass es Charline viel Mut abverlangt hatte, ihm dieses Geständnis zu machen. Am liebsten wäre er jetzt allein gewesen.

»Wieso kommst du heute mit dieser Geschichte?«

Sie steckte das Taschentuch wieder ein, räusperte sich und schaute ihn gefasst an. »Als wir uns kennenlernten, dachte ich, es wäre nicht wichtig, dir das zu sagen. Doch jetzt ist es anders. Aus uns beiden ist viel mehr geworden. Zumindest fühle ich das so. Ich konnte jetzt nicht mehr anders, als dir die Wahrheit zu sagen.«

Ihr Gesicht war traurig und schön zugleich. Bendix fühlte sich nach wie vor zu ihr hingezogen. Wie gerne hätte er sie jetzt einfach umarmt. Doch er war wie betäubt, er konnte sich nicht rühren. Alles erschien ihm irreal.

Da holte Charline einen Briefumschlag aus ihrer großen Handtasche und reichte ihn Bendix. »Den hat André mir damals gegeben. Er sagte, ich sollte gut auf ihn aufpassen. Der Brief würde eines Tages viel erklären.«

Bendix erkannte die Handschrift auf dem Kuvert sofort. Er hatte sie oft genug gelesen. Es war die Schrift seines Großvaters. Er öffnete den Umschlag und holte einen Brief hervor. Der Bogen war beidseitig beschrieben. Bendix las ihn mehrere Male nacheinander. Dann blickte er auf.

»Darum also«, sagte er.

Das Schreiben gehörte zu der Sammlung der Briefe, die

Hugo Kaldevin an seinen Enkel André im Gefängnis geschrieben hatte. Es behandelte die Frage der fehlenden Verantwortung und der Schuld, und der Großvater beschrieb, wie er am 21. Oktober 1942 drei Männer zu Henri Armand gebracht hatte. Er hätte es verhindern können. Doch er wollte es nicht, denn es war ihm egal. Und seine Gleichgültigkeit führte dazu, dass Henri ermordet wurde. Er hätte später als Zeuge auftreten können. Doch dann wäre er selbst in Verdacht geraten. So schwieg er feige und bürdete Schuld auf sich.

»Darum also hat André den Job von deinem Vater angenommen. Er wollte helfen, Reschenhauer ins Gefängnis zu bringen, und damit die Schuld unseres Großvaters begleichen.«

Bendix faltete den Brief zusammen. Er begriff das Drama, in dem André gesteckt haben musste. Und auch Charline. Er blickte sie lange an. Endlich, nach einem letzten Moment der Unentschlossenheit, ging er auf sie zu, umarmte sie und hielt sie fest.

»Wieso habe ich dich nicht auf seiner Beerdigung gesehen?«, flüsterte er.

»Ich konnte nicht«, sagte sie.

»Du hast ihn sehr geliebt?«, fragte er.

Sie nickte.

Er zog sie an sich und legte beide Arme um sie. »Das ist gut«, sagte Bendix, »dann haben wir das gemeinsam.«

Sie ließ ihren Kopf auf seine Schulter sinken und fing leise an zu weinen. Bis sie schließlich in ein Schluchzen ausbrach, das sie in kleinen Wellen überkam.

»Es wird schon«, sagte er schließlich. »Ich bin bei dir.«

Sie küssten sich.

»Wenn ihr euch so oft gesehen habt«, fragte Bendix, »dann habt ihr euch doch sicher auch in den Tagen vor seinem Tod getroffen?«

Charline ließ ihn los und trat ein paar Schritte zur Seite. »Ja«, sagte sie schließlich. »An dem Abend, bevor er starb, waren wir verabredet. Er wollte mich bei uns im Weingut in

Damery abholen. Ich hatte lange gewartet. Ich wartete bis kurz vor Mitternacht. Aber er kam nicht. Irgendwann hörte ich ein auffälliges Geräusch. Ich hatte schon fast geschlafen. Ich machte das Licht an, öffnete das Fenster und rief, ob da jemand sei. Da sah ich eine Person davonrennen und später einen Wagen wegfahren. Das Gittertor unseres Weinguts war offen. Schon das war merkwürdig. Erst später machte ich mir darauf einen Reim, den ich aber nicht beweisen kann. Irgendjemand wollte den toten André bei uns im Weingut lassen. Somit wäre automatisch ein Verdacht auf uns gefallen. Durch mein Rufen habe ich den Täter wahrscheinlich vertrieben. Und später wurde André einfach auf einer Brücke über der Marne ins Wasser geworfen.«

»Wieso hast du das niemandem erzählt?«

»Das habe ich ja. Aber es hat wohl keinen wirklich interessiert.«

Bendix schaute sie geschockt an. »Teufel noch mal!«, rief er. »Hast du den Mann, der damals weggerannt ist, erkannt?«

»Erkannt wäre zu viel gesagt. Aber er hat mich von seiner Statur und seiner Art zu laufen an Monsieur Morel erinnert.«

Es dauerte von Verzenay eine Stunde, bis Charline und Bendix in Brouillet angekommen waren. Die Toreinfahrt zum Reschenhauer-Weingut, in dem nun Morel das Sagen hatte, stand offen. Sie fuhren mit dem SL 280 gleich in den Innenhof, parkten vor dem honigfarbenen Haupthaus und stiegen aus. Der Kies knirschte unter ihren Füßen. Es war mal wieder windig, und die Blätter der alten, knorrigen Buche vor dem Haupthaus rauschten über ihren Köpfen. Die leere Hundehütte, die Bendix bei seinem letzten Besuch erst spät aufgefallen war, war jetzt von einem großen dunklen Hund mit kurzem Fell bewohnt, vermutlich ein Bullmastiff, der mit seiner tiefen Stimme böse knurrte und nervös an seiner Kette riss, um über sie herzufallen. Sie schlichen sich eingeschüchtert an ihm vorbei bis zur Haustür und klingelten gleich mehrere Male. Doch es passierte nichts. Nur das Bellen des Hundes dröhnte durch den Innenhof. Bendix trat einen Schritt zurück und blickte die Hauswand hinauf zu den Fenstern mit den Blumenkästen voller weißer und roter Geranien. Nichts rührte sich. Niemand war zu sehen.

Charline klingelte noch ein Mal. Wieder passierte nichts. »Was sollen wir jetzt tun?«, fragte sie.

Bendix war sich nicht mehr sicher, was genau er von diesem spontanen Besuch erwartet hatte. Vielleicht kein Duell und auch kein »High Noon« mit Morel, aber sicherlich mehr als vergebliches Warten. Er wollte ihn zur Rede stellen und sich dieses Mal nicht von ihm die Tür vor der Nase zuknallen lassen. Doch da nun niemand öffnete, war er enttäuscht und wusste nicht, wohin er die angestaute Energie leiten sollte. Er ging auf und ab und kickte ein paar Kieselsteine vor sich her, indem er verärgert die Fußspitze in den Boden rammte. Währenddessen schaute er immer wieder zu den Fenstern nach oben. Ihn beschlich das Gefühl, beobachtet zu werden. Vielleicht war es aber auch nur seine Hoffnung, die ihn glauben lassen wollte, dass er Morel antreffen würde. Der Bullmastiff hatte sich mittlerweile etwas beruhigt, er knurrte nur noch, sprang ab und an auf, dass die Kette mit ihren dicken Gliedern dumpf klimperte.

Bendix schnitt ihm gelangweilt eine Grimasse und ging durch den Innenhof an den Garagen vorbei zu dem Gebäude, an dem das Schild »Fossilienfunde« hing. Die Tür war wieder nicht verschlossen. Mit einer Handbewegung bat er Charline, zu ihm zu kommen. Sie betraten den Raum – obwohl sie wussten, dass es Hausfriedensbruch war. Es roch nach Zigarre. Bendix fächerte mit den Händen die Luft vor sich weg. Der Geruch war noch so intensiv, dass hier erst vor Kurzem jemand geraucht haben musste. Charline staunte über das Sammelsurium, das vor ihnen lag, die zahllosen Familienfotos, die Weinurkunden, die Setzkästen mit unterschiedlichen Knochen und kunstvollen Ammoniten. Bendix führte sie schnurstracks zu der Vitrine, in der er zuletzt die SS-Medaillen gesehen hatte. Als sie davorstanden, sahen sie, dass die Vitrine eingeschlagen war. »Verdammt«, rief Bendix, »wo sind die drei Abzeichen?«

»Was für Abzeichen?«, fragte Charline.

»Von jedem SS-Mann eins«, erklärte Bendix. »Von Victor Stauder, Leo Reschenhauer und Gernot Servault.«

Plötzlich schlug die Tür des Raums mit einem Knall zu. Charline schrie vor Schreck auf und ergriff Bendix' Arm. Für einen kurzen Moment standen beide wie starr. Und gerade als sie Luft holen wollten, jaulte der Motor eines Autos auf. Dann hörten sie, wie etwas über den Kiesweg rollte. Bendix lief nach draußen. Der Bullmastiff bellte wie verrückt und zerrte an der Kette. Bendix sah, wie sich das automatische Garagentor im Innenhof schon fast wieder geschlossen hatte. So schnell er konnte, lief er über den Hof zum Haupttor und auf die Straße. Gerade noch sah er die Umrisse eines Wagens, der sich schnell entfernte. Er war sich sicher, einen dunklen Mercedes erkannt zu haben.

Sie sprachen nur wenig, als sie nach Reims zurückfuhren. Bendix saß am Steuer. Charline hatte ihn gebeten, sie nach Hause zu fahren. Hatte sich Morel also tatsächlich vor ihnen versteckt? Anders war die plötzliche Flucht im Auto nicht zu erklären. Warum hatte er die SS-Medaillen aus der Vitrine entfernt? Oder war er es nicht gewesen? Und hatte er nicht auch im Auto gesessen?

Auf der Schnellstraße Richtung Jonchery-sur-Vesle war kaum etwas los, und auch die eher flache Landschaft mit ihren grünen Wiesen gab Bendix nicht die Möglichkeit, sich ablenken zu lassen und an etwas anderes zu denken. In seinem Hinterkopf schwirrte der Gedanke, Charline über die wahren Intentionen ihres Bruders Benoit auszufragen. So freundlich er auch zu Bendix war, so sehr hatte er ihm das Gefühl gegeben, dass er ihm etwas verheimlichte. Geheimnisse waren bei den Armands wohl ein Familienhobby. Doch Bendix verzichtete darauf, Charline zu fragen. Er hatte keine Lust, vielleicht noch einmal angelogen zu werden.

Nach etwa zwanzig Minuten bogen sie bei Tinqueux auf die Schnellstraße zum Zentrum von Reims ab. Über den Boulevard Louis Roederer gelangten sie innerhalb weniger Minuten zum Boulevard Foch. Dort wohnte Charline in einem kleinen, eleganten Stadthaus, nicht weit von der Brasserie Excelsior.

Bendix hielt vor ihrem Haus, stellte den Motor ab und wollte gerade aussteigen, um ihr die Tür zu öffnen, als sie sagte: »Bleib im Wagen. Kein Problem. Ich komme schon zurecht.« Dann fasste sie mit beiden Händen an seine Wangen, zog seinen Kopf an sich und küsste ihn inniglich auf den Mund. »Ich bin froh, dass du meine Geschichte mit André endlich kennst«, sagte sie anschließend. »Ich brauche jetzt ein wenig Zeit für mich. Nimm du den Wagen mit.« Sie küsste ihn noch einmal. »Pass auf dich auf«, sagte sie schließlich.

»Du auch«, rief Bendix ihr hinterher. Er wartete, bis sie im Eingang ihres Hauses verschwunden war.

Dann ließ er den Motor an und fuhr los. Er trommelte mit den Zeige- und Mittelfingern abwechselnd aufs Lenkrad. Der Wind sauste in dem offenen Cabrio über seinen Kopf hinweg. Er wollte jetzt schnell nach Hause und wählte die Route gen Westen Richtung Gueux, vorbei an Lagery nach Châtillon-sur-Marne, die später nach Épernay führte. Er war so mit sich selbst beschäftigt, dass er den Wagen, der ihn verfolgte, nicht bemerkte.

## 31

Erst nach einiger Zeit sah er im Rückspiegel, dass das Auto hinter ihm ziemlich dicht auffuhr. Bendix konnte den Fahrer hinter den Frontscheiben nicht wirklich erkennen. Er ärgerte sich, dass der Wagen ihn nicht überholte. Es hätte genügend Möglichkeiten gegeben. Er drückte aufs Gas, um den Wagen im Rückspiegel besser beobachten zu können. Da registrierte er in dem kleinen rechteckigen Spiegel seines SL 280 die dunkle Mercedeslimousine, die ihm bereits bei seinem Bambustransport mit Bart gefolgt war und die er vorhin auch in Brouillet zu erkennen geglaubt hatte. Es war ein neuer AMG der E-Klasse. Der Wagen schien ihn tatsächlich schon wieder zu verfolgen. Denn als Bendix zum Spurt auf die Fahrbahn des Gegenverkehrs ansetzte, um einen Lkw zu überholen, folgte ihm der Mercedes ohne Zögern. So ging es weitere Minuten, bis Bendix entschied anzuhalten. Er stoppte das Cabrio am Seitenrand, kurz vor der kleinen Bogenbrücke, der Pont de Reuil, die zu schmal war, um auf ihr zu halten, und die über die Marne Richtung Château de Boursault und Épernay führte.

Der Mercedes hinter ihm hielt ebenfalls an. Bendix blieb mit laufendem Motor in seinem Wagen sitzen, drehte sich nicht um, sondern beobachtete den AMG nur durch seinen Seiten- und Rückspiegel. Nichts geschah. Die Person hinter ihm rührte sich nicht. Schließlich stellte Bendix den Motor aus. Nur das Fließen der Marne war zu hören. Da stieg er aus und ging auf den Mercedes zu.

In dem Moment öffnete sich die Tür des AMG, und ein Mann stand vor ihm. Er hatte fransiges Haar, war stämmig gebaut, trug ein dunkles Hemd und eine dunkle Hose und schien nicht besonders gut gelaunt zu sein. Es war Morel.

»Was soll der Unsinn?«, schnauzte Bendix ihn an. Erst jetzt hörte er die Rabenkrähen in den Büschen am Ufer, ein halbes

Dutzend, die ein ziemliches Spektakel veranstalteten. Er sah, wie sie über irgendetwas stritten. Zwei von ihnen flogen hoch über Bendix' Kopf, stoben auseinander und schnellten wieder aufeinander zu. Bendix versuchte, sie mit wilden Handbewegungen von sich wegzutreiben. Dann eilten sie auf Morel zu und wiederholten ihren Luftkampf. Hatten Rabenkrähen ähnliche Vorahnungen wie Raben, fragte sich Bendix. Waren sie so intelligent? Raben, hieß es, wussten immer im Voraus, wer dem Tod geweiht war. Und wen sie verfolgten, der würde als Nächster dran sein. Doch dann flogen sie unvermittelt davon. Bendix hörte sein Herz pochen. Er ballte die Fäuste.

Morel stand mit verschränkten Armen neben seinem Auto und starrte ihn grimmig an. Auf der Knollennase trug er eine Sonnenbrille, obwohl die Abendstunde längst angebrochen war.

Bendix ging langsam auf ihn zu. Da er nur zu gut wusste, wie spontan und schnell Morel zuschlagen konnte, ließ er zwischen sich und ihm einen gewissen Abstand. »Warum verfolgen Sie mich?«, fragte er nun in scharfem Ton.

Morel schwieg. Bis er endlich sagte: »Ich verfolge Sie? Das ist doch lächerlich. Soweit ich zählen kann, haben Sie heute schon zum zweiten Mal mein Grundstück ungefragt und unerlaubt durchstöbert. Was wollen Sie von mir?«

Bendix ließ sich seine Aufregung nicht anmerken. Es war das erste Mal, dass Morel mehr als zwei Sätze mit ihm wechselte. Dieses skrupellose Schwein, dachte Bendix. Morel wusste ganz genau, was er von ihm wollte. André ging ihm durch den Kopf und die Vorstellung, dass dieser Mann vor ihm seinen Bruder auf dem Gewissen hatte. Bendix versuchte, seine Wut zu unterdrücken.

»Sie kannten doch meinen Bruder, André Kaldevin, nicht wahr?«

Morel sagte nichts. Noch nicht einmal ein Zucken ging durch sein blasses Gesicht. Sein fransiges Haar wehte nur leicht im Wind.

»Ich will Ihnen mal etwas zeigen«, sagte er schließlich und wies auf die Brücke. »Es muss Schicksal gewesen sein, dass Sie genau hier angehalten haben.« Er ging an Bendix vorbei, ohne ihn anzusehen, und lief die wenigen Meter zur kleinen Pont de Reuil.

Bendix schaute ihm nach. Dann folgte er ihm zögerlich. Morel stand bereits auf der Mitte der Bogenbrücke, hatte sich gegen das grüne Geländer gelehnt und schaute dem Fluss hinterher.

»Von hier«, sagte er schließlich, »von hier aus ist dein Bruder gesprungen.« Und dann lächelte er zynisch.

Bendix traf es wie ein Schlag. »Ta gueule!«, brüllte er, stürzte auf ihn zu und schubste ihn so heftig, dass Morel nach hinten auf den Boden knallte. »Mein Bruder ist niemals gesprungen. Es war Mord. Das weißt du genau, du widerliches Stück …« Und erneut ging er auf Morel zu, doch dieser stand bereits wieder und hielt kampfbereit die Fäuste hoch.

»Oh, là, là! Du bist genauso hitzig wie dein Brüderchen«, zischte Morel und grinste ihn böse an. »Sei vorsichtig, sonst passiert dir das Gleiche wie ihm.«

»Und was wäre das, hé?«, schrie Bendix. »Komm schon, zeig's mir. Ich warte!« Doch er wartete nicht, sondern sprang nach vorn und schlug Morel ins Gesicht.

Dieser konnte gerade noch ausweichen, griff aber reaktionsschnell nach Bendix' Kopf und hielt ihn fest wie ein Schraubstock. Dann drehte er ihn langsam über das grüne Geländer. Bendix keuchte. Morel war stark. Doch Bendix hielt dagegen. Blitzschnell holte er mit der Faust aus und traf Morel am Kopf. Er taumelte, sodass sich Bendix befreien konnte. Nun griff er nach Morel, warf ihn gegen das Geländer und presste ihm mit beiden Händen die Kehle zu. »Warum hast du André umgebracht?«, schrie er ihn an. »Warum?«

Morel röchelte.

»Weil er eure kriminellen Finanzgeschäfte aufgedeckt hatte?«, schrie Bendix. Er drückte so fest zu, dass Morel, selbst wenn er gewollt hätte, nicht antworten konnte.

»Warum?«, brüllte Bendix wieder. Seine Stimme schrillte.

»Er wusste zu viel«, krächzte Morel schließlich.

Bendix ließ von ihm ab. Kein Selbstmord also, dachte er. Er hatte es immer gewusst, jetzt war es raus. Er würde den Prozess neu aufrollen lassen, Morel würde sich wegen Mordes verantworten müssen. Und André wäre gerächt. Endlich, dachte Bendix.

Auf einmal packte ihn Morel von der Seite und versuchte, ihn über das Brückengeländer in den Fluss zu schmeißen. Krampfhaft hielt sich Bendix am Handlauf und an Morel fest, während Morel über ihn gebeugt immer stärker drückte. Verkeilt wie zwei Ringer hingen beide über dem Geländer und drohten gemeinsam abzustürzen.

Da fiel ein Schuss.

Bendix zuckte zusammen. Für ein paar Sekunden verharrte er bewegungslos. Auch Morel rührte sich nicht. Bendix merkte nur, wie sein Kontrahent halb über ihm liegend immer schwerer wurde und ihn anstarrte. Es war ein leerer Blick. Plötzlich floss Blut aus Morels Mund. Die Lippen füllten sich mit kleinen roten Spuckebläschen, die heruntertropften. Bloß nicht fallen, dachte Bendix. Unnachgiebig hielt er sich am Handlauf fest. Wie an einem rettenden Seil. Bald würden ihn die Kräfte verlassen. Er horchte auf. Unten rauschte der Fluss. Morel schien nicht mehr zu atmen. Als Bendix schließlich nach ihm griff, um sich hochzuziehen, löste sich dieser und stürzte über Bendix hinweg kopfüber in die Tiefe. Der Aufprall im Wasser war nur ein kaum hörbares Platschen.

Als Bendix sich hochgehangelt hatte und hinter dem Brückengeländer stand, sah er unten im Fluss Morels leblosen Körper davonschwimmen. Benommen blickte er ihm nach.

Erst nach einiger Zeit wurde Bendix bewusst, dass ein Schuss gefallen war. Er drehte sich um. Niemand war zu sehen. Von wo war der Schuss gekommen? Wer hatte geschossen?

Wieder blickte er aufs Wasser. Der Fluss lag friedlich eingebettet zwischen den von Büschen und Wiesen bewachsenen

Ufern. Still floss er dahin. Es hatte etwas Beruhigendes. Das Einzige, auf das Bendix jetzt noch achtete, war ein kleiner schwarzer Punkt, der sich weit hinten im Fluss davonkräuselte.

## 32

Es war schon so dunkel, dass Eitan an der Uferböschung der Marne kaum etwas erkennen konnte. In der Nähe von Reuil, hatte man ihm gesagt, sollte er suchen, auf der rechten Uferseite. Doch bisher hatte er nichts gefunden. Ein im Wasser schwimmender Körper war schon bei Tageslicht kaum zu erkennen. Er zog die Schuhe aus und watete durch das flache Flusswasser am Ufer. Das Leben hielt merkwürdige Überraschungen bereit, dachte er. Niemals hätte er geglaubt oder gar gehofft, eines Tages die Leiche des Mörders seines Freundes André aus dem Wasser ziehen zu können. Er überlegte, wo sich der Körper in dem Bogen, den die Marne an dieser Stelle machte, als Erstes verfangen würde.

Endlich sah er etwas. Es schwappte leicht über der Wasseroberfläche. Er ging auf die Stelle zu und wusste sofort Bescheid. Er griff nach dem leblosen Körper und begann, ihn aus dem Wasser zu hieven. Morel war schwerer, als er gedacht hatte. Eitan zog und prustete. Doch so ging es nicht. Er brauchte eine andere Technik. Er drehte Morel um, steckte seine Hände unter die Achseln des Toten und zog ihn im Hauruck-Rhythmus an Land. Dort legte er ihn ab und betrachtete ihn eine Weile. Er dachte an André und ihre gemeinsamen Tage. Es war eine aufregende Zeit gewesen. Sie wollten eine andere Welt, eine gerechtere, eine bessere – was immer das damals auch bedeutete. Es war nicht alles gut, an was sie glaubten. Und es war auch nicht realistisch. Es war sogar manchmal naiv. Aber das Engagement zählte, der politische Gedanke, der solidarische Sinn. Sie glaubten, eine Aufgabe gefunden zu haben, die mehr zum Ziel hatte als die eigene Karriere. Dass André sich dann radikalisierte, gefiel Eitan überhaupt nicht. Da hatte er nicht mitgemacht. Doch in der Zeit, während sein Freund im Gefängnis saß, hielt er ihm die Treue. Die Freundschaft brach nie ab. Und so war es auch Eitan, der André nach seiner Zeit im Knast immer wieder Jobs bei den Zeitungen besorgte.

Nur war André schon weit über zwanzig Jahre tot, und es rührte ihn nun, wie gut sie damals befreundet waren.

So friedlich, wie Morel nun vor ihm lag, so unvorstellbar war es für ihn, wie brutal dieser Mann einst gewesen war. Er betrachtete ihn mitleidslos. Dann nahm er ein Messer, kniete sich nieder und schnitt von seinem Hemd einen Knopf ab. Ein Andenken an die Leiche zu besorgen – dafür war er schließlich angerufen worden.

Eitan war zufrieden, stand auf und wollte schon gehen, da drehte er sich noch einmal um und schaute auf die rechte Hand des Toten.

## 33

Bendix war nach dem Vorfall auf der Pont der Reuil, so schnell er konnte, in den SL 280 gestiegen und davongefahren. Niemand hatte ihn gesehen. Erst als er am Steuer saß, merkte er, dass er im Schockzustand war. Mit Mühe hatte er den Wagen gerade noch vor seinem Haus parken können, war die Treppe zu seiner Wohnung hinaufgelaufen, hatte die Tür geöffnet und hinter sich zwei Mal abgeschlossen. Er hatte nicht die Absicht, Kommissar Krug noch irgendeine andere Person zu informieren. Er hatte keine Ahnung, ob Morel noch lebte. Es war ihm auch egal. Er nahm einige Eiswürfel aus dem Eisfach des Kühlschranks, steckte sie in ein Glas, füllte es mit Pastis, einem Henri Bardouin, und setzte sich erschöpft in seinen Sessel. Nichts in der Welt konnte ihn davon abbringen, jetzt die ganze Flasche zu leeren. »Na, meine gute Modefine, willst du auch einen Schluck?« Irgendwann dämmerte er ein.

Er musste schon zwei, drei Stunden geschlafen haben, als sein Handy klingelte. Es war Maude. Seltsam, dass sie ihn anrief, dachte Bendix, im Grunde rief sie nie an. Er drehte sich ein wenig in seinem Sessel und nahm den Anruf entgegen. »Und?«, fragte er schlaftrunken. »Belästigt Eitan dich?«

»Nein«, sagte sie. »Und jetzt hör auf zu stänkern.« In der Leitung kratzte und zirpte es. »Was ist mit dir? Du hörst dich müde an.«

»Weißt du eigentlich, wie spät es ist?«

»Schon, aber du bist doch sonst nicht so.«

»Ach, Maude, es ist schon wieder so viel passiert. Ich komme nicht dazu, mich zu erholen.«

»Das ist gut«, sagte sie. »Dann werden dich meine Neuigkeiten auch nicht weiter schrecken.«

Bendix stöhnte. Er hatte genug von schlechten Nachrichten. Dennoch rutschte er in seinem Sessel nach vorn, nahm schließlich Schwung und setzte sich aufrecht hin. »Okay, ich höre.«

»Ich habe Fotos gefunden. Eitan hat hier eine riesige Kiste mit allen möglichen Bildern. Und jetzt rate mal, wen ich entdeckt habe.«

»Charline und meinen Bruder?«, fragte Bendix genervt.

»Guter Witz«, sagte sie und lachte. »Du hast Phantasie. Aber nein, stimmt nicht.« Sie machte eine Pause. »Es ist etwas anderes.«

Was sollte es schon sein, dachte Bendix. »Jetzt sag schon!«

»Es ist dein Bruder. Er steht mit Eitan Arm in Arm, und sie grinsen in die Kamera. Sie sehen aus wie gute Freunde.«

Es verging eine Zeit, bis Bendix sich gefasst hatte. »Wo bist du?«

»Gleich bei dir gegenüber. Bei Eitan.«

»Ist er da?«

»Ja, er ist erst vorhin zurückgekommen. Er war den ganzen Tag nicht da. Jetzt schläft er.«

»Ich muss das Foto sehen. Mach eine Kopie und schicke es mir.«

Sekunden später hatte er es auf seinem Handy. Er schaute es sich genau an. Die beiden wirkten tatsächlich gut gelaunt. Bendix fiel sofort auf, dass sie die gleichen kurzärmligen Hemden trugen. T-Shirts. Er kannte sie. Er hatte sie im Traum gesehen. Auf der Vorderseite der Shirts war ein Gefäß abgedruckt, ein Mörser aus Stein. Und über ihm in Brusthöhe prangte eine Aufschrift. Sie lautete: »Vive le Mortier!«

# 34

Kommissar Krug wurde früh aus dem Bett geklingelt. Er mochte diese unerwarteten Anrufe nicht. Nicht, weil sie meistens keine guten Nachrichten verhießen, sondern weil er es einfach nicht leiden konnte, jäh geweckt zu werden. Er benötigte dringend seinen Schlaf, und wenn er weniger als acht Stunden täglich bekam, wurde er so launisch, dass er sich selbst nicht leiden konnte.

»Hallo?«, gluckste er kaum hörbar in sein Smartphone. Seine Augen waren noch geschlossen, sein Gehirn konnte nur beschränkt ein paar Worte aufnehmen. Doch dann vernahm er immer deutlicher die Stimme seines Kollegen. Und als er endlich wach war, überraschte ihn nicht, was er hörte. Er sagte nur: »Ja, ich bin gleich da.«

Dann legte er auf.

Von Reims über die Schnellstraße brauchte er nur eine gute halbe Stunde, bis er in Reuil ankam. Noch vor dem Ortsschild bog er rechts in die Felder ein und folgte dem kleinen Weg, der bis an das Ufer der Marne führte. Dort standen bereits zwei Streifen- und ein Krankenwagen. Er parkte, stieg aus und klopfte sich den Anzug glatt. Der Unglücksort war abgeriegelt. Zwei Polizisten winkten ihn durch. An der schmalen Böschung zwischen dem Weg und dem Fluss sah er einen Arzt und einige Kriminaltechniker in Schutzanzügen. Ein Polizeifotograf begleitete sie. Sie hatten ihre Spurensuche schon abgeschlossen, der Tatort war freigegeben. Auf dem Boden vor sich sah Kommissar Krug eine Leiche. Er erkannte Morel sofort. Er lag flach auf dem Rücken, die Arme neben dem Körper, die Haut war bleich, der Mund zusammengekniffen, seine Augen waren geschlossen.

»Wie lange ist er schon tot?«, fragte Kommissar Krug.

»Vielleicht acht, vielleicht zehn Stunden«, meinte einer der Spurensucher.

»Und wer hat ihn hier gefunden?«

»Ein Spaziergänger, der mit seinem Hund ausging. So gegen kurz nach acht.« Der Kriminaltechniker zeigte auf einen Mann, der mit seinem Hund etwas weiter hinten neben einem Polizisten stand.

Kommissar Krug beugte sich über den toten Morel. Seine Kleidung war noch feucht. Hemd und Hose waren mit Erde und Schlamm beschmiert, und auch das Gesicht war schmutzig. Sein dunkles Hemd war zur Brust hin, in der deutlich eine Wunde klaffte, aufgerissen.

»Ein Neun-Millimeter-Kaliber«, sagte einer der Beamten.

Kommissar Krug nickte. An dem Hemd fehlte oben ein Knopf. Er beugte sich näher über den Brustkorb. Am sauber abgetrennten Faden erkannte er, dass er nicht abgerissen war, sondern abgeschnitten worden sein musste. Ein schwarzer Knopf, dachte der Kommissar. Das Gras neben Morel und vor seinen Füßen war leicht niedergedrückt. Schleifspuren führten bis zur Uferkante. Er hatte wohl bäuchlings im Wasser gelegen. Dann hatte ihn jemand an Land gezogen und schließlich umgedreht. »Hat der Spaziergänger ihn rausgeholt?«

»Nein«, erklärte der Beamte. »Er hat ihn nicht angefasst.«

Einen Kampf hatte es anscheinend nicht gegeben. Dafür gab es zu wenig Fußabdrücke, zu wenig aufgewühltes Gras, und auch die kleinen Büsche standen wie unberührt, nichts war abgebrochen. Morel war an dieser Stelle der Marne tatsächlich nur angespült worden. Kommissar Krug überlegte. Wenn ihn jemand erschossen und dann ins Wasser geworfen hatte, war es möglicherweise bei Cumières oder bei Damery passiert. Vielleicht auch auf einer der Brücken. Kommissar Krug schaute sich noch einmal genau um. Dass Morel ausgerechnet an dieser Stelle bei Reuil ans Ufer getrieben war, kam ihm merkwürdig vor. Es hätte viele Möglichkeiten gegeben, schon früher an Land gespült zu werden. Er konnte sich an einen anderen Fall erinnern, wo die Leiche fast genau an diesem Ort angeschwemmt worden war.

»Haben Sie sich mal die Hand angeschaut?«, fragte der Kommissar den Arzt. Er zeigte auf die sorgsam zusammengelegten Hände.

»Ja«, antwortete der Mann. »Die Finger der rechten Hand sind gebrochen. Das könnte beim Aufprall passiert sein, ist aber unwahrscheinlich. Eher vorher.«

»Sie haben die Leiche doch so, wie sie hier liegt, vorgefunden, nicht wahr?«

Der Untersuchungsbeamte nickte. »Genau so. Schön ordentlich, war alles brav an seinem Platz.«

Kommissar Krug strich sich mehrmals über die Stirn und dachte noch einmal nach. Es konnte also auch jemand nachträglich die Hand genommen und gebrochen haben. Jemand, der ihm auch den Knopf abgeschnitten hatte. Er räusperte sich. Dann nahm er sein Handy und rief Bendix an. »Es wäre gut, wenn Sie jetzt losfahren.« Ein paar Sekunden vergingen. Er wartete auf Bendix' Antwort.

»D'accord«, sagte Kommissar Krug nach ein paar weiteren Sekunden. »Wenn Sie erst heute Abend können – einverstanden. Aber bitte beeilen Sie sich.«

## 35

»Ich brauche Sie als meinen Anwalt«, schoss es aus Bendix heraus, als er Seroll in dessen Wohnzimmer gegenübersaß. Er war gleich nach dem Telefonat mit Kommissar Krug nach Ambonnay gefahren. Er war aufgeregt und konnte seine Spannung kaum zurückhalten.

Seroll schaute ihn ruhig an. »Sie wissen, dass ich nur noch sehr selten praktiziere?« Seine kräftigen grauen Augenbrauen wippten beim Sprechen leicht auf und nieder.

»Natürlich. Aber ich brauche Sie. Denn ich vertraue Ihnen.« Er stockte. »Sie müssen mir helfen, denn …« Er zögerte noch einmal und sagte endlich: »Ich habe ihn nicht umgebracht!«

Seroll zeigte keine Reaktion. Er wirkte zwar mit seinem dünn behaarten Kopf und der schrumpeligen Figur in seinem Sessel noch kleiner, als er ohnehin schon war, aber er wusste anscheinend genau, wovon Bendix sprach. Er hatte die Nachricht vom Tod Morels in den Nachrichten gehört. »Wenn Sie es nicht waren – wer war es dann?«

Es vergingen einige Sekunden, bis Bendix den Atem gefunden hatte, um den Vorfall der vergangenen Nacht zu berichten. Er ließ kein Detail aus, nicht einmal die rosafarbenen Geranien, die in Blumenkästen an dem grünen Geländer der Pont de Reuil gehangen hatten. »Wer immer es war«, sagte Bendix zum Schluss, »es muss ein erfahrener und sehr guter Schütze gewesen sein.«

Seroll faltete seine Hände vor dem Kopf, schloss die Augen und rieb sich mit den Fingerspitzen leicht die Nase. »Die Person, die geschossen hat, hat Sie beide beobachtet und erst dann geschossen, als Sie bedroht wurden. Man könnte sagen, diese Person hat Sie gerettet. Das heißt, Sie kennen diese Person höchstwahrscheinlich.« Seroll schaute Bendix aufmunternd an. »Haben Sie wirklich niemanden gesehen?«

Bendix zog die Schultern hoch und ließ sie wieder fallen. Dann sagte er mit einer gewissen Verzweiflung: »Ich meine nicht.«

»Haben Sie schon mit jemandem darüber gesprochen?«

»Nein«, antwortete Bendix. Er kratzte sich aus Verlegenheit hinterm Ohr. Denn es stimmte nicht. Als Erstes hatte er heute Morgen Bart angerufen. Er musste es jemandem erzählen. Und er wusste, dass Bart verschwiegen war – und ihn beraten konnte. Er hatte ihm dringend empfohlen, sich einen Anwalt zu suchen. Bendix fiel sofort Seroll ein. Keiner wusste besser um die Umstände als er.

»Dann behalten Sie die Sache wirklich erst mal nur für sich. Wollen wir doch mal abwarten, ob man überhaupt auf Ihre Spur kommt.«

Bendix schaute ihn ungläubig an. »Ist das Ihr Ernst? Das wäre doch nicht richtig. So mache ich mich doch erst recht verdächtig.« Er schüttelte den Kopf. »Und es wäre auch nicht gerecht.«

»Gerecht?«, fragte Seroll erstaunt. »Gegenüber wem?«

»Gegenüber der Wahrheit natürlich. Immerhin ist ein Mensch ermordet worden.«

Serolls Gesicht hellte sich auf einmal auf. Er lachte kaum hörbar. »Ach, die Gerechtigkeit«, raunte er. »Früher als Studenten der Rechtswissenschaften hatten wir hochfliegende Ideen. Wir wollten eine aufgeklärte Gesellschaft, die wir mit guten Gesetzen und mit Menschenverstand führen und gestalten würden. Wir waren voller Ideale. Voller Tatendrang. Aber wir hatten auch einen klugen Professor. Der hat uns gleich im ersten Semester eingebläut: Wer an die Gerechtigkeit glaubt, sollte nicht ins Gericht gehen, sondern ins Bordell.«

Bendix war verblüfft. Zynismus hatte er jetzt nicht erwartet. Seroll hatte in seinem Berufsleben sicher viele Enttäuschungen einstecken müssen. Wie alle. Aber es musste ihn vor allem viel Idealismus gekostet haben, zu akzeptieren, dass er ausgerechnet einem Mann wie Reschenhauer den finanziellen Start ins Leben zu verdanken hatte.

Bendix nickte Seroll zu, als ob er verstanden hätte. Dann lehnte er sich in seinem Sessel zurück. Er schaute auf die beiden Ölporträts, die hinter seinem Gastgeber an der Wand hingen, die Gemälde zweier Familienmitglieder, zwei stumme Zeugen der Vergangenheit, die auch André bei seinem Besuch vor vielen Jahren aufgefallen sein mussten.

»Was hatten Sie meinem Bruder damals eigentlich wirklich geraten?«

Seroll bekam einen verschwörerischen Blick. Er hatte wohl schon länger auf diese Frage gewartet. »Ich habe ihn gewarnt. Ich habe ihm gesagt, er solle sich vor Morel in Acht nehmen. Ich hatte ihn immer schon für einen gefährlichen Mann gehalten.«

»Und wie hat er reagiert?«

»Ich kann mich nicht mehr genau erinnern. Aber ich glaube, meine Warnung hatte ihn nicht sehr beeindruckt.«

Bendix musste lächeln und daran denken, wie viele Leute ihn in den vergangenen Tagen gewarnt hatten. Wirklich darauf gehört hatte er nicht. Vielleicht gab es doch mehr Ähnlichkeiten zwischen ihm und André, als er bisher angenommen hatte.

»Dieser Morel«, fuhr Bendix fort, »woher kommt dieser Kerl überhaupt? Was war das für einer?«

Seroll faltete die Hände, spitzte die Lippen und sagte: »Reschenhauer hat Morel als jungen Mann bei sich aufgenommen. Morel war ein Heimkind, das damals kaum Chancen hatte. Seine Eltern hat er nie kennengelernt. Man wusste nicht genau, was in seiner Kindheit passiert war. Eines Tages stand er vor den Pforten des Heims. Das Haus hat ihn dann aufgenommen. Reschenhauer kam immer wieder zu dem Waisenhaus. Er wollte eigentlich ein Kind adoptieren. Doch das war damals nicht möglich. Er war unverheiratet und hatte schon zu jener Zeit nicht den besten Ruf. Als Morel dann achtzehn war, hat Reschenhauer ihm angeboten, für immer bei ihm zu wohnen. Für Morel war das die Chance seines Lebens. So zog er endgültig zu ihm. Und so blieb es dann auch.«

»Und er hat alles für ihn getan?«

»So gut wie alles.«

»Auch gemordet?«

»Wenn es diskret war, warum nicht!«

»Hätte er auch Reschenhauer ermordet?«

Seroll lachte. »Sie verstehen es nicht.«

»Was verstehe ich nicht?«

»Das Verhältnis der beiden Männer. Morel war für Reschenhauer so etwas wie die Rotschnabel-Madenhacker auf dem Rücken der Spitzmaulnashörner. Sie picken die Fadenwürmer aus dem Fleisch der Kolosse, bis es blutet. Eine perfekte Symbiose. Reschenhauer und Morel brauchten einander. Sie hätten sich niemals gegenseitig umgebracht.«

»Und was ist, wenn Reschenhauer Morel enterben wollte?«

»Aber warum hätte Reschenhauer das tun sollen? Morel war ihm hörig – weit über den Tod hinaus. Ich weiß nicht, was er mit den Weingütern von Stauder und Servault zu tun hatte, aber Morel hätte niemals gegen den Willen Reschenhauers gehandelt.«

Bendix zuckte. »Sie kennen das Testament?«

»Natürlich, ich habe es ja aufgesetzt.« Er lächelte ein wenig bitter. »Ja, ich weiß, was Sie denken. So ein paar Dinge habe ich doch noch für Reschenhauer gemacht. Aber nur saubere Sachen. Das war schließlich mein Job.« Er drückte sich aus dem Sessel nach vorne, um aufzustehen. »Ich erzähle schon wieder viel zu viel.« Er stand nun halb gebeugt vor ihm und blickte in Bendix' enttäuschtes Gesicht. Dann schnaufte er wie jemand, der sich geschlagen gibt, und setzte sich wieder. »Also gut«, sagte er. »Folgendes ist passiert: Kurz bevor Reschenhauer starb, rief er mich an. Ich sollte ihm helfen, einen Verkaufsvertrag vorzubereiten. Er wollte seinen gesamten Grundbesitz an amerikanische Investoren verkaufen. Und Morel sollte das Geld bekommen.«

»Und?«, fragte Bendix. »Was ist daraus geworden?«

»Nichts. Ein paar Tage später war er tot.«

Bendix schluckte. »Und Morel hat Sie wegen des Verkaufs nicht wieder kontaktiert?«

»Doch. Er wollte mich in den nächsten Wochen treffen. Tja, jetzt ist es zu spät.«

Bendix lief es kalt den Rücken herunter. Kommissar Krug hatte also recht. Die Einzigen, die von Reschenhauers und Morels Tod profitieren konnten, waren die Armands, vor allem Benoit Armand, der nach dem Tod von Henri Armand auf die Rückgabe ihrer Weingüter hoffte. Bendix wurde übel. Es konnte doch nicht sein, dass die Geschwister Armand dafür Mord in Kauf nahmen. Was hatte Charline mit der Sache zu tun?

Schweigend betrachtete er Seroll. Er fragte sich, ob es so etwas wie ein moralisch akzeptables Verbrechen gab. Wenn Morel seinen Bruder André umgebracht hatte und Reschenhauer am Tod von Josef-Jacob Armand beteiligt war – hatten sie dann heute nicht ihre gerechte Strafe bekommen? Sicherlich war es Mord. Es war alles Mord. Doch was ist mit Gerechtigkeit, wenn Polizei und Richter versagen? Ihm schwirrte der Kopf.

Er würde jetzt gehen und zu Benoit fahren. Er hatte es dem Kommissar versprochen.

## 36

Bendix brauchte etwa eine halbe Stunde über die Landstraße nach Damery. Er hatte mit Bart vereinbart, ihn noch einmal anzurufen, was er nun auch tat. Das Wetter schien bald umzuschlagen. Der Himmel ächzte unter der zunehmenden Last der dunklen Wolken, die sich immer weiter füllten und innerhalb der nächsten halben Stunde sicher entladen würden. Doch Bendix achtete jetzt nicht darauf. Er sah nur die Felder, die an ihm vorbeirauschten. Er fühlte sich wie in einem Zeitvakuum, in dem alles passieren konnte. Er konnte ein entgegenkommendes Fahrzeug rammen. Er überlegte anzuhalten, den Wagen mit offener Tür auf der Straße stehen zu lassen und in den Feldern zu verschwinden. Er dachte auch an Charline. Was würde sie ihm sagen können? Er fürchtete sich vor der Wahrheit. Dann sah er Morel die Brücke hinunterfallen. Und seine Gedanken gingen zu André. Warum nicht in den Weinbergen begraben sein als Asche zwischen den Reben? Wer weiß, dachte er, mit genügend Feuchtigkeit und Sonne in den richtigen Monaten konnte so aus einem noch ein guter Rebstock werden.

In Damery passierte er das alte Postgebäude und stoppte wenige Meter vor dem Eingang zum Weingut der Armands. Er bog in den Hof ein und parkte. Die Tore zu den Lagern und Abfüllanlagen waren geschlossen, und auch die Empfangs- und Verköstigungsräume waren zu.

Die Tür, die vom Hof zum Weinkeller führte, stand offen. Bendix ging in den kleinen Vorraum hinein. Niemand war zu sehen. Dann öffnete er die Tür zum Weinkeller. Die Glühbirnen, die entlang der steilen Treppe in regelmäßigen Abständen an der Decke bis nach unten hingen, leuchteten gerade so hell, dass er die Kanten der Stufen sehen konnte. Er rief: »Hallo? Ist da jemand?« Einige Sekunden vergingen. Er glaubte unten Schritte gehört zu haben. Wieder rief er: »Ist jemand da?«

Endlich ging er die steile Treppe hinab. Es war schummrig. Er fragte sich, wie viele Menschen nötig gewesen waren, um die steinernen Stufen in den Jahrhunderten ihres Bestehens so abzuwetzen. Durch die Feuchtigkeit bestand bei jedem Schritt die Gefahr abzurutschen. Er suchte Halt am Geländer. Es wurde kühler. Als er unten angekommen war, blickte er in einen langen Gang hinein, wo seitlich Tausende von Champagnerflaschen aufgereiht lagerten. Ganz hinten leuchtete ein helles Licht.

»Benoit«, rief er, »bist du da?«

Er ging langsam weiter durch den Gang vorbei an düsteren Seitengewölben, die mit Eisengittern gesichert waren und an mittelalterliche Verliese erinnerten. In kleineren Gewölben hinter den Gittern lagerten wiederum Flaschen, dieses Mal in offenen Holzkisten, auf denen zentimeterdick Staub lag. Er kannte die Stille der Weinkeller. Sie konnte so besänftigend wirken, dass man die Gänge, die sich tief unter der Erde in einem scheinbar nicht enden wollenden Labyrinth verästelten, als Pfade zu einer inneren Ruhe empfand. Und sie konnte so gespenstisch sein, dass die Ohren begannen, Geräusche zu erfinden, die gar nicht existierten. In diesem Keller war Bendix zum ersten Mal.

Er hielt inne und überlegte. Eine Art inoffizielles Verhör. Darum hatte Kommissar Krug ihn gebeten. Kein Problem, dachte Bendix. Reden gehörte schließlich zu seinem Beruf. Er war sich zwar nicht sicher, ob Benoit sich ihm offenbaren würde. Doch er wollte es versuchen.

Immer noch sah und hörte er niemanden. Langsam ging er weiter. Die Kälte des Kellers drang ihm in den Kragen. Plötzlich fasste ihn eine Hand von hinten am Arm. »Ahhh«, schrie er und drehte sich um.

»Bendix«, rief Benoit erfreut, »was für eine Überraschung! Was treibt dich denn hierher?«

Vor Schreck fiel ihm keine Antwort ein. »Ich äh … ich …«

»Du kommst ja genau zum richtigen Zeitpunkt«, unterbrach ihn Benoit gleich wieder. »Du kannst dir ja gar nicht vorstellen, was passiert ist.« Er strahlte. »Komm mit, ich muss dir etwas zeigen.«

Bendix traute Benoits Fröhlichkeit nicht. Er wirkte überdreht. Er folgte ihm nur zögerlich. Sie gingen durch einen langen Gang weiter und tiefer in den Keller hinein, vorbei an weiteren Tausenden von Flaschen, die hier auf der Hefe lagen und möglicherweise das Zeug dazu hatten, eines Tages eine Jahrgangslegende zu werden.

Fahl fiel das Licht von den Glühbirnen, die in mehreren Metern Abstand über ihnen leuchteten. Der feuchte Boden war kaum zu erkennen. Je tiefer sie in die Keller hineingingen, desto modriger wurde der Geruch. Schließlich blieb Benoit an einer Stelle stehen, die wie eine Vertiefung in der Wand aussah. Es war eine vielleicht zwei Meter breite und höchstens ein Meter tiefe Einbuchtung, in der ein paar Holzkisten auf dem Boden standen, gefüllt mit Weinflaschen ohne Etikett. Benoit knipste seine Taschenlampe an und tastete mit dem Lichtstrahl die Mauer ab.

»Siehst du?«, fragte er triumphierend. »Siehst du das?«

Bendix gab sich alle Mühe, doch er konnte nichts erkennen.

»Schau hin«, wiederholte Benoit. »Siehst du nicht die Narbe?« Dann klopfte er gegen einige Steine. »Hörst du nicht?«

Bendix konnte keinen Unterschied ausmachen.

»Geh ein Stück zurück«, sagte Benoit. Er reichte Bendix die Taschenlampe und rückte einige der Holzkästen zur Seite, sodass sich an der Mauer ein Freiraum ergab. Dann ging er auf die linke Seite und drückte auf einen der gemauerten Steine, der etwas mehr als die anderen hervorstand.

Bendix hörte ein leises Klacken. Da sah er, wie sich etwas in der Wand bewegte, eine Tür, etwa siebzig Zentimeter breit und einen Meter sechzig hoch, die in die Mauer eingelassen war, eine Zwergentür, die sich knarzend nach innen öffnete.

Staunend stand Bendix vor dem kleinen Sesam-öffne-Dich, während Benoit ihn begeistert anschaute. Er hatte Tränen in den Augen.

»Voilà«, rief er, ging einen Schritt nach vorne, bückte sich und schlüpfte durch die kleine Türöffnung hinein ins Dunkle.

Bendix folgte ihm. Als er drinnen wieder aufrecht stand, brauchte er nur wenige Sekunden, um im fahlen Licht der Glühbirne, die Benoit angemacht hatte, zu erkennen, was er vor sich hatte. Er befand sich in einem überraschend riesigen Raum, der sehr viel höher war als die Deckenhöhe der Gänge, durch die sie gekommen waren. Vom Boden bis unter die Decke war er mit Weinkisten aus Holz und stählernen Regalen gefüllt, in denen Hunderte von alten Flaschen lagerten. Bendix schaute sich um. Da stand nahezu jeder große Champagner aus der Zeit vor dem Zweiten Weltkrieg. Ein Anblick, der schon reichte, um vor Glück betrunken zu werden. Jede Flasche war handschriftlich nummeriert. Die weiße Schrift zeigte den Jahrgang an.

Das Besondere des Raums befand sich aber in der Mitte. Auf dem Boden konnte er eine helle runde Steinplatte mit einem Durchmesser von etwa zwei bis drei Metern erkennen. In ihr war ein Mosaik aus kleinen dunklen und rötlichen Steinen eingelassen, die einen Tintenfisch formten, dessen acht Arme sich nach allen Ecken des Raumes ausstreckten. Seine Augen waren unterschiedlich groß, das größere gelblich, das kleinere schwarz – das eine für Licht, das andere für Schatten. Es hieß, dass das große Auge die Feinde und das kleine Auge die Beute sah.

Bendix war überwältigt. Hier war er also, der verloren geglaubte Champagner-Schatz der Armands.

»Was sagst du dazu?«, fragte ihn Benoit.

»Der heilige Gral!«, wisperte Bendix.

»Genau! Es war reiner Zufall, dass wir ihn diese Woche gefunden haben. Wir wollten Regale in das kleine Seitengewölbe bauen. Und da ist einer unserer Mitarbeiter gegen diesen Stein gekommen. Und den Rest kannst du dir denken.«

Ein merkwürdiger Zufall, dachte Bendix. Seit Jahren suchten sie diesen Keller, und ausgerechnet diese Woche sollte das Wunder passiert sein? Er schaute in die Reihen der Jahrgänge. Vielleicht waren doch nicht alle Flaschen aus den Jahren vor 1945. Vielleicht gab es jüngere Produktionen. Denn warum sollte Henri Armand nicht von diesem Keller gewusst und das Wissen mit seinen Kindern geteilt haben? Und wenn es so war, was war der Grund für diese Geheimnistuerei? Warum zeigte Benoit ihm ausgerechnet jetzt diesen Keller? Er hätte ihn auch verschweigen können.

»Das ist ja wie ein Safe«, sagte Bendix, als er auf den Türmechanismus schaute. »Wer hier einmal drin ist, kommt nicht mehr raus. Es sei denn, die Tür steht offen.«

»Genauso ist es.« Benoit grinste. »Du hast es erkannt. Die Tür lässt sich nur von außen öffnen.«

Bendix merkte, dass er ihm nicht die Wahrheit sagte. Es musste auch von innen einen Mechanismus geben. Warum durfte er es nicht wissen? Benoit stand mit seinem Kopf unmittelbar vor dem einzigen Licht im Raum, sodass sein Gesicht für Bendix im Dunkeln lag. Sein Schatten fiel über ihn, und Bendix hatte das Gefühl, dass es jetzt noch kälter wurde, als es schon war.

»Den hat also dein Großvater gebaut?«

»Ja, großartig, nicht wahr?« Benoit war sichtlich stolz.

»Ja, sicher, wie ich dir schon sagte, dein Großvater war ein Held.«

»Du weißt, dass ich da meine eigene Meinung habe, nicht wahr? Mein Großvater wollte ja bei der Résistance erst gar nicht mitmachen. Er hasste den Krieg. Und er wollte nicht das Leben Unschuldiger aufs Spiel setzen. Denn das konnte bei Angriffen gegen die Besatzer immer passieren. Doch als er sah, wie die Deutschen immer radikaler wurden, änderte er seine Meinung. Sein Gewissen rief ihn. Es war ein Aufstand des Gewissens. Vor allem seit der Razzia im Juli 1942 im Vél d'Hiv. Da schlug seine abwehrende Haltung in aktiven Widerstand um.«

In der Radsporthalle in Paris, dem Vélodrome d'Hiver, hatte die Pariser Polizeipräfektur dreizehntausend Juden zusammengepfercht und in die Vernichtungslager abtransportieren lassen. »Man kann das Böse nicht bekämpfen, ohne sich selbst auch schmutzig zu machen.«

Bendix blickte Benoit durchdringend an. »Und wie ist es mit dir?«, fragte er.

»Was meinst du?«

»Na ja, wäre Selbstjustiz für dich eine Alternative?«

Benoit schwieg. Sein Gesicht verlor die fröhlichen Züge und verwandelte sich in eine finstere Miene.

»Weißt du, Benoit, wenn es jemanden gegeben hat, der sich für den Mord an eurem Großvater rächen wollte, dann verstehe ich nicht, warum Elisabeth Stauder sterben musste. Warum Geraldine? Was hatten sie mit den Verbrechen der Vergangenheit zu tun?«

Benoit fasste sich ans Kinn und begann ein wenig auf und ab zu laufen. »Vielleicht war es Rache«, sagte er. »Schlichte, simple, aber notwendige Rache.«

»Rache?« Bendix blickte ihn verständnislos an. »Das ist doch ein billiges, unreifes Gefühl –«

»Aber ein sehr menschliches«, unterbrach ihn Benoit.

»Findest du?«, rief Bendix erstaunt. »Rache nehmen ist doch so wie Fast Food essen. Man ist schnell satt, aber schon bald danach fühlt man sich schlecht und schwach, unendlich schwach. Rache macht einen nur schwächer.«

Ein Lächeln huschte über Benoits Gesicht. »Ha, mein lieber Aristoteles, vielleicht war es auch nicht Rache, sondern Habgier. Noch so ein menschliches Gefühl.« Er grinste.

»Was meinst du damit?«

»Ach Bendix«, rief Benoit. Er wirkte enttäuscht. »So schwer ist das doch nicht zu begreifen. Böse Menschen vernichten sich gegenseitig. Natürlich hat Reschenhauer die Familien seiner einstigen Teufelsbrüder auslöschen lassen, damit er an das ganze Vermögen kommt. Was dachtest du denn?«

»Reschenhauer hat sie umgebracht?«

»Ja, oder besser gesagt Morel.«

»Woher willst du das wissen?«

Benoit lachte wieder. Es war aber ein verbittertes Lachen. »Er hat es mir selbst gesagt.«

Bendix schwieg. Erst nach einer Weile fragte er: »Warum hast du das nicht Kommissar Krug erzählt?«

»Warum sollte ich? Mich selbst in Gefahr bringen?« Er lachte wieder mit einem merkwürdigen Unterton.

»Dann hast du also Reschenhauer –«

»Du stellst viele Fragen, mein Lieber«, raunzte Benoit Bendix an. »Dass dieser Mann damals mit den Deutschen und sogar mit der Milice zusammengearbeitet hat, ist das eine …« Die Milice, der verhasste französische Geheimdienst, hatte sich 1943 unter der Vichy-Regierung organisiert, mit den Deutschen kollaboriert und zu einer Art Gestapo Frankreichs entwickelt, brutal und skrupellos. Mehrere zehntausend Franzosen hatten sich freiwillig der Milice angeschlossen. Und keiner von ihnen hätte wohl auch nur annähernd die Qualifikation gehabt, sich erfolgreich bei der normalen Polizei zu bewerben. »… aber dass dieser elende Verräter jetzt alles an die Amerikaner verkaufen wollte, das ging zu weit.« Benoit ballte die Fäuste. »In den Dörfern wussten doch alle, dass Reschenhauer so süchtig nach Geld war wie das Dickhornschaf nach einem Salzleckstein.« Benoit war in Rage.

Bendix sagte bewusst nichts. Er wollte ihn erzählen lassen. Sein Gesichtsausdruck war für Bendix allerdings eindeutig – Benoit hatte nie mit der Vergangenheit abgeschlossen.

»Und meinst du, ich lasse zu, dass unser ehemaliger Besitz endgültig verloren geht?«, fuhr Benoit wütend fort.

Dann ging er zu einem der stählernen Regale und holte zwischen den Flaschen eine kleine Zigarrenkiste hervor.

Benoit hielt Bendix das Kästchen so weihevoll vor die Nase, als ob er ihm eine Hostie präsentierte. Bendix ging mit dem Kopf ein Stück zurück, um besser sehen zu können.

»Schau«, sagte Benoit. »Was du hier siehst – das ist das Böse.«

Bendix öffnete die Kiste. In ihr lagen drei Medaillen, die an einem kornblumenblauen Band befestigt waren. Bendix erkannte sie sofort.

»Ich sperre sie für immer ein, wie einen Flaschengeist, der nicht mehr entrinnen darf – und kann.« Benoits Stimme hatte etwas Triumphales.

Bendix schaute ihn ungläubig an. Er hatte zwar erwartet, dass Benoit bei der ganzen Sache seine Finger im Spiel hatte. Nur – wie hieß es so treffend – nichts war trügerischer als eine offenkundige Tatsache. Denn wenn Morel die Mitglieder der anderen Familien umgebracht hatte, wer hatte dann Reschenhauer gefoltert und ermordet? Und wer Morel erschossen? »Du hast also Morel besucht?«

Benoit lächelte ein bisschen müde. »Ja«, sagte er schließlich, »ich wollte mit ihm sprechen. Wegen eines möglichen Rückkaufs unserer Grundstücke.« Er machte eine Pause, wiegte den Kopf hin und her, hob entschuldigend die Hände wie ein Pfarrer, der Segen spendet, und mimte süffisant ein enttäuschtes Gesicht. »Aber er war leider nicht da.«

»Und dann bist du mir gefolgt und hast ihn auf der Brücke erschossen.«

»Ha! Das wäre schön gewesen! Habe ich aber nicht. Leider. Ich hätte es gerne getan. Immerhin hat er deinen Bruder umgebracht.«

»Ich dachte, du wusstest davon nichts.«

Benoit schwieg.

»Was hat Charline mit alldem hier zu tun?«

»Nichts«, antwortete Benoit. »Sie weiß von nichts.«

»Und das soll ich dir glauben?«

»Natürlich. Charline hat nichts damit zu tun. Du solltest es mir glauben.«

»Wer hat dann Morel umgebracht?«

Wieder lachte Benoit laut auf. »Endlich mal eine gute Frage.«

»Also wer?«

»Der Mortier natürlich. Schließlich hat Morel versucht, die Morde an Elisabeth Stauder und Geraldine Servault durch diese Tintenfischhinweise nicht nur der Familie Armand anzulasten, sondern auch dem Mortier, indem er ihnen nämlich den kleinen Finger brach. Aber nicht der Mortier hat sie umgebracht, sondern Morel.«

Bendix schaute ihn sprachlos an. »Woher weißt du das alles?«, fragte er.

Benoit antwortete ihm nicht. Stattdessen sagte er nur: »Du solltest dem Mortier dankbar sein. Schließlich hat er dich gerettet.«

»Der Mortier«, wiederholte Bendix zögerlich. »Er lebt also wirklich noch?«

Wieder lachte Benoit. Es war ein stilles Lachen.

Der Mortier war also immer noch putzmunter, dachte Bendix, und es schien einige zu geben, die es wussten und ihn schützten. Zum Beispiel Benoit. Wer war dieser Mortier? Einer, der mordete, um zu retten, eine Art selbst ernannter Nathanael, der Erzengel, der im Auftrag Gottes tötete, um Gutes zu tun?

»Ein Racheengel«, murmelte Bendix vor sich hin.

»Ja, Rache«, stieß Benoit hervor. »So kannst du es nennen. Aber es geht um mehr als um Rache. Es geht um Gerechtigkeit. Gerechtigkeit, die heute keinen mehr zu kümmern scheint. Aber es gibt sie noch – die Verräter. Und es soll ihnen das widerfahren, was sie selbst einst verbrochen haben. Sie haben alle den Tod verdient. Genauso wie alle, die mit ihnen zu tun hatten. Und heute noch haben.« Seine Stimme klang düster.

Bendix schaute ihn beklommen an. Nach einer Weile fragte er: »Du kennst die Liste?«

Benoit antwortete nicht. Dann nickte er nur.

»Dann … dann müsstest du jetzt auch … auch mich … töten?«, fragte Bendix. Trotz der Kälte im Keller wurde ihm nun heiß.

Wieder schaute ihn Benoit nur schweigend an.

»Bendix?«, hörten sie plötzlich jemand aus den Gängen rufen.

Beide zuckten zusammen. Benoit reagierte als Erster. Blitzschnell huschte er durch die kleine Tür nach draußen und warf sie knallend hinter sich zu. Bendix war zu langsam. Er drückte gegen die Tür. Doch sie ließ sich nicht öffnen. Er schlug mit den Fäusten auf sie ein. Es war sinnlos. Die Tür gab nicht nach.

## 37

»Hast du etwas damit zu tun?«, raunzte Maude Eitan an. Sie hatte sich in seinem Bett aufgerichtet, sodass die Decke von ihrem nackten Oberkörper auf ihren Schoß gerutscht war, und schaute fieberhaft auf ihr Handy. Am frühen Morgen war Morel gefunden worden. Mittlerweile war es Nachmittag und auf dem Online-Nachrichtenportal ein längerer Bericht über seinen Tod erschienen.

Eitan, der neben ihr lag, blickte sie unbekümmert an. »Wieso sollte ich?«

Dann drehte er sich zu seinem Nachttisch, auf dem der gefüllte Aschenbecher stand, und griff nach seinen Zigaretten. Er wollte jetzt aufstehen, dann eine rauchen und schließlich etwas essen.

Maude ließ jedoch nicht locker. »Du hattest mir doch gesagt, dass du und André damals tagelang Reschenhauer und Morel ausspioniert habt. Ohne Erfolg. Jetzt sind beide tot. Und das geht dich nichts an?« Sie verfolgte mit großen Augen, wie er aufstand und sich in aller Ruhe eine Hose anzog. »Sag schon!«, forderte sie ihn wieder auf und steckte ein Kaugummi in den Mund. »Er wurde in Reuil am Ufer der Marne gefunden. Ermordet!« Maude schaute von ihrem Handy auf. »Und du kamst gestern durchnässt zurück.« Sie blickte ihn herausfordernd an. »Eitan, was ist da passiert?«

Eitan zögerte, er drehte sich zu ihr und setzte sich auf die Bettkante. »Ich hatte einen Anruf bekommen. Ich sollte zu der Stelle fahren, an der damals auch André gefunden wurde. Als ich dort ankam, sah ich Morel im Wasser. Ich zog ihn raus. Dann bin ich weggefahren.«

»Weggefahren? Und du hast die Polizei nicht verständigt?«

»Nein. Lass uns die Sache jetzt vergessen. Ich habe nichts Unrechtes getan.« Er stand auf und zog sich ein Hemd an.

Maude war sprachlos. »Es handelt sich um Mord! Da können wir doch nicht einfach nichts tun.« Sie wartete auf eine Reaktion. Doch Eitan sagte nichts. »Wer hat dich angerufen?«, fragte sie schließlich.

Eitan antwortete nicht.

Maude kaute nun noch schneller ihr Kaugummi. »Hier steht, dass die Finger der rechten Hand gebrochen waren.« Ihre Augen flogen weiter über das Display, bis sie an einer Stelle hängen blieben. Dann fragte sie: »Wer steckt eigentlich hinter diesem Mortier?« Sie schaute Eitan mit ihrem kecken und durchdringenden Blick an.

»Das kann ich dir nicht sagen«, antwortete Eitan. Und noch bevor er das Zimmer verließ, sagte er: »Aber ich weiß, dass André es wusste.«

»Pah!«, rief Maude ihm hinterher. »Ich glaube dir kein Wort«, höhnte sie. »Der Mortier hat dich angerufen, stimmt's?«

## 38

Nachdem Bart im Wohnhaus auf dem Weingut der Armands niemanden angetroffen und nur im anliegenden Weinkeller Licht gesehen hatte, war er die Treppe hinuntergestiegen.

»Bendix?«, rief er und lief die Gänge entlang, schaute in die vergitterten Seitengewölbe und rief wieder: »Bendix, wo bist du? Hallo? Bendix?«

Doch außer dem Widerhall seiner Stimme hörte er keinen Laut.

Er rannte die unterirdischen Gänge auf und ab und hoffte, sich nicht zu verlaufen. Vielleicht waren sie gar nicht mehr im Keller, sondern hatten das Weingut längst verlassen, dachte Bart. Er erinnerte sich an seine Wette mit Bendix, als sie in dem Riesenfass nach Münzen tauchten. Auch damals hatte er ihn dort gesucht, wo er schon längst nicht mehr war.

Dieses Mal war es jedoch keine Wette. Bendix hatte ihn eingeschworen, das Weingut nicht ohne ihn zu verlassen. Er musste sich also irgendwo in den Kellergewölben befinden. Bart stand still und lauschte. Doch außer dem leichten Sirren der Glühbirne hörte er nichts. Er nahm nun seine Taschenlampe und ging noch einmal die Strecke ab. Vielleicht konnte er irgendwo etwas Auffälliges entdecken, eine Tasche, eine Jacke oder vielleicht auch die eine oder andere offene Champagnerflasche, die die beiden möglicherweise leer getrunken hatten. Er leuchtete in jeden Seitengang und ließ sehr konzentriert den Lichtstrahl der Taschenlampe über die Steine des Mauerwerks laufen. Dann kam er seitlich des Hauptganges an einer Vertiefung vorbei, eine etwa sechs Quadratmeter große Einbuchtung, in der einige Holzkisten mit Wein ungeordnet nebeneinanderstanden. Er leuchtete hinein. Ein solches Durcheinander war in einem Keller, in dem die Flaschen über Jahre in Ruhe reiften, eigentlich unüblich. Es schien, als ob jemand hier etwas gesucht und nicht wieder aufgeräumt hatte. Da blinkte ihm plötzlich etwas entgegen. Er ging näher an die Stelle heran, bückte sich und hob eine Münze auf. Er kannte sie genau. Es waren die fünf Centime aus dem Jahr 1974 – die Wettmünze aus ihrem Fass.

»Bendix«, brüllte er nun wieder und gleich noch ein zweites Mal ziemlich laut hinterher. Da hörte er ein Pochen. Es war sehr leise. Und jetzt glaubte er auch, eine Stimme zu hören. Bildete er sich das ein? Wieder hörte er das Pochen. Es kam von der Mauer direkt neben ihm. Er leuchtete sie langsam ab. Der Strahl der Lampe glitt von Stein zu Stein. Endlich erkannte er eine Art Schattierung im Mauerwerk.

»Bendix!«, schrie er wieder. »Bist du da drin?«

Wieder hörte er eine Stimme. Dieses Mal war er sich sicher.

Bart überlegte, wo genau das Geldstück auf dem Boden gelegen hatte. Er kniete sich an der Stelle nieder und blickte langsam nach oben. Da erst fiel ihm der Stein auf, der ein wenig mehr als die anderen aus dem Mauerwerk hervorstand. Er tastete ihn ab, zog und drückte an ihm. Auf einmal hörte er ein Knarren. Eine kleine Tür ging auf. Er leuchtete mit der Taschenlampe hinein und direkt in Bendix' Augen.

»Da bist du ja endlich«, schnauzte Bendix ihn an. »Wie lange muss man eigentlich auf dich warten. Hier gibt's uralten Champagner! Schau – diesen habe ich schon aufgemacht. Er ist ein bisschen gewöhnungsbedürftig, aber er schmeckt gar nicht so schlecht. Probiere selbst!« Er hielt ihm eine Flasche von 1911 vor die Nase.

Bart machte ein verdattertes Gesicht. Dann lachten sie beide. Schließlich griff Bendix in seine Brusttasche, holte etwas heraus und hielt Bart den fingergroßen digitalen Stimmenrekorder wie eine Siegestrophäe entgegen.

## 39

Benoit hatte das Ende des Tunnels fast erreicht. Es war stockduster, aber er brauchte kein Licht. Gerade hier konnte er trotz der Dunkelheit ausgezeichnet sehen – vor allem die Vergangenheit. Sein Vater hatte ihm von der Résistance erzählt. Durch diese Gänge hatten sie damals Waffen und Menschen geschleust. Sie hatten versucht, jeden, der verfolgt wurde, zu retten. Er hatte viele Geschichten von seinem Vater gehört. Das Abhören von Telefonaten, die Untergrundzeitungen, die Herstellung falscher Pässe, das Umetikettieren von Flaschen, die Sprengstoffanschläge gegen Eisenbahnlinien und gegen Fabriken, der heldenhafte Anführer Jean Moulin, die Streiks und die massenhafte Teilnahme an der Beerdigung Erschossener, die schlechte Lebensmittelversorgung und die eisigen Winter der Besatzungszeit. Es waren die Heldengeschichten seiner frühen Kindheit.

Natürlich wusste Benoit von den Vichy-Kollaborateuren, den Verrätern, aber auch von denen, die nur an ihr eigenes Überleben dachten und nicht bereit waren, den Heldentod für ihr Land zu sterben. Für Benoit waren es immer die Feinde gewesen. Und sein Großvater war zweifellos sein Vorbild. Er sah die Dinge anders. Er sah, dass nicht nur Frankreich durch den Nationalsozialismus bedroht war, sondern – viel mehr als dieses Land – der Mensch überhaupt. Und diese Haltung machte Benoit, seinen Enkel, sehr stolz.

Nur hatte sich dieser Stolz so tief in sein Herz gebohrt, dass er nicht merkte, wie er an ihm litt. Er würde niemals in die Fußstapfen seines Großvaters, die er so gerne gefüllt hätte, treten. Dazu fehlte ihm die Haltung. Er wollte es vor sich selbst nicht zugeben. Doch er wusste es genau.

Er lief weiter. Er wusste genau, wohin dieser Tunnel führte. Zum Schluss musste man nach ein paar Stufen nur eine vergitterte Tür aufdrücken, und schon befand man sich in einem kleinen Raum, der über eine Leiter direkt nach oben ins Freie führte. Es war einer der Lüftungsschächte, die in der Champagne an vielen Stellen aus dem Boden herausragten, um die Keller mit Frischluft zu versorgen.

Benoit war außer Atem. Er zog den Schlüssel für die Gittertür aus der Tasche, öffnete sie, schloss sie gleich wieder hinter sich zu und atmete noch einmal tief ein. Dann schaute er nach oben und stieg vorsichtig die alte Holzleiter hinauf. Sprosse um Sprosse. Bis er zu der eisernen Luke kam. Durch zwei kleine Ritzen blitzte das Sonnenlicht.

Kommissar Krug wartete schon eine ganze Weile. Als Bendix ihn angerufen hatte, um ihm zu sagen, dass er nun zu Benoit fahren würde, hatte er sich gleich mit zwei Polizisten auf den Weg zu der kleinen Lichtung im Wald gemacht. Er saß nur ein paar Meter von dem Schachtausgang entfernt, der mit seinen roten gemauerten Ziegeln wie ein kleiner Schornstein aus dem Boden emporwuchs. Der Kommissar hatte sich einen Klappstuhl mitgebracht und hinter einem Baum platziert. Aus seinem silbernen Etui nahm er eine Zigarette, zündete sie an und rauchte in aller Ruhe einen Zug nach dem anderen. Seine beiden Kollegen kauerten zwei, drei Meter von dem Schacht entfernt hinter einem Holzstamm. Kommissar Krug hatte die Pläne der Weinkeller rund um Damery genau studiert. Die einzige Möglichkeit, den labyrinthartig verlaufenden Gängen unbemerkt zu entkommen, war der unterirdische Tunnel, der in diesen Lüftungsschacht mündete. Es sei denn, man verließ die Gänge über die Zuläufe der Weinkeller der benachbarten Winzer. Doch das war für jemanden, der nicht auffallen wollte, zu riskant. Kommissar Krug hatte die Karte der Tunnelsysteme der Champagne mit ihren Gängen und Abzweigungen im Kopf. Er hatte alle Möglichkeiten abgewogen. Der Wald war die beste Lösung. Er war sich sicher.

Sie warteten und lauerten.

Endlich rüttelte es an der Luke des Schachts. Mit Schwung wurde sie von innen aufgestoßen. Benoit stieg heraus. Als er die Polizisten sah, wollte er fliehen. Doch er hatte keine Chance. Die Männer stürmten auf ihn zu, warfen ihn zu Boden und nahmen ihn fest.

## 40

Es war ein klarer Morgen im Parc des Crayères in Reims. Die Sonne strahlte durch die hoch aufragenden Bäume und ließ das Grün der gepflegten und weitläufigen Wiesen glänzen. Bart und Bendix saßen an einem Tisch in der Brasserie Le Jardin an der Avenue du Général-Giraud direkt am Park. Bart hatte ein Rotbarbenfilet mit Rucola in Curry-Vinaigrette und Polenta bestellt, Bendix ein Hummersandwich mit Kräutersalat. Zudem standen ein Paillard und ein Lenoble auf dem Tisch.

»Benoit hat also Reschenhauer aus Gründen der Gerechtigkeit getötet?«, fragte Bart.

»So sieht's aus«, erwiderte Bendix und setzte ein merkwürdiges Lächeln auf. Reschenhauers tödliche Strafe schien ihm mittlerweile zu gefallen. »Weißt du eigentlich, wer sich jetzt um Benoit kümmern wird?«, fragte er, und seine Augen leuchteten, als ob er es nicht abwarten konnte, die Antwort selbst zu geben.

Bart zuckte mit den Achseln.

»Monsieur Seroll! Und er wird ihn gut verteidigen, da bin ich mir sicher.«

Bart lachte. »Ist das so etwas wie seine späte Rache an Reschenhauer?«

»Nein«, erklärte Bendix brüsk. »Sagen wir«, und er suchte nach dem passenden Begriff, »es ist für ihn eine Genugtuung.« Das Hummersandwich war so üppig, dass er es erst einmal klein schneiden musste. Das Messer quietschte laut auf seinem Teller, dass er Gänsehaut bekam. »Benoit wird mit einer akzeptablen Strafe davonkommen. Da bin ich mir sicher.«

»Und Morel hat tatsächlich die beiden Frauen auf dem Gewissen?«

»Die DNA-Spuren, die man bei Elisabeth Stauder und Geraldine gefunden hat, stimmen jedenfalls mit denen von Morel überein. Insofern ist es wohl wahr, was Benoit über Morel gesagt hat.« Bendix steckte sich ein Sandwich-Stück in den Mund.

»Und was ist mit deinem Bruder?«, fragte Bart, während er auf seiner Rotbarbe kaute. »Hast du mit dem Kommissar gesprochen?«

»Ja, ich hatte ihn gebeten, das DNA-Material auf Andrés Kleidung mit dem von Morel abzugleichen. In der Asservatenkammer hatte er noch ein paar Sachen von André.«

»Und?« Bart schaute ihn gespannt an.

»Es gibt Übereinstimmungen.«

»Ah!«, rief Bart erfreut. »Das sind ja endlich gute Neuigkeiten.«

Bendix lächelte. Es war ein melancholisches Lächeln.

»Maude hat mir von Eitan erzählt«, fuhr Bart fort. Er war in Plauderstimmung. »Er war wohl auch am Unglücksort. Sie sagt aber, er habe nichts mit Morels Tod zu schaffen. Ich frage mich nur, warum er da war. Was hatte er da zu suchen? Hat er nicht vielleicht doch etwas mit dem Mord zu tun?«

Bendix schnitt noch ein Stück Hummer ab. »Warum sollte Eitan den Mörder meines Bruders umgebracht haben?« Er machte eine Pause. »Weil sie Freunde waren? Weil Eitan André mochte? Weil die Justiz damals unfähig war?«

Bart zog die Schultern hoch. »Weil wir alle wissen, was für ein Idiot Morel war und dass auch Eitan mit ihm noch eine Rechnung offen hatte? Vielleicht wollte er sich rächen?«

Bendix kaute auf seinem Hummer herum. Rache. Rechtfertigte sie Mord? War sie gerecht? Und hätte dann nicht er sich für Andrés Tod an Morel rächen müssen? In der Antike gab es im griechischen Wortstamm keinen Unterschied zwischen Rache und Strafe. Allerdings war das Tausende von Jahren her! Nein, dachte Bendix, es ging nicht um Rache, es ging um Gerechtigkeit. Denn dort, wo sie fehlte, wuchs das Unglück. Und auch der Hass. »Eitan soll der Mörder sein?«, fragte er Bart zurück. »Morel umzubringen wäre doch viel eher meine Aufgabe gewesen, oder?« Er schmunzelte.

Bart starrte ihn an. »Wie bitte?« Er schluckte. »Du hast Morel …«

Bendix glotzte zurück. Dann lachte er, und seine Augen blitzten schelmisch. »Nein«, sagte er, »das habe ich nicht.«

Er wischte sich mit der Serviette den Mund ab und blickte zufällig aus dem Fenster. Da sah er eine schöne Frau mit einem eleganten Hut, die wohl auf ihn wartete. Sein Gesicht hellte sich auf. Er wusste, dass er im Leben vieles nicht richtig gemacht hatte. Jetzt aber war er sich ziemlich sicher, dass nicht alles völlig falsch war, zumindest in seinem gerade beginnenden neuen Leben. Charline.

»Wenn ihn jemand umgebracht hat, dann war es der Mortier.«

»Der Mortier?«, wiederholte Bart ungläubig.

»Ja«, sagte Bendix. »Der Mann, der es nicht ertragen kann, wenn die Gerechtigkeit nicht siegt.« Er lächelte orakelhaft, bis er über beide Backen strahlte. »Du entschuldigst mich«, sagte er abrupt, ließ Messer und Gabel fallen, stand auf, legte, ohne eine Antwort abzuwarten, die Serviette auf den Tisch und lief zum Ausgang.

»Wenn die Gerechtigkeit nicht siegt …«, äffte Bart ihn nach und blickte ihm fragend hinterher. »Bendix«, rief er schließlich. »Warte!«

Bendix drehte sich noch einmal um.

»Wer ist denn dieser Mortier?«, fragte Bart.

Bendix machte ein unwissendes Gesicht. »Ist das wirklich jetzt noch so wichtig?« Er winkte zum Abschied und verließ das Restaurant. Er wusste mittlerweile genau, wer der Mortier war.

Draußen stand Charline. Sie hatte Blumen mitgebracht, wilde Blumen, wie man sie vom letzten Tag der Ernte kannte, wenn die Traubenpflücker ihre Wagen mit wilden Blumen schmückten und von den Weinbergen in die Dörfer hinabfuhren. Sie küssten sich, er legte seinen Arm um ihre Schulter, und sie gingen in den Park.

# Champagne, 16. April 1942

Als seine Eltern am Morgen das Haus verließen, sah Claude durch das Fenster die vier Männer, die auf der Straße auf sie gewartet hatten. Die Männer hatten dunkle Anzüge an und waren kaum zu unterscheiden. Claude fiel auf, dass sie auf der linken Seite des Jacketts eine blaue Bandschnalle trugen, auf der eine schwarz getönte, runde Medaille prangte. Auf ihr war ein Zeichen eingeprägt, das aussah wie ein Doppelblitz, das Zeichen der SS. Die Männer fragten seine Eltern, ob sie sich ausweisen konnten.

Claude sah, wie sein Vater ihnen die Pässe reichte.

Es verging eine Weile. Doch irgendetwas schien nicht in Ordnung. Die Männer wollten sie nicht passieren lassen.

Sein Vater begann zu diskutieren. Er gestikulierte heftig. Seine Mutter versuchte, ihn zurückzuhalten.

Plötzlich packten die vier Männer die beiden und zerrten sie zu einem Lastwagen. Während sich sein Vater heftig wehrte und mit Fäusten um sich schlug, sah Claude, wie ein anderer Mann seine Mutter brutal am Arm griff und ihre rechte Hand so lange umdrehte, bis ihre Finger brachen.

Claude hörte das Knacken genau. Es klang wie von frischem Holz in einem brennenden Kamin. Seine Mutter schrie. Claude schaute wie gelähmt zu.

Da sah er, wie sein Vater ihr zu Hilfe eilen wollte. Doch einer der Männer rannte von hinten auf ihn zu und verpasste ihm einen heftigen Schlag gegen die Schläfe. Er taumelte zu Boden. Dann warfen die Männer die beiden in den Laderaum des Lastwagens und fuhren davon.

## 41

Die vier Flügel der Moulin de Verzenay standen still und ragten in die helle Nacht. Ihr breiter, quadratischer und hoher Korpus auf dem Steinsockel wirkte mit dem Giebel und den gedeckten Dächern alles andere als zart und glich mehr einem riesigen altmodischen Getreidespeicher als einer alten romantischen Mühle, in deren Schatten man an heißen Sommertagen Champagner trinken konnte. Innen führte eine schmale Holztreppe durch ein Gewirr an Holzbalken in den Mehlboden und die Beutelwerkkammer hinauf, schließlich an den Mehlpfeifen vorbei in die vorletzte Etage, wo unter den Spindelrädern die Mahlsteine standen.

Ganz oben in der Haube, über dem Zwischenlager, saß Claude Wassermann. Der Raum war klein. Es passten gerade ein Stuhl, ein Tisch und eine kleine Pritsche hinein. Eine Lampe warf einen hellen Schein auf einen Holzbalken, in den eine Inschrift eingeritzt war: »Wo die Guten nichts tun, gedeiht das Böse.«

In den Nischen des Gebälks gurrten leise die Tauben, Brieftauben. Eine saß auf Wassermanns Unterarm, eine junge Dame. Es war Egly-Ouriet. Sie war gerade aus Épernay gekommen. An ihrem Rücken hing ein Röllchen. Wassermann öffnete es, etwas fiel heraus und kullerte auf den Tisch. Es war ein schwarzer Knopf.

Wassermann schaute ihn lange an. Dann zog er die Schublade unter dem Tisch auf und holte einen flachen, schuhkartongroßen Metallkasten hervor. Er öffnete ihn. Darin lagen vier runde schwarz getönte Medaillen mit SS-Runen, je auf einer kleinen blauen Bandschnalle. Wassermann legte den schwarzen Knopf mit spitzen Fingern vorsichtig neben sie – so als ob er das letzte Stück eines Puzzles platziert hätte.

Dann holte er aus seiner Tasche seine Pistole, ein Neun-Millimeter-Kaliber, und legte auch sie dazu. Er war ein erfahrener und sehr guter Schütze.

Schließlich schloss er den Kasten, schob ihn zurück in die Schublade, gab den Tauben noch einmal Futter, löschte das Licht, stieg die Stufen hinab und verließ die Mühle.

# Dank

Das Buch »Wein & Krieg« von Don und Petie Kladstrup ist ein wahrer Fundschatz über die Zeit der deutschen Besatzung in den französischen Weinregionen. Es hat mich sehr inspiriert. Deswegen sei den »Kladstrups« als Ersten gedankt.

Danken möchte ich der Cheflektorin des Emons Verlags, Christel Steinmetz, die von der Idee dieses Buches sofort überzeugt war. Dank gilt auch meiner Lektorin Marion Heister für ihr genaues Auge und ihre wertvollen Tipps.

Ebenso danke ich Achim Geiger. Er scheute sich nicht, einige Kapitel in Rohform gleich mehrmals zu lesen. Auch danke ich Charlotte Schwingen und Ulrich Jordan für ihre ermutigende Kritik.

Danken möchte ich aber vor allem Deborah – für ihr Zuhören, ihren Zuspruch und die Zeit, die sie mir gegeben hat. Merci, Debi!